EL ÁRBOL DE LOS PÁJAROS ALEGRES

EL ÁRBOL DE LOS PÁJAROS ALEGRES

Novela Finalista Premio Ellas

Mar Cantero

Título: El árbol de los pájaros alegres
2006 Mar Cantero
www.marcantero.com
Diseño cubierta: Mar Cantero

A Luigi, por habernos encontrado tres veces en un mismo día.

Agradecimientos

A mi madre, por su ejemplo durante mis comienzos en la escritura. Te agradezco que leyeras todos mis textos, incluso los primeros cuentos que escribí de niña. A mis hermanas, por prestarme su opinión sobre los hombres durante el tiempo que vivimos juntas, y a mis sobrinos, por serlo. Tres grandes hombres en potencia. A mi tía Marti, por enseñarme Sevilla con la pierna tiesa y todo. A ella le agradezco también, el que fuera una de mis mejores lectoras mientras vivió. Seguro que leerás esta novela desde el cielo. A Jimena Lepore, por abrazarme cada día desde otro continente. Gracias por escucharme con tanta sabiduría y por tus palabras escritas. Gracias también por leerme con atención y alegría. Te agradezco sobre todo que me hayas demostrado que la distancia no tiene por qué matar una amistad. Tan lejos y tan cerca... A mi perro Betho, por aguantar mi llanto tantas mañanas de temor. A mi otro perro, Ulises, por dejarse abrazar alguna vez. Os amo y os echo de menos todavía...A José Luis Barbuto, por tantas cosas... No sabría por donde empezar, tú lo sabes. Y al fin, a Altea, por acogerme y mecerme en sus brazos.

I

No estaba segura de haber cerrado con llave el cajón del escritorio. Durante el trayecto en taxi hasta la estación, Jose había dado mil vueltas a sus últimos movimientos en el interior de la casa. Había recogido los platos del desayuno, después de sacar la maleta al pasillo y dejar el bolso sobre ella. Tenía la llave en la mano derecha cuando Inma llamó por teléfono para despedirse. Corrió a la cocina para descolgar el inalámbrico y dio unas vueltas inconscientes alrededor de la mesa mientras intercalaba frases con su cuñada, que se mostraba muy afectada por su marcha.

—Ahora me quedo sola –le había dicho en un tono de voz lloroso y melifluo. El mismo que usaba desde su embarazo.

Siempre había sido un poco ñoña, desde los buenos tiempos del instituto cuando aún eran dos mujeres libres y completas, e incluso después, cuando el destino tuvo la mala idea de hacer que Inma co¬nociera a su hermano Arturo y se casara con él.

—Ya sabes que soy de lágrima fácil y de piel sensible –repitió una vez más aquella frase que inventara para describirse a sí misma, una noche de cachondeo y risa floja hasta altas horas de la madrugada.

Lo de la piel sensible se apreciaba a simple vista, o a simple tacto. Si se le tocaba la cara, los dedos se sobresaltaban a cada grano de su perpetuo acné. Lo de la lágrima fácil, Jose pudo comprobarlo una vez más aquella mañana, por eso dio ilógicas vueltas alrededor de la mesa de la cocina mientras escuchaba sus frases entrecortadas.

—Jose, bonita, no te vayas –le había pedido entre llantos y risas– No te vayas hasta que nazca el niño...

Eso era precisamente lo que Jose pretendía perderse. El nacimien¬to de su primer sobrino, o sobrina, que aún no sabían el sexo porque su hermano Arturo, más conservador que una nevera, prefería las sorpresas.

Claro que él no había tenido que pintar la habitación de color amarillo, aunque Inma hubiera preferido hacerlo en un rosa chicle o en un azul cielo de otoño, como ponía en el catálogo de colores. Había pintado una pared entera en amarillo piña tropical y otra en amarillo limón tardío para que al final decidiera que lo mejor era hacer una mezcla con los colores, ya que eran tan parecidos que ni su ima¬ginación alarmista y calenturienta era capaz de distinguirlos.

—Quedan tan pocos meses —exclamó como si fuese una razón sumamente poderosa para que se quedara hasta el alumbramiento.

Pero Jose no estaba dispuesta a continuar basando su presente en su única compañía. Si ella también estuviera embarazada, sería distinto. Muchas veces se había imaginado el vientre abultado, esperando junto a Inma, hombro con hombro como en el instituto, sufrirían y gozarían ambos embarazos. Juntas comprarían la cenefa de muñequitos para las paredes de la habitación del bebé; la ropita menuda en colores pastel; la cuna, la bañera, el cochecito y la sillita; y Arturo y Eduardo pintarían las habitaciones porque ellas no debían respirar el olor a pintura. Su hermano la pintaría en amarillo, pero Eduardo lo haría en azul porque ellos sí conocerían el sexo de su hijo, que sería un niño porque aunque él dijera que aún era pronto para ser padres, que todavía tenían que viajar y hacer muchas cosas los dos solos, estaría muy orgulloso de tenerlo.

Se descubrió acariciando la llave en su mano derecha y salió de la cocina para cerrar el cajón del escritorio. En el pasillo, escuchó el pitido del taxi, dio la vuelta y se asomó al balcón.

— ¡Ya va! —gritó como si fuera otra persona la que iba a marcharse— Inma, ha llegado mi taxi. Te llamaré cuando llegue. Adiós...

Entró de nuevo en la cocina y colgó el auricular. Corrió al pasillo, abrió la puerta, se colgó el bolso en el hombro y sacó la maleta. Algo le ocupaba la mano derecha. Lo dejó en la bandeja de plata donde descansaba la correspondencia y sacó del bolso las llaves de la casa.

Cuando cerraba el tercer cerrojo, se acordó de la llave del escritorio. Abrió de nuevo la puerta, cogió la llave, las cartas se movieron en la bandeja. Imaginó que Eduardo miraría con disgusto las cartas mal colocadas. Las ordenó y salió con la llave en la mano. Cerró los cinco cerrojos de la puerta y guardó todas las llaves en el bolso. Salió a la calle, entró en el taxi y se marchó. Ahora sí estaba segura de no haber cerrado con llave el cajón del escritorio. Pero no había de qué preocuparse, Eduardo nunca entraba en su despacho. Él tenía el suyo, mucho más grande y confortable. Parecía el despacho de un juez, más que el de un abogado divorcista, con las paredes llenas de estanterías y las estanterías llenas de libros, y los libros llenos de páginas ocres y las páginas ocres llenas de leyes y decretos, y artículos número tal... con sus pastas rojas, verdes y marrones, con sus letras de oro.

Se sentaría ante su enorme mesa de madera de nogal que tanto dinero le había costado y tantos años había tardado en encontrar.

—Esta es la mesa –manifestó al verla en aquel pequeño taller de restauración de muebles, cercano a Toledo y situado en la carretera, junto a las tiendas de azulejos y saneamientos, y junto a uno de esos puestos al aire libre de cerámica toledana–. ¡La encontré! –exclamó como si fuera la única mesa del mundo.

Estaba tan contento que pagó casi tres mil euros sin rechistar. Ella le vio tan satisfecho que no se opuso, además, él tenía dinero para comprar aquella mesa y todas las mesas que quisiera, y de paso, dejaría de usar su escritorio de estilo clásico de imitación, aunque todavía no había logrado saber qué era lo que imitaba.

Eduardo se lo había regalado cuando decidió que ya iba siendo hora de que se casaran, en lugar del anillo de compromiso tradicional. A Eduardo no le gustaban nada las tradiciones.

A Jose le gustaban mucho las antigüedades y también las novedades que emulaban tiempos anteriores, por eso él le compró el escritorio color caoba y lo colocó dentro de una habitación vacía. La única habitación que no habían llenado tras amueblar el piso. Ella tampoco se opuso a meter el escritorio de imitación en el cuarto de los niños, porque mientras no los hubiera, no importaba demasiado, y pensó que sería muy sencillo trasladarlo al dormitorio o al comedor cuando se quedara embarazada.

Después, Eduardo pensó que ella necesitaba una silla para el escritorio y compró una, también de imitación, y como a los dos les gustaba leer y en el despacho de él no había sitio más que para el grueso de las enciclopedias de leyes, colocó unas estanterías de madera frente al escritorio y las llenó de libros, y como el cuadro de una vista de la ciudad de Sevilla desde la orilla opuesta del río, que les había regalado la tía Digna para su boda, no era lo suficientemente perfecto, porque según Eduardo la Torre del Oro estaba tan ida hacia la izquierda que más bien parecía la Torre de Pisa, y La Maestranza le daba un aspecto demasiado folklórico para que estuviera colocado en el comedor, y la única pared libre de su despacho estaba ocupada por la orla de su promoción, pensó que lo mejor era colocarlo en la pared que había detrás del escritorio de imitación, así la tía Digna, que por cierto era tía de Jose y no suya, no se molestaría y él no tendría que sufrir su mal gusto para la pintura.

A Jose sí le gustaba Sevilla, aunque había nacido en Madrid. Pero Eduardo había nacido en Burgos y adoraba la morcilla. Eso no tenía nada que ver con su antipatía hacia Andalucía y los andaluces, pero a Jose le repelía verle comer aquellos mayúsculos bocadillos de morcilla que se metía entre pecho y espalda. Era cuando únicamente se desenamoraba. Era cuando únicamente se sentía libre. Después, volvía a estar coladita por él cuando se lavaba los dientes y el pestilente olor a morcilla desaparecía de su boca.

Meses más tarde, Jose tuvo la ocurrencia de colocar una alfombra, porque adoraba las alfombras y porque la habitación del escritorio quedaba como desangelada, y el suelo desnudo daba un aspecto muy frío comparado con el acogedor despacho de Eduardo. Lo pensaba todas las mañanas cuando pasaba la aspiradora a la moqueta marrón y sentía el rico calorcito de la habitación de las leyes. Y como nunca había querido ser menos que nadie, y harta de usar la escoba en lugar de la moderna aspiradora para limpiar su habitación y, además, tampoco tenía otra cosa que hacer, salió con Inma a comprar a una de esas tiendas exóticas que venden objetos de decoración de la India y de Oriente próximo. Compró un precioso kilim que le salió muy barato y el dueño le regaló un escarabajito egipcio y azul, también de imitación porque ni era antiguo ni de lapislázuli. Pero Jose, que adoraba el antiguo Egipto y tenía las estanterías llenas de libros que hablaban de aquella civilización, y como además resultó que el dueño había nacido en la misma Alejandría de Alejandro y de Antonio y Cleopatra, pues se sintió muy interesada en su conversación, y como solía decir la tía Digna, lió la hebra con el alejandrino y acabó encargándole un puf forrado en rojo con dibujos en hilo dorado, y una silla de las que usaban los beduinos para montar en camello. Y poco a poco se hizo asidua a aquella tienda de cosas bonitas, porque Jose adoraba las cosas bonitas, y compró y compró hasta que llenó la habitación de elefantes de cerámica y arcones de madera, de narguiles y estatuillas del faraón Tut-Ankh-Amón y de la reina Nefertiti, y de hermosos papiros que rodearon el cuadro de Sevilla de la tía Digna.

Después, cuando regresó el aburrimiento, Inma se quedó embarazada. Entonces fue cuando ella decidió que también quería tener un hijo. Al fin y al cabo llevaba un año pensando en ello, y lo comentó con Eduardo creyendo que él estaría de acuerdo. Por su incómoda expresión descubrió que él aún no quería tener hijos y tenía muchas razones para no quererlos. Jose se las rebatió una a una durante un fin de semana completo, dando soluciones a todas las pegas y evitando cualquier pequeña cosa que pudiera hacerle sentir incómodo, ya que cuando Eduardo se sentía así solía mostrarse todavía más inflexible. Cuando casi creía que le había convencido, Eduardo halló una luz entre la oscuridad, y de sus gruesos labios brotó la razón más razonable de todas las razones por las que un matrimonio joven, bien situado y feliz, no debería desear tener un hijo.

—Cariño, creo que no te has dado cuenta, pero no tenemos ninguna habitación libre —exclamó antes de dar un profundo suspiro de alivio. Eduardo tenía razón, como siempre. Ella, en su aburrimiento, se había ocupado de llenar el cuarto de los niños de cosas bonitas e inútiles, porque a ella le gustaban las cosas bonitas e inútiles, y se olvidó de dejar sitio para lo más importante, un hijo. A lo tonto, convirtió la habitación del escritorio de imitación en su despacho, y aún no sabía qué narices iba a despachar en él.

Nunca se había llevado bien con su hermano Arturo. Quizá porque había muy pocos años de diferencia entre ellos, quizá porque él era un machista egocéntrico, prepotente y ridículo, o quizá simplemente porque era su único hermano. También había sido el único hombre de la familia, por lo que se sentía muy orgulloso, hasta que entró en la universidad y entonces su madre y ella parecieron liberarse al no tenerle en casa. Aunque su madre mantuvo su habitación intacta para cuando Arturo regresara, el hecho de no tenerle allí a todas horas para vigilarla pareció que renovaba su espíritu.

Jose se alegró mucho al ver a su madre salir por ahí hasta altas horas de la noche los sábados, cuando ella aún estudiaba en el instituto, cuando aún no había conocido a Eduardo, ni Inma a Arturo. Cuando Inma todavía era su Inma. Y más aún se alegró cuando su madre trajo a casa al bueno de Manolo, una noche para cenar los tres solos.

Era un hombre alegre y de buen carácter, y a pesar de que a Arturo no le caía bien, acabó viviendo en casa, porque... ¿Había algún ser en el mundo que le cayera bien a Arturo? Jose sin embargo le apreciaba, sobre todo desde que su madre muriera en aquel absurdo accidente de coche al volver del trabajo. Manolo la ayudó a asumir su muerte, a acostumbrarse al dolor y al vacío que sintió durante tanto tiempo después. Durante muchas noches se despertó de un salto porque creía que ella también había muerto y la sensación de que nada tenía sentido la agobiaba hasta el punto de sufrir asfixia. Jose siempre había creído que las madres no se morían nunca, y lo creía ciegamente, sin dudas, con naturalidad, como los niños creen en los Reyes Magos. Como esas cosas que uno cree que sabe y por eso no las pregunta nunca. Como esa frase que alguien dijo una vez, que si no sabes algo y lo preguntas, serás tonto durante un minuto, pero si no sabes algo y no preguntas nunca, serás tonto para toda la vida. Más o menos así se sintió Jose cuando su madre murió, como una tonta que jamás hubiese creído que tamaña desgracia le podía ocurrir a ella.

Sin embargo, había ocurrido y Manolo le dijo que era mejor que hubiera muerto así, de golpe y porrazo, antes que morir lentamente por culpa de un cáncer. Jose se alegró de que su madre no hubiera sufrido, pero ella hubiese preferido que se hubiese ido poco a poco, para cuidar de ella y también para poder acostumbrarse.
Años antes había conocido a Eduardo, que estudiaba con su hermano Arturo en la Universidad, y éste conoció a Inma, y durante años fueron los cuatro juntos a todas partes, hasta que se casaron y empezaron a verse cada vez menos. En parte porque ella no soportaba a Arturo, a pesar de sentir por él lo que se siente por un hermano, un sentimiento de obligado amor fraterno porque, aunque los hermanos no se eligen, hay que quererlos sean como sean, porque antes de nacer se nos lee la cartilla y se nos dice que por encima de todo está el amor hacia los padres y los hermanos, que es un amor sagrado, aunque no sean dignos de tan noble sentimiento, pero eso da igual, porque es una insignificancia comparado con la importancia de la sangre.

Había visitado a Manolo antes de decidirse a acompañar a la tía Digna a Sevilla. Aunque no quería reconocerlo, había ido a consultárselo como hacía con casi todo. Ella tomaba las decisiones, pero era Manolo quien tenía siempre la última palabra. Desde que le faltara su madre, el hombre había ocupado su lugar y Jose necesitaba de su aprobación para casi todo. Además, él siempre estaba de acuerdo.

—Te vendrá bien alejarte un poco –le había aconsejado. Alejarse, sí, pero de quién. Jose supo que Manolo se refería a Eduardo. Sabía que necesitaba estar lejos de él porque sentía que estaba empezando a aborrecerle, y eso era casi increíble, ya que siempre había estado colada por sus huesos, tanto que dejó que él organizara su vida y se olvidó de tener una profesión o siquiera una afición con la que entretenerse en los días de lluvia. Por eso le parecía tan inútil aquel despacho, porque no sabía darle un uso, hasta que formuló la gran pregunta y obtuvo la desafortunada respuesta. «No tenemos ninguna habitación libre», recordó una vez más las palabras que dijo Eduardo como si fuese el recepcionista de un hotel. La habitación de su hijo estaba ocupada por un escritorio de imitación, con un cajón a la derecha que había olvidado cerrar con llave.

Eduardo siempre le pedía el abrecartas. Jose se lamentó de no haberle regalado uno el día de su cumpleaños, en lugar de aquel jersey azul de chenilla con cuello de pico que nunca se ponía. Le imaginó sentado ante su mesa buscando algo con lo que abrir la correspondencia. Le vio levantarse y entrar en su despacho. Se sentaría ante el escritorio de imitación, abriría el cajón de la derecha para sacar el abrecartas y de repente, vería el libro con pastas floreadas y románticas que iban diciendo a gritos que se trataba de un diario. Entonces se sintió ridícula como una adolescente. Eduardo lo abriría y leería sus más íntimos secretos. Primero se burlaría de ella y de su vulgar romanticismo, así denominaba él a su sensibilidad de mujer y persona, como cuando la pillaba escuchando los boleros de Luis Miguel. Des-pués, continuaría leyendo y se vería reflejado en las páginas rosas del libro que le ponía a parir, y se enfadaría mucho, mucho, y se pondría rojo, muy rojo, y las venas del cuello comenzarían a hinchársele, y ella se sentiría muy avergonzada y sobre todo culpable, muy culpable.

—Verás como en Santa Justa nos ayudan sin ninguna pega –dijo la tía Digna dando unos ligeros toquecitos en el brazo de Jose–. Verás qué diferensia –exclamó comparando de nuevo Madrid con su siempre añorada Sevilla.

Jose asintió en silencio, deseando que su tía tuviera razón. No le habría gustado tener que discutir con esa azafata engreída que les había atendido en Atocha.

—Nunca me había ocurrido nada paresido –continuó recordando el incidente–. ¡La muy pajolera niña! ¡Pues no pretendía que cargaras tú con los bártulos!...

Jose pensó que no le faltaba razón, y mucho más con lo cargada que iba siempre la tía Digna, que parecía un caracol, porque como venía a Madrid una vez al año y se quedaba casi todo el invierno, pues se traía la casa entera.

— ¡Es que no me ve que voy con bastón! ¡Y con lo larga que es esta estasión! ¡Más que un día sin pan!...

De nuevo tenía razón. El andén parecía el más largo del mundo y nunca podía encontrarse un carrito porque no había carritos para to¬dos los viajeros, y cuando los había, no había monedas en el bolsillo, que era un olvido muy común en las estaciones y en los hipermercados, o como se llamaban ahora, en las grandes superficies. Eso, sin contar que la tía Digna se había empeñado en entrar por otra puerta, a pesar de que nunca recordaba como eran las estaciones y confundía Atocha con Santa Justa, y viceversa. Pero Jose no iba a rebatirle su sabiduría a la tía Digna y menos ahora que iba a pasar con ella una larga temporada. Quería que hubiera paz. Sabía que no iba a ser fácil porque la tía Digna era una mujer de carácter fuerte y estaba acostumbrada a hacer lo que le venía en gana desde que muriera su marido, hacía ya casi veinte años. Jose había aprendido de su madre la habilidad para no discutir con su tía y había decidido hacer buen uso de ella en aquel viaje. Decir a todo que sí con un estudiado conformismo y después obrar como le viniera en gana iba a ser su actitud, así no acabaría escuchando la eterna y equivocada frase de siempre: «Si tu madre me hubiera hecho caso de lo que le dije...»

Jose no aguantaba oír aquella máxima a cada momento. La opinión que la tía Digna tenía de su única hermana era errónea. Su madre no era irresponsable ni medio tonta por no haberse casado en ninguna de las dos ocasiones en las que se quedó embarazada. Jose sabía que con el padre de Arturo no había tenido ocasión porque él la había abandonado después de hacerle un hijo, y con el suyo, no le había dado la gana, y Jose pensaba que sus motivos tendría.

— ¡Claro que los tenía! –gritaba la tía Digna con indignación, sabiéndose conocedora de todo cuanto había acontecido antes de que Jose viniera al mundo–. ¡Que tu padre era un tarambana y no supo cómo pillarlo! ¡Que además bebía demasiado y tu madre no quiso arriesgarse a vivir con un alcohólico! ¡Y yo no sé por qué andaba tu madre con tanto miramiento! ¡Que ya sabemos que todos los hombres tienen rabo! ¿Y qué? ¡No por eso nos vamos a quedar pa vestir santos! ¡Que ya se sabe que la mujer es débil por naturalesa y nesesita el calor de un pecho ajeno!...

De nuevo la tía Digna tenía razón. Todos los hombres tenían rabo. Jose sabía cuál era el rabo de Eduardo, que cuando quería le acababa en punta de flecha como el del mismo diablo, y a veces le parecía ver incluso los cuernos que le salían de la cabeza. Dos puntitas en color hueso que sobresalían del pelo y que juraría que en cada nueva disputa se hacían más grandes. Ella esperaba no llegar a verle nunca una cornamenta de ciervo tan ostentosa y ordinaria como la de su hermano Arturo. La que colgaba en la pared de su salón porque, aunque nunca había cazado ni una mosca, Arturo se las daba de cornamenta con las visitas. Lástima que no fuese Inma la autora de las hermosas astas de su hermano, que por cierto, tenía el rabo muy visible y la estupidez a flor de piel.

— ¿Has cortado el gas? –preguntó la tía Digna de repente. Jose sonrió y pensó que debía haberse llevado el diario para anotar sus impresiones, como había oído decir a alguien en una película, así no tendría esa bola en el estómago que sentía cuando pensaba en la posibilidad de que Eduardo lo descubriera. Casi lamentaba el día que había comenzado a escribirlo. Inma le había regalado el libro vacío con sus páginas rosas e incólumes para que en ellas escribiera los contradictorios sentimientos que le provocaba su embarazo. Envidia, una común y cochina envidia fue la primera palabra que escribió nada más abrir el libro, en la primera página desnuda y virgen. A Jose le encantaban las páginas nuevas de su diario. Y después, escribió todos aquellos sentimientos encontrados, toda la rabia y todo el dolor, las lágrimas que habían caído sobre las páginas ya escritas, leídas y releídas mil veces en aquellas noches de un insomnio casi agradecido en las que había abandonado su cama helada y había bajado a sentarse frente al escritorio para dejarse llevar por el corazón. Los segundos que entrecortaban la escritura en los que pretendía escuchar la continuación del roncar abrupto de Eduardo, entre el maravilloso silencio de cada noche, para cerciorarse de que seguía dormido. El gratificante desahogo de la mano con el bolígrafo de todo aquello que Eduardo no le permitía decir porque no le interesaba escuchar. Todo estaba allí, a merced de su decisión de buscar el abrecartas. Le horrorizaba pensar que él lo leyera. Cuando hablara con él por teléfono sabría si había ocurrido el hecho temido y terrible. No porque le fuese a preguntar, que si lo hacía estaba perdida y además daría pie a su lectura, si no se había producido ya. Pero Jose conocía muy bien a su marido y sabía que era incapaz de disimular un enfado, que sería supremo, porque prácticamente decía de él que era un egoísta y un eterno infante, que no era capaz de asumir la responsabilidad más bella e importante para un ser humano, la paternidad.

También decía que no era tan perfecto como creía, que no siempre tenía razón aunque él pretendía llevarla como un eterno cliente, y casi podía asegurar que también se había referido a la repulsión que le provocaba verle comer aquellos grasientos bocadillos de morcilla de Burgos, y eso sí que a Eduardo le llegaría al alma, porque era un auténtico burgalés y burgués, que aunque no es lo mismo, pues se escribe casi igual.

Recordaba haber dejado caer sobre el papel algunos aforismos, de los cuales se reconocía autora, como aquél que decía que el respeto por los deseos del otro, era una
una demostración de amor; o aquél todavía más rebuscado, que decía que todos los hombres eran como el Dr. Jekyll y tenían a un Mr. Hyde escondido en la manga; y como colofón, el dicho favorito de la tía Digna, aquél que decía que todos los hombres tenían rabo.

— ¿Y tú? ¡A ver si te quedas preñá pronto! ¡Verás como entonses se te pasan todos los males! –vertió la tía Digna sin tacto alguno por su parte, en un alarde de consejera erudición.

Jose intentó sonreír, pero las comisuras de su boca no pudieron extenderse ni un milímetro hacia los lados de su cara y repentinamente le vino a la cabeza un único pensamiento, que la tía Digna era una patosa sin pizca de gracia.

—De todas formas, este viajesito te vendrá mu bien pa relajarte un poco, y de paso, conoses Sevilla a fondo, que ya va siendo hora, aunque yo no te la voy a poder enseñar estando como estoy, pero no te apures que ya encontraremos quién lo haga...

«No hace falta, tía», pensó decirle Jose, pero prefirió callar porque era más saludable en aquel momento y porque no le apetecía decir nada, que ya había hablado bastante la noche anterior en su diario y ya se estaba lamentando de haberlo hecho... «Si Eduardo lo ve, me muero», pensó desazonada.

Un estornudo de la tía Digna interrumpió bruscamente sus pensamientos.

— ¡Maldito refrigerador! –exclamó mirando hacia arriba y despés a su alrededor, buscando el arma homicida–. Antes me moría de calor en el tren y ahora me hielo. ¡No sé que es peor, la verdá!...

Así era la tía Digna. Nunca estaba contenta, ni el frío ni el calor, nada era válido ante su inconsciente inconformismo. Jose sacó un pañuelo de papel de su bolso y se lo entregó.

—Grasias hija.

—De nada –respondió Jose mientras veía las llaves dentro del bol¬so. Lo cerró y de nuevo lamentó no haber cerrado el cajón del escritorio. Abrió la cajita de plástico y sacó los auriculares.

—Recuerdo la primera vez que fui a Sevilla –la tía Digna continuaba hablando. Jose se colocó los auriculares en el interior de los oídos–. Empieza la peli –exclamó mirando al frente.

La tía Digna alzó la barbilla.

— ¿Qué? –preguntó.

—Que empieza la película.

II

No sabía por qué, pero ahora Mel le parecía irremediablemente feo. Sentados frente a frente, separados por la mesa, la Cocacola y el Trina de limón, Rosana le miraba intensamente, profundamente, intentando recuperar el rostro que alguna vez le pareció ver en él. No, nunca había sido guapo, sin embargo, aquella expresión de eterna calma y la opaca tranquilidad de sus ojos marrones le hacían sentirse cómoda a su lado. Aunque sabía que lo que le atrajo la primera vez que estuvo con él, también allí en Triana, sentados ante una mesa como aquélla de un bar como aquél, con el mismo río, azul y lento a su derecha, y las casitas de colores a su izquierda, había sido la visible madurez del hombre. Su sabia conversación sobre arte, su tono de voz hondo y masculino. Se enamoró del cerebro insondable que pensaba frente a ella y se sintió diferente, única, y le divirtió haber sido capaz de ligarse a un hombre adulto. Él era casi veinte años mayor que ella y entonces le pareció muy interesante que pudieran llegar a tener una relación.

Rosana se mordió el labio con un gesto impensado, mientras imaginaba los gritos de indignación de su madre, el infarto de miocardio de su padre, e incluso las lipotimias que sufrirían sus hermanas cuando se enteraran. Pero durante aquel mágico momento, a ella no le quitaba el sueño que su familia no estuviera de acuerdo. Casi nunca lo estaban. Continuó mordiéndose el labio mientras seguía con la yema de su dedo índice el borde redondo de su vaso. Mel dejó de hablar apenas un segundo y a ella casi le pareció escucharle un suspiro. Entonces supo que mientras él hablaba con verdadera pasión de su profesión totalmente vocacional, al mismo tiempo había estado fijándose en sus gestos, y supo también que a él se le antojaban tremendamente eróticos. No supo cómo ni cuándo, pero en su interior y aunque él no se lo dijera, presentía, sabía que se lo había ligado, como decían sus hermanas pequeñas cuando hablaban de su tema favorito, los chicos. Sintió que él la acariciaba con unos dedos imaginarios y se estremeció, y él sintió su estremecimiento. Creyó que nunca había sentido algo tan fuerte por nadie. Ninguna de sus relaciones anteriores importaba ya, casi ni existían, e incluso pensaba que aquella era la primera vez que se enamoraba de un hombre. Los demás, ¿qué habían sido, sino chiquillos veinteañeros que se aferraban con uñas y dientes a su consentida adolescencia pasada? Nunca hasta entonces nadie le había provocado lo que Mel le provocaba. Quería abrazarle, quería sentirse entre sus brazos, cobijada entre su pecho. Quería aspirar de cerca el olor de su perfume. «Paco Raban», susurró de manera involuntaria.

— ¿Qué? – preguntó Mel haciendo un alto en su encantador soliloquio. De pronto, Rosana se sintió avergonzada. Aún así, decidió aprovechar la oportunidad que le brindaba su atención recién adquirida.

—Tu colonia, Paco Raban –Mel sonrió graciosamente provocando en Rosana la mayor excitación que un hombre puede provocar en una mujer, sin siquiera tocarla ni hablarle de amor.

— ¿Cómo lo sabes? –continuó con la broma.

—Trabajo en una perfumería –respondió ella dándole a conocer la realidad de su vida de artista de vocación, pero no de profesión.

Mel volvió a sonreír y ella creyó ver el cielo antes de morir. Después continuó hablando y Rosana se sintió encantada, flotando entre el impresionismo y el surrealismo, disfrutando de aquellas agradables cosquillitas en los oídos que le provocaba la inflexión de cada una de sus palabras. Deseó que el Trina de limón no se acabara nunca y se imaginó pegada a su ancho torso velludo que ahora cubría un fino jersey azul oscuro y una chaqueta de cuadros, mientras enrollaba su dedo índice en uno de sus rizos.

Él calló de nuevo, alzó su mano y pidió la cuenta. Sacó la cartera del bolsillo interior de su chaqueta y dijo: «Se te ve de un color precioso cuando te da el sol...». No estaba segura de si estaba sonriendo, pero quería hacerlo. Quería enseñar sus dientes blancos con todas sus fuerzas porque lo que él acababa de decir sobre su pelo le parecía sencillamente maravilloso. Y lo había dicho con la ingenuidad de no tratar de hacer un cumplido ni un piropo, sino más bien como una observación totalmente sincera. Sencillamente había dado su opinión sobre algo que había visto de repente, como cuando manifestaba su parecer sobre un cuadro o una escultura en alguna de sus clases, explicando los matices de color, de luz y de sombras, como el profesor de arte que era.

Rosana, sin embargo, lo aceptó como una galantería, y pensó que una vez más, el truco de la colonia le había funcionado. «Si quieres que un hombre se fije en ti, dile algo bonito», solía ser su primera regla en el comienzo de una relación. Además le gustaba usar aquella habilidad olfativa que había desarrollado después de dos años en la perfumería. Sonrió maravillada porque él había acabado su conversación para hacer aquel elogio sobre su pelo, y pagar la cuenta también, pero eso no contaba. Rosana no quería que contase.

— ¿Te gusta? –preguntó quizá un poco tarde. Él asintió moviendo la cabeza y le dio un billete de diez al camarero.

—Siempre me han gustado las pelirrojas –afirmó.

Ella volvió a sonreír, aunque ahora no estaba muy segura de si había una razón para hacerlo. ¿Se trataba de otro cumplido? ¿Cuántas pelirrojas habían existido en su vida? ¿Le gustaban todas o sólo ella? De repente se dio cuenta de su intención. Mel se refería solamente a ella y acababa de decirle que le gustaba.

Esa misma tarde la invitó al cine porque ella aún no había visto El paciente inglés y a él le parecía casi un sacrilegio no haber visto esa película, lo cual era extraño para Rosana, ya que a los hombres que había tenido en su vida sólo les gustaba el fútbol y las películas de mafiosos. Y descubrió su lado más sentimental cuando vio las lágrimas brillantes en sus ojos entre la oscuridad de la sala y le oyó sorberse el llanto cuando Ralph Fiennes, que hacía de conde búlgaro, llevaba en los brazos a su amada casi muerta, tras el accidente de avioneta que había provocado su marido que era un sinsubstancia. Desde entonces Rosana adoraba esa película, se la compró en vídeo un año después y ya la había visto unas veinte veces, sin exagerar. A la salida del cine, comieron unas tortillitas de camarones y unas pringaítas en un bar, y mientras comía a carrillo suelto, Mel se confesó un romántico empedernido. Después, ella le invitó a su casa y allí ocurrió lo que nunca debió haber ocurrido. Se acostó con él y al día siguiente habría sido capaz de asegurar a quien le preguntara, que aquélla había sido la mejor noche de su vida desde que probara por primera vez, hacía ya unos cuantos años, las mieles de la sexualidad nocturna. ¡Qué recuerdos le venían a la cabeza mientras aspiraba el tapón del bote de Paco Raban que había tenido junto a la caja toda la mañana, para dar una aspirada de vez en cuando, si se quedaba unos minutitos sola entre cliente y cliente!

Amalia, su compañera, no había ido a trabajar para asistir a la última prueba del vestido de novia que le estaban haciendo a medida. Iba a casarse, claro. Y lo que a Rosana le parecía la mayor locura que una mujer podía cometer en toda su vida, ahora, con el tapón de Paco Raban adosado a su nariz, casi la envidiaba. Se habría casado con Mel en ese mismo momento si él se lo hubiera pedido. Pero no lo haría, porque él era un hombre maduro y moderno, demasiado para cometer tamaña chifladura. Aunque, ¿qué había sido sino una locura, lo de la noche anterior?

Rosana nunca se había acostado con un hombre la primera noche y menos aún si se trataba de su profesor, pero con él todo había sido distinto. Ambos eran adultos y no tenían tiempo para perderlo en preliminares como cuando tenían veinte años. Aunque su comportamiento sexual había sido el de un joven que tenía recién cumplida la veintena, o mejor si cabía gracias a la experiencia de hombre maduro.

—Perdone – llamó su atención un nuevo cliente. Cerró torpemente el bote de colonia y lo dejó de nuevo junto a la caja. Cuando levantó la mirada para atenderle, algo saltó impetuosamente dentro de su pecho. Mel le sonreía con su rostro de hombre juicioso y prudente. Había vuelto aquella mañana y lo hizo durante los dos años siguientes hasta llegar al momento en el que de nuevo ella acariciaba con la yema de su dedo índice el borde redondo de su vaso.

No, decididamente, nunca le había visto tan feo. Lo que en el pasado le había parecido un ancho torso apacible y cómodo, se rodeaba ahora de unos repulsivos michelines bajo un jersey azul oscuro que se pegaba a su cuerpo con alevosía, y una vieja y hortera chaqueta de cuadros que parecía que le iba a estallar de un momento a otro.

Hoy también, como aquel día, hablaba de pintura y ella esta vez tampoco le escuchaba. Luis Miguel cantaba "Delirio" con su voz fácil y profunda. Rosana volvió a morderse el labio inferior pero esta vez fue de puro aburrimiento. El río tenía color verde botella y estaba en continuo movimiento, y del agua emanaba un desagradable olor a estancado que no era imperceptible a su olfato bien desarrollado tras años de trabajo en la perfumería. Las casas de colores de Triana seguían siendo de colores, pero desprendían un calor insufrible al mediodía.

Rosana inspiró profundamente para captar el aroma de Paco Raban que sin duda él llevaría puesto pero sólo consiguió oler a sudor seco y tórrido. Levantó la botella y vertió el Trinaranjus de limón dentro del vaso. «Trinaranjus», leyó en voz alta casi involuntariamente. « ¡Qué absurdo! Si es de limón, debería llamarse Trilimonus, ¿no?»

— ¿Qué? –preguntó él pareciendo que se molestaba ante la frase que cortaba su conversación sobre arte.

—Nada –respondió ella con desidia.

—Te he visto mover los labios –exclamó él un tanto molesto.

—No he dicho nada –le respondió ella–. Es que estaba distraída...

—Como siempre –dijo él.

— ¿Cómo? –preguntó ella.

—Como siempre –repitió él–. Últimamente, siempre estás distraída cuando yo hablo...

No le contestó. Enseguida reconoció lo que era el principio de una nueva disputa y Rosana estaba harta de todas las disputas que habían tenido durante esos casi dos años. Demasiadas discusiones para sus interminables ganas de vivir y de disfrutar tranquilamente del mundo sin peleas ni altercados. No, ni siquiera Mel se salvaba de formar parte de los que conformaban la lista de los imperfectos. Y además, él estaba pitopáusico perdido, que ya se le echaban encima los cincuenta y estaba en plena crisis de los cuarenta y tantos. ¡Qué tonta había sido al pensar que él sería diferente! Era un idiota como todos los demás, con el añadido de que estaba gordo y feo, que los demás al menos todavía eran jóvenes. Y estúpido, que eso también lo era, un estúpido prepotente que se creía superior a ella, sólo porque era su profesor de arte. Y encima se creía con derecho a criticar su obra. ¡Qué necio! Ella al menos pintaba cuadros. Él, sin embargo, no había pintado nunca una mierda. Demasiado cobarde para correr ese riesgo. «El arte me duele», decía siempre como respuesta a su pregunta... «Por eso me dedico sólo a enseñar.» ¡Eso, el arte para que lo sufran otros! Pues bien, ella lo hacía, y él no era quién para criticarla. ¿Qué sabía él? Ella reflejaba en sus cuadros todo aquello que llevaba dentro. Y si a él le parecía simple, debía ser simple por dentro, lo cual era mejor que ser un engreído. Ella pintaba lo que veía y ahora veía su fealdad con la claridad del sol que brillaba sobre el pelo rojo que un día él admirase, y que a ella la arrojara directamente a sus brazos por culpa de un cumplido inocente. ¿Inocente? ¿Qué sabían los hombres de inocencia? ¡Qué tonta se sentía tras desperdiciar casi tres años con un viejo preponderante y ridículo, que se agarraba a su juventud para robársela con la pesadez de un yunque! Era sin duda un vampiro psíquico. Pero Rosana ya no estaba dispuesta a dejarse arrastrar. Seguiría pintando porque era joven y todavía le quedaba mucho tiempo para intentarlo... ¡Virgen

Macarena!... Y si tenía que continuar trabajando en la perfumería para poder pagarse su sueño, lo haría, el tiempo que hiciera falta. Sólo esperaba no tener que volver a echar Paco Raban en la muñeca de nadie en lo que le quedaba de vida, porque odiaba aquel aroma con todas sus fuerzas y además pensaba que el tal Paco Rábano era un español milagrero y petulante, con un melifluo y amariconado acento francés.

Lo peor de todo era que al final la tía Digna iba a tener razón otra vez cuando decía que todos los hombres tenían rabo, y a Rosana le fastidiaba mucho reconocer que la tía Digna llevaba razón en cual¬quier cosa.

— ¿Por qué no hablas de una vez? – inquirió Mel, después de apurar su Cocacola hasta la última gota–. ¿Por qué no me cuentas lo que te pasa? –continuó–. Si es por nosotros, puedes decirlo. ¡Debes decirlo! ¡Es mejor acabar cuanto antes! Yo te quiero, Rosana, pero –titubeó–, creo que ya no es como era. Hemos cambiado. Somos distintos y no sé. ¿Tú qué crees? ¿Estás de acuerdo?...

«¿De acuerdo? ¿Con qué?», pensaba ella. Tanta palabrería, tanto titubeo para luego no decir nada. Para acabar como siempre, preguntándole a ella. ¿Por qué era ella siempre quién debía decidir? Estaba segura que tras sus palabras se escondía la huella de un principio de cornamenta. Quizá con una de sus alumnas. ¿Por qué no? Antes lo hizo con ella. O quizá simplemente se había dado cuenta de su actual desinterés. Porque eso mismo era lo que Rosana sentía cuando esta¬ba con él, desinterés, hastío y un aburrimiento colosal.

Mel continuaba mirándola con una tranquila expresión de espera, como si estuviera en la cola del paro. Ella le devolvió la mirada y se encogió de hombros sin darle la anhelada respuesta. Él bajó los párpados y miró dentro de su vaso vacío. «No queda nada», susurró, y Rosana no supo si se refería a su relación o a la Cocacola.

—No –articuló ella.

Mel la miró de nuevo.

— ¿Entonces? ¿Tú qué crees? –preguntó con serenidad.

Rosana se mantuvo callada durante un interminable segundo. De nuevo se mordió el labio inferior y, volviendo la cara hacia el río, dijo «Creo que deberías beber Cocacola light».

III

Rojo. Había visto a Eduardo rodeado por un halo rojo rabioso mientras hablaba con él por teléfono. En la conversación no se había dicho nada que le hiciera pensar que había descubierto su diario, no obstante, algo había en la mente de Eduardo que había provocado que Jose le imaginara de rojo en lugar de azul marino, como le veía siempre.

No se trataba de una manía lo de asignar un color a cada rostro humano. Tampoco era algo que planeara o buscara. Podían pasar días, semanas e incluso meses sin que ocurriera, hasta que un día, el color asignado aparecía de repente rodeando a la persona con un halo o tras una especie de velo de color transparente. Y entonces, de una forma totalmente involuntaria, el color se manifestaba en su tonalidad exacta en cuanto pensaba en dicha persona o alguien mencionaba su nombre.

Eduardo había sido azul marino desde la primera vez que le vio. Quizá por su voz o por su carácter serio, poco dado a las bromas y al sentido del humor. O acaso, si lo tenía, Jose nunca lo había visto. De todos modos, sería distinto al suyo. Ahora se daba cuenta de lo importante que es tener el mismo tipo de sentido del humor en una pareja, porque el humor es muy variado y tiene infinitas maneras de expresarse. Tampoco es que fuera un dechado de virtudes aunque adornado de un fuerte sentido de la responsabilidad, que se traslucía en todo su comportamiento. No tenía excusas. Había sido una estúpida desde el principio porque la razón que la llevó a caer rendida a sus pies, el mismo día que le conoció, fueron sus manos.

Jose sabía que aquello era difícil de comprender, por eso nunca se lo dijo a nadie, ni a Inma siquiera. Y todavía, al preguntarse cuándo se había enamorado de él, recordaba el día que su hermano Arturo se lo presentó en aquella cafetería cercana al instituto.

Eduardo llevaba puesto un plumífero negro, una bufanda de lana colgada al cuello, negra también, y unos guantes a juego. Le dio el consabido par de besos en la cara que exigía el ritual de presentación y después, hizo idéntico gesto con Inma. Arturo le preguntó si quería tomar un café y Eduardo respondió afirmativamente, explicando después la intensidad del frío que amenazaba fuera. Sus carrillos colorados eran la prueba de que decía la verdad.

Arturo se acercó a la barra e Inma invitó a Eduardo a que ocupara un asiento en su mesa, llevada sin duda por su deseo egoísta de tener cerca a Arturo, a pesar de saber que a Jose le faltaba un verano para pedir una orden policial que obligase a su hermano a cumplir con los metros de distancia que exigían sus malas relaciones.

Y de improviso, ocurrió. Eduardo estaba aún de pie, se frotó las palmas de las manos después de exhalar un poco de vaho en el hueco que había entre ellas, y luego, tiró con los dientes del dedo corazón de la mano derecha y se sacó el guante de lana. Luego hizo lo mismo con la izquierda, dejando las dos al descubierto.

Jose se mojó los labios, porque a pesar de la dentera que le provocaba ver a alguien morder la lana, sus ojos se toparon con diez dedos largos y bien formados, en unas manos blancas y cubiertas por una piel dura y fina al mismo tiempo, y comparó aquellas manos con las de un pianista, a pesar de que Eduardo no había tocado en su vida un sólo instrumento.

Pocas veces se había sentido tan enganchada con algo como con aquellas manos largas y perfectas, y antes de saber siquiera cuál era el color de sus ojos, ya se había enamorado de él. ¡Qué pena no haber podido llevarse aquel par de manos a casa! Fue una lástima tener que adquirir el lote completo. Lo que hubiese dado por ser la dueña de aquellas manos, sobre todo cuando le atacaba la depre como le ocurría ahora. Cogería las manos y metería su cara entre ellas, cubriéndose las mejillas con las palmas cálidas y tersas, o enlazando aquellos dedos con los suyos para no sentirse sola.

Nunca había podido hacer eso porque cuando lo intentaba, las manos huían a una orden del resto de un cuerpo que no entendía de ternura. Aún así, Jose no podía evitar mirar intensamente aquellas manos cuando escribían, cuando usaban el tenedor o el mando a distancia, o cuando dirigían el volante del BMW que Eduardo conducía, e incluso cuando sujetaban un grasiento bocadillo de morcilla de Burgos. Si pudiera, le cortaría las manos y huiría con ellas en el bolso, para siempre. Y al fin sería libre. Porque cuando volviera a sentirse sola ya no tendría por qué asustarse, hundiría su cara entre las manos perfectas de Eduardo y el miedo desaparecería, por cierto que la izquierda era aún más bonita desde que llevaba la alianza de oro en el anular. Ahora sólo esperaba que aquellas manos no abrieran su diario de pastas floreadas.

Por su conversación, Jose pensó que no lo había descubierto. ¿Pero cómo podía estar completamente segura?

— ¿Qué tal el trabajo? –le preguntó.

—Bien, como siempre –respondió él con ligera vanidad–. ¿Y tu viaje? –se interesó.

—Bien –contestó ella–. En este tren no te cansas nada. Ni siquiera la tía Digna se ha cansado.

— ¿Os han ayudado en la estación?

Jose se acordó del hombrecillo pequeño y grueso que empujaba la silla de ruedas en la que había subido a la tía Digna, y cómo la había empujado con rapidez y una gran energía, al tiempo que arrastraba su propia pierna en un caminar extraño de cojera independiente, sin necesidad de bastón u otra ayuda.

—También es casualidad –exclamó Eduardo.

— ¿Qué? – preguntó ella.

—Que el ayudante de los cojos de la estación, sea cojo también – pareció decir en broma, aunque Jose no se rió, no fuera a meter la pata–. ¿Y cómo está Sevilla? –continuó él.

—Muy bonita, como siempre –se preguntó porqué usaban el "como" siempre en casi todo lo que decían– aunque han hecho muchas cosas nuevas desde que la vi cuando era pequeña, muchos edificios nuevos...

Jose recordaba uno en particular, de estilo egipcio, con columnas de capiteles en forma de loto y pilonos en la puerta, de un color marrón que imitaba el color de las pirámides. No sólo se había fijado en él por su apariencia egipcia, sino porque en la fachada se alzaba escrita una palabra que mostraba su próxima utilidad y que a ella le parecía ahora mucho más lejana que antes: maternidad. Sí, debía ser bonito tener un hijo vestida de Cleopatra en un lecho rodeado de cabezas del dios Anubis y Uadjet, la diosa cobra, en el cabecero.

De nuevo vio a Eduardo tras el velo de color rojo oscuro y le pre¬guntó si le pasaba algo.

Él pareció sorprenderse, puesto que no había cambiado nada en su tono de voz desde el principio de la conversación, pero Jose estaba inquieta, necesitaba saber si su marido había descubierto el olvidado diario.

—No, ¿por qué?

—No sé. Te noto raro.

— ¿Raro?

—Sí, un poco molesto quizá.

—No. ¿Molesto? ¿Por qué?

— ¿Has cenado?

—Sí.

—Te dejé la cena en el microondas.

—Me he comido un bocadillo.

«De morcilla, como si lo viera», pensó Jose.

—Bueno, pues cómetela mañana.

—Mañana no comeré en casa.

— ¡Bueno, pues te la cenas!

—Ya veremos...

— ¡Bueno, pues tírala a la basura antes de que se pudra y empiece a oler!

—Vale, la tiraré ahora mismo – decidió él.

— ¡Vale! –asintió ella.

A Eduardo le importaba muy poco que Jose hubiera perdido una hora de tiempo el día anterior al viaje en prepararle la cena, cuando debía haber estado haciendo la maleta o cerrando con llave el cajón de su escritorio. Él aprovechaba su ausencia para comerse un bocadillo de su adorada morcilla burgalesa que iba a comprar a una tienda en el mismo centro de Madrid, porque según decía, era el único sitio donde tenían la auténtica morcilla de Burgos. De repente, todo aquello le sentó mal, muy mal. Y continuó.

—Otra vez, no te haré la cena –le aseguró.

—Bien –respondió Eduardo, muy de acuerdo con su repentina de¬cisión.

— ¿Bien? –gritó Jose–. ¡Así que te dejo la cena hecha y tú la tiras a la basura para comerte un bocadillo de esa asquerosidad! ¿Y te parece bien?

—La llamas asquerosidad sólo porque a ti no te gusta.

— ¿Y...?

—Y nadie te ha dicho que me hicieras la cena.

Tenía razón. Nadie se lo había dicho. Sólo ella y nadie más que ella se empeñaba en tratarle como si fuera un niño, a pesar de que le llevaba tres años. No podía entonces reprocharle que él se comportara como tal. Egoísta, despectivo, y por supuesto siempre insatisfecho. Y ella, ¿por qué se empeñaba en mimarle si él nunca se lo agradecía? Quizá porque no tenía otra cosa que hacer y anhelaba sentirse necesaria. Pero no lo era, ahora se daba cuenta. Nadie es imprescindible. Acababa de desaparecer del hogar hacía unas horas y había sido inmediatamente suplida por un bocata de morcilla. ¡Qué penoso le parecía aquello! ¡Qué desagradable que una morcilla usurpara su lugar, por muy burgalesa que fuera y por muy buena que estuviera!

Cuando colgó el teléfono estaba demasiado enfadada para llamar a Inma y escuchar durante casi una hora sus llantos y lamentaciones, así que marcó el número del siempre sonriente Manolo. Tras pedirle que telefoneara a Inma y a Arturo para avisar de su llegada, le explicó su estado de ánimo maltrecho y malherido por la indiferencia de Eduardo.

— ¿Por qué nos equivocamos al enamorarnos? – le preguntó como si él tuviera que saberlo absolutamente todo–. El amor debería bastar para guiarnos sin ningún error hacia un destino correcto, ¿no? – remató con tan usado latiguillo aquella frase que siempre había estado en su cabeza y que un día había plasmado sobre una página nueva de su diario.

Manolo no supo darle una respuesta. No lo sabía todo, pero se aseguró de convencerla de que intentara liberarse de cualquier mal pensamiento mientras durasen sus vacaciones. Eso iba a ser difícil pues viviría en casa de la tía Digna, pero al menos lo intentaría, aunque fuese sólo porque Manolo se lo había pedido, y ella sabía que las palabras de aquel hombre no eran sino las de su madre, cuyo espíritu nunca la había abandonado y ahora se manifestaba por su boca.

—En estos días, olvídate de todos nosotros –le aconsejó, y para Jose, un consejo de Manolo se convertía en una orden– Y no te preocupes, que no es malo que dejes de preocuparte por nosotros durante un tiempo – le dijo intuyendo el sentimiento de culpabilidad que crecía en su interior.

Él se ofreció para ser el correo de cualquier noticia y le juró que se la transmitiría de manera instantánea. «No nos llames a ninguno, ni siquiera a Eduardo, ya lo hará él. Y por Inma, no te preocupes tampoco. Ya se ocupará ella de llamarte un día sí y otro también.»

Manolo tenía razón. El olvido temporal iba a ser el único remedio para acabar con la ansiedad que se le había metido en el cuerpo y que no le dejaba dormir, ni casi vivir. Y que a veces, incluso le impedía respirar. Cuando tal cosa le ocurría, últimamente casi siempre, corría a sentarse en algún lugar donde pudiera reposar la cabeza pues comenzaba a marearse. Después esperaba a que el ritmo de su corazón aminorase y le permitiera asimilar el aire que parecía entrarle hasta por las orejas. Mientras tanto, o rezaba un Padre Nuestro y un Ave María como lección aprendida y distracción temporal, más que por verdadera creencia en Dios, aunque si además servía para algo, mejor que mejor, o le pedía ayuda a su madre muerta ininterrumpidamente hasta que el ahogo desaparecía.

Ya había decidido acudir a un médico que le recetara la solución en forma de Prozac, pero el viaje a Sevilla intercedió en primer lugar y Jose lo tomó como un descansado último recurso, antes de entrar en el club de las felices mujeres casadas y pastilleras sin hijos y sin nada que hacer, excepto la cena para recalentar en el microondas.

La tía Digna gritó desde la cocina para que pusiera la mesa. Jose se despidió de Manolo y colgó el auricular. Como siempre que hablaba con él, de nuevo se sintió recompuesta.

IV

— ¡Qué nesesidad tenías de venirte aquí tú sola! ¡A ver! –inquiría su madre por enésima vez, con lágrimas en los ojos mientras las pequeñas correteaban a su alrededor gritando y riendo para producir eco dentro de la habitación vacía.

—Ya va siendo hora de independisarme, ¿no te parese? – respondía Rosana las veces que hiciera falta para que su madre la comprendiera, que aunque sabía que no iba a conseguir su bendición, le era más cómodo marcharse de casa con su consentimiento.

— ¿Independisarte? ¡Qué palabra más difísil de decir, jolines! ¡Pero si ahora ya nadie se independisa! ¡Y tú te las das de moderna! ¡Eso era antes, pa que lo sepas, que los jóvenes de ahora viven con sus padres hasta el matrimonio, y algunos, incluso hasta después!

— ¡Pues yo no, mamá! ¡Yo soy diferente y me quiero independisar! –le rebatió Rosana.

— ¡Tú es que eres mu rara! ¡Que no hay quien te entienda, hija mía! ¡Mira que dejar a Melchor, después de tantos años!

— ¡Pues bien que pusiste el grito en el sielo cuando te lo presenté! ¡Que dijiste que era viejo y estaba renegrío!

—Un poco mayor, sí era, ¿no nena?, pero después de tanto tiem¬po… ¡Pobre Melchor!

— ¡Ay mamá! ¡Nunca te parese bien nada de lo que hago! ¡Y no le llames Melchor que queda muy mal!

— ¿Pues no se llama así? ¡Si es que eres tan radical, Rosana! ¡Hala, a vivir sola! ¡O Juan o Juanillo! ¡No tienes término medio, hija!

—Pienso encontrarlo aquí –exclamó mirando las paredes blancas y vacías–. Será bueno pa mí vivir sola, mamá, ya lo verás.

La madre suspiraba y de nuevo las pequeñas daban vueltas a su alrededor. Rosana pensaba que las iba a echar de menos a todas, a las pequeñas, Vanesa y Marisol, a Elvirita, la mediana, y a Mariluz, también menor que ella pero con la que se llevaba apenas un año y medio. También iba a añorar mucho a mamá, su genio, su altanería, y las risas que se echaba con las bromas de sus hijas, a las que no comprendía pero quería por encima de todo. Y también quizá, echaría de menos a su padre que, aunque siempre ausente de cuanto ocurría en aquella casa que era femenina por la gracia de Dios y por la suya, existía de vez en cuando, sentado en el sillón frente a la tele, en la mesa a la hora de la cena o en el retrato del salón en el que aparecía vestido de novio junto a su madre.

Sin embargo, estaba dispuesta a intentar convivir con la única presencia de sus dos gatos, a los que se llevaría seguro puesto que ella los recogió de la calle, pobrecitos, una mañana en la que pintaba sobre un lienzo una vista del parque desde la plaza de España. ¡Cuánto gato flaco se reunía en esa plaza!

Ahora que se había liberado de Mel, quería liberarse de todos, hasta de sí misma, o al menos de esa parte de ella que todavía dependía de la familia y de sus costumbres, como la de cenar todos juntos alrededor de una mesa, todos los días a la misma hora, o la de avisar cuando se iba a llegar tarde a casa o la de regresar a dormir aunque se estuviera disfrutando del amor en los brazos de un apuesto ser del otro sexo.

Quería hacer la compra y la comida aunque no tuviera ni idea de cocinar, lo justito, la pasta que era facililla, la que se come con tomate porque la otra le costaba sudores y olores en la perfumería. Y si no, si llegaba prácticamente rota por haber llevado los tacones durante ocho horas sin haberse podido sentar ni un ratito, quería tirarse en el sofá con sus gatos encima arrullando en su interior, y comerse un bocadillo o un papelón de pescao de la freiduría. Estaba emocionada y ansiosa por estrenar su chalecito adosado con un pequeñísimo pero monísimo jardín trasero en el que pensaba cultivar flores o algo más, y como era el último de la calle, no se sentía acorralada por los vecinos, pues lindaba con un pequeño terreno que en un principio había albergado un pozo del que salía el agua para toda la urbanización. Pero ahora, estaba seco y el terreno había quedado inservible, con una caseta cerrada y un árbol separado de su chalé alquilado por una valla de alambre.

—Tiene rasón mamá. No creo que sea buena idea que vivas aquí tú sola –le dijo Mariluz, la hermana que sin duda se quedaría soltera y al cuidado de sus padres cuando éstos fueran ancianos.

— ¡Y cuándo es fiesta! – exclamó Rosana asumiendo lo que con anterioridad había dado por sentado, que Mariluz no la apoyaría en su decisión, porque no la había apoyado en ninguna de las decisiones de su vida, y mira que había decidido ya cosas a sus treinta años. Que si estudiar arte, que si trabajar en la perfumería, que si salir con Mel, que si dejar a Mel, y ahora, que si vivir en un chalecito adosado y alquilado, en soledad casi completa.

Elvirita sonreía. Si la hubiese tenido que describir, Rosana habría dicho que su hermana era una sonrisa. No sabía si buena o mala, si dulce o siniestra, pero sí, una invariable sonrisa pensante. Aunque ni siquiera estaba segura de que pensara alguna vez, como solía hacer la gente.

No le pidió su opinión y Elvirita no se la dio. Mantuvo su sonrisa mientras escuchaba la conversación sin participar en ella, y como de vez en cuando asentía cuando ella hablaba, Rosana pensaba que al fin alguien estaba de su parte. Y como otras veces negaba moviendo la cabeza de un lado a otro, la madre de Rosana pensaba que todas sus hijas estaban de la suya.

¿Para qué se iba a molestar en preguntar a las más pequeñas, si no tenían ni voz ni voto?, además con preguntar a una le hubiera bastado puesto que eran iguales, que además de traviesas y gritonas eran gemelas y tan parecidas la una a la otra como la Giralda a su hermana marroquí.

Parecía que por mucha saliva que gastara explicándose, no iba a conseguir que su madre se convenciera de lo que ella ya había decidido. Porque eso sí, estaba decidido, y ni el enojo de su madre, ni la insolidaridad de Mariluz, ni la sonrisa imparcial de Elvirita, la obligarían a regresar a la casa familiar. No iba a dar su brazo a torcer, porque era una mujer autosuficiente que trabajaba y ganaba un sueldo, que necesitaba tener su intimidad y, además, ya era hora, que ya había cumplido la treintena.

Todo aquel compendio de buenas razones enredadas sin orden alguno salió de su boca en constante repetición durante la hora y media que tardaron en ver el chalé de una sola habitación, saloncito con terraza, baño y cocina, y lo mejor de todo, el jardincillo para cultivar flores de colores.

Lo de las flores, a su madre, pareció llegarle al alma, porque a partir de dicha palabra empezó a bajar la guardia poco a poco. Quizá porque la familia había vivido siempre en un piso cuyos balcones daban a la calle. Su madre los había llenado de jardineras, pero poco después, tuvo que retirarlas por miedo a que se descolgaran y mata¬ran a un niño o a un viejo, que aunque no era igual, también le habría dado un buen disgusto.

Rosana sólo tuvo que esperar unos minutos mientras dejaba que su madre hablara todo lo que le quedaba por hablar. Y a cada palabra que salía de su boca, iba convenciéndose a sí misma y guardándose las uñas en los bolsillos del chaquetón. Mariluz se había apartado y miraba por la ventana el jardincillo vacío. Elvirita había dejado de sonreír, y las pequeñas, agotadas, estaban sentadas en el suelo de la sala, calladitas y quietas al fin.

Rosana esperó, mientras veía a su madre que echaba una última ojeada a su alrededor, como queriendo resumirlo todo en una última mirada. Después, cogió aire, hizo una mueca alzando sus cejas dibujadas con lápiz marrón y dijo con autoridad: «Por lo menos, está serca de casa de tu tía Digna». Rosana cerró los ojos y sonrió. Supo que por fin se había emancipado.

V

— ¡Bendita hora la que se me ha ocurrido acompañaros al Gran Poder! Vamos a pillar la misa resién empesada –decía en voz muy baja la tía Digna. Jose asintió en silencio–. Aunque a Trini, la hemos fastidiao...

— ¿Por qué? –preguntó Jose.

—Porque su familia, no son lo que se dise de misa diaria –continuó–. María, su madre, sí, pero ella no va nunca. Pero es mu buena –la disculpó sonriéndole para que no sospechara–. No es más santo el que a misa va – declaró la tía Digna con un nuevo refrán. La tía Digna cosechaba refranes, algunos incluso los plantaba ella misma y los dejaba crecer hasta que se afianzaban en el mundo con troncos fuertes y robustos.

Jose tampoco solía ir a misa. Asistía sólo en raras ocasiones, Navidad, Viernes Santo y Domingo de Resurrección, y lo hacía arrastrada por su hermano Arturo que era el encargado de mantener las tradiciones familiares tras la muerte de su madre. Ella, sin embargo, prefería seguir la postura de Eduardo, la del católico no practicante, la del cristiano-creyente siempre dudoso. Y además, ahora sus relaciones con Dios no eran precisamente óptimas, pues se sentía muy enfadada con Él por haberla dejado huérfana tan pronto y tan de repente.

No obstante, había traído su cámara y pensaba aprovechar su estancia en Sevilla para hacer unas buenas fotos. ¿Y qué tenía Sevilla, que fuera más atractivo para el turista en aquellas fechas primaverales, sino sus iglesias y las famosas procesiones de Semana Santa?

La iglesia merecía la atención, sobre todo por las pinturas que se extendían a los lados. Imágenes modernas de la Pasión de Cristo, vistas desde un punto de vista peculiar que chocaba con la antigüedad del retablo dorado. En el centro, se alzaba la famosa imagen.

A Jose le pareció un Jesús desvalido, que se caía por el peso de la cruz que llevaba al hombro, en su camino hacia la muerte. Le pareció incluso viejo, demasiado para treinta y tres años y para ser tan poderoso como aseguraba la tía Digna. A su derecha, la Virgen. Jose ignoraba su nombre, y le hubiera parecido imposible recordarlo aunque lo supiera, porque había demasiadas vírgenes en Sevilla, que cada Cristo tenía su Virgen y cada Virgen, su Cristo, y para una madrileña ignorante en tradiciones religiosas, que conocía al Cristo de Medinaceli solamente de oídas, la extensa imaginería de la ciudad le parecía incomprensible y casi irreverente.

—Es mu milagroso – le explicó la tía Digna viendo que su sobrina lo observaba.

Jose miró a través del ojo de su cámara fotográfica y apretó el bo¬tón rojo. «¿Se puede usar el flash?», preguntó después de hacer la foto. La tía Digna le hizo la pregunta a Trini. Ésta la miró y se encogió de hombros demostrando su ignorancia.

A ambos lados del retablo había una entrada y una salida. La tía Digna aseguró que tras la imagen se hallaba una escalera. Jose vio un trozo de hábito que se movía tras el nazareno. « ¿Se puede entrar a verle?», preguntó.

—Claro, luego vamos – asintió la tía Digna.

Jose dejaba que su tía se apoyara en su brazo para subir los escalones. Trini, la corpulenta vecina y amiga, subía delante de ellas, esperando en cada escalón a que subieran el siguiente. Había tres o cuatro personas haciendo cola para ver de cerca la parte de atrás de la imagen. Trini se apartó para dejarlas pasar y evidenció su falta de religiosidad, apoyando la espalda en la pared, con las manos ocultas tras los riñones en una actitud visiblemente infantil.

Uno a uno, los devotos subieron el último escalón para pararse después un par de minutos y susurrar una oración en sus labios. Con la mano, tocaban el talón del pie derecho del nazareno, que sobresalía por un agujero hecho a propósito para tal efecto, del cristal blindado que lo protegía de la mucha fe.

Jose aprovechó la espera para sacar de nuevo su cámara y hacer un par de fotos. Siempre hacía dos fotografías de cualquier cosa, si la mala suerte le velaba una, no quería perder para siempre aquel momento. Encuadró la espalda del Cristo envuelto en una túnica morada que le llegaba al tobillo, y abajo, los fieles que rezaban, que le pedían, a cambio de algo o de nada. Una mujer acariciaba el talón con unos dedos de largas uñas pintadas en color vino. La cámara no podía ver su rostro, pero sí su melena, roja también y rizada que le caía suelta sobre la espalda. Jose disparó satisfecha. Después, subió e hizo idéntico gesto tras pensar «donde fueres, haz lo que vieres», tocando con la palma de su mano el frío talón.

—Pídele lo que quieras –dijo la tía Digna tras ella, como si se refi¬riera a un camarero que esperara tras la barra de un bar. Jose cerró los ojos y pidió un hijo, se santiguó y dejó pasar a su tía.

Se acercó hasta donde Trini las esperaba. Ésta le sonrió al verla.

—Creo que he hecho unas buenas fotos –exclamó para romper el hielo. Trini le sonrió y desvió la mirada, como si ya le hubiera dicho bastante.

— ¿Has pedido algo? – preguntó después su tía – Te lo va a cumplir, ya lo verás. Pero tienes que creer...

Jose creía. Creía que había hecho una de las mejores fotos desde que empezó el carrete nuevo. Creía que el pelo rojo de la mujer que había visto rezando, era el pelo más bonito que había visto nunca. Creía que debía ir a la peluquería en cuanto volviera a Madrid, y creía que debía cambiar de nuevo el aspecto aburrido y lacio de su corta melena marrón.

—La plasa se pone de gente, que no cabe un alfiler, esperando todos a que salgan primeramente los romanos, con sus uniformes brillantes y sus sombreros con las plumas blancas en la cabesa, hasiendo el desfile antes de que salga el Cristo. Después se apagan las luses. Todas las luses de las farolas, de los balcones y de dentro de las casas. Y entonses, de repente, se hase un silensio tremebundo. ¡Ni una mosca se oye! ¡Ni un niño llorando, fíjate lo que te digo! No se mueve nadie. Entonses salen primero los nasarenos, ¡que son muchos!, y después, el Cristo. Con todo apagao y las velas ensendidas, y ese silensio, que está tó el mundo callao. ¡Tó el mundo! Que se me ponen los pelos de punta namás que de pensarlo. ¡Mira! ¡Fíjate! –la tía Digna se levantó la manga del jersey blanco de entretiempo para que Jose pudiera ver el vello erizado de su brazo. Ésta asintió y ella continuó hablando–. ¡Y eso es... tremendo! ¡Tremebundo, vamos! –A Jose le hubiera gustado tener a mano un buen diccionario–. Y así, se hase tó el camino, toda la carrera pabajo, hasta llegar a la Catedral a reverensiar al Santísimo. Y por donde va pasando, la gente se calla. Y si alguien se mueve o dise algo, aunque sea bajito, la gente le chista... ¡schhhh! – indicó poniendo el dedo índice junto a los labios–. ¿Verdá Trini? ¿Verdá que sí, que es como lo digo?...

Trini volvió a encogerse de hombros y después exclamó: «No sé. A mí no me gustan las prosesiones, ni la Semana Santa».

La tía Digna no pareció hacerle mucho caso y continuó con su relato.

—Bueno, da lo mismo. Es como te lo cuento. ¡Hermosísimo! ¡Un respeto, que dónde va a parar! – la tía Digna calló de repente y como si se dejara algo en el camino, preguntó de nuevo a su estrafalaria vecina–. ¿Entonces no has estao tú nunca en la Madrugá, Trini? ¿Ni con tu madre siquiera?...

La corpulenta vecina se rascó la cabeza con descuidada saña, como lo haría una niña, y de nuevo se encogió de hombros.

—Sí –asintió– pero ya no me acuerdo de na –rió en voz muy baja.

Jose no pudo evitar esbozar una sonrisa ante la absoluta sinceridad de Trini, en la que poco a poco iba descubriéndose su deficiencia. Su cuerpo grandón y casi sin formas, su corta melena deslustrada y canosa, mate, peinada hacia atrás y engominada, con los mechones tiesos, adherido su pelo a la cabeza para finalizar en un revoltijo de caracoles grises y enredados sobre la nuca. Su vestido amplio de manguita corta y una rebequita blanca de perlé echada sobre los hombros, un bolso negro de piel que llevaba colgado en bandolera, con la cinta muy corta y a la altura de un pecho casi inexistente, un abanico minúsculo en la mano derecha, con el que se daba aire rítmica y aceleradamente, y con el que se golpeaba la cara con el ribete de encaje. Tenía el rostro limpio de potingues femeninos, los ojos despiertos y en eterna sorpresa su mirada, y una sombra verdosa le bordeaba el labio superior. Toda ella era un descuido supuestamente involuntario.

La tía Digna no le había advertido de su parvedad. Tan sólo se la había presentado como su vecina cuando decidieron ir a ver al Gran Poder. Tras la puerta de enfrente se oyó «¿Quién?», con una voz muy masculina. La tía dio el santo y seña. «Trini, abre, que soy yo, Digna» y Trini se asomó tras la puerta entornada hasta asegurarse de que la tía Digna era quien decía ser, la tía Digna.

—Mira Trini, hija, que te quiero presentar a mi sobrina Jose –en un primer momento, la vecina pareció contrariada por la visitante, pero después, al ver la amable sonrisa de Jose, le dio un fuerte apretón de manos y le preguntó–. ¿Tú eres Jose? – ésta asintió correspondiendo a su saludo y se quedó muy sorprendida al escuchar la siguiente pregunta–. ¿Y por qué tienes nombre de chico?...

No le supo contestar. Miró a su tía y comprendió, y también se preguntó cómo se le habría ocurrido designar a Trini como su acompañante y guía en su recorrido turístico por la ciudad, si por lo visto vivía allí, pero como si no viviera, porque nada conocía y nada le gustaba, excepto ir de vez en cuando al Corte Inglés a comprar macetas y bulbos de flores para adornar su balcón. Estaba ida, no había duda. Y a Jose le hacía muchísima gracia escuchar sus respuestas llenas de una aplastante sinceridad que no era común ante las preguntas de la diplomática tía Digna y la atención que prestaba ante cualquier movimiento de cualquier persona. No se le escapaba una y estaba pendiente de casi todo.

Jose había decidido que lo más acertado sería recorrer la ciudad sola, pero un gesto de Trini le hizo seguir su mirada hasta descubrir a un gorrión que bebía agua en una lata colocada a propósito, sobre el pie de la estatua de un hombre que vestía uniforme militar y tenía el sombrero salpicado de cagadas de paloma y otros seres voladores.

Jose pensó que sólo allí, en aquella ciudad donde la gente era lo más afectuoso y campechano que había conocido, se podía poner bebederos a los pájaros a los pies de las estatuas.

—Mu bonita la medalla que le has comprado a Eduardo, niña. Le va a proteger mucho, ya lo verás...

—No es para Eduardo, tía –aclaró Jose–. Es para mi futuro sobrino, o sobrina, Dios dirá...

A Eduardo no le habría hecho ni pizca de gracia una medalla del Gran Poder como regalo. Él sí que no creía ni en dioses, ni en nada de nada. Únicamente en sí mismo y en su hueca perfección. Jose volvió a verle dentro de su mente tras un velo de color rojo subido, e intentó quitárselo de la cabeza alzando la mano para llamar la atención del camarero. Mientras, a la tía Digna se le caía el bastón al suelo y Trini se lo recogía.

VI

—Y eso les he dejao pa que coman. En una caserolita, en el horno, namás que pa calentar y a comer. Y yo, a la calle que también tengo derecho.

— ¿Y cómo lo has hecho, con sebollita?

—No, con tomatito y pimentitos fritos.

— ¿Y namás?

—Namás. ¿Pa Qué más?

— ¿Bacalao, bacalao?

— ¡Bacalao, bacalao! ¡Del bueno! ¡Y mu fresquito que está!

Hubiera dado su virtud, si aún la tuviera, por una tajadita del bacalao con tomate que estaba oyendo cocinar en el autobús. A pesar de que en la calle florecían los naranjos, a pesar de que invadían con su perfume a azahar el autobús cada mañana, su nariz sólo era capaz de percibir el olor a bacalao con tomate que imaginaba mientras escuchaba a aquellas dos mujeres. ¿Tan desarrollado estaba su sentido del olfato que hasta podía captar un olor imaginado? Si pudiera hacer lo mismo con el gusto. «¡Qué rico! ¡Con su pielesita y su panesito mojaíto en el tomate y su espinita pa chupar!»

Poco le faltó para levantarse de su asiento y suplicarle a la señora una invitación para comer. Pero se arrepintió a tiempo. Había que guardar la línea, y ahora más que nunca puesto que estaba libre y soltera, y de nuevo en circulación. Eso significaba que había que echar las redes otra vez y esperar a que picase un buen bacalao. De nuevo aquella palabra y de nuevo el hambre, que apenas se había tomado un café como desayuno. Sin embargo, volver a pescar era algo que no le apetecía en absoluto. La relación con Mel la había dejado más que satisfecha, empachada de amor y sexo. Quizá había sido demasiado intensa, demasiado ardiente, aunque poco profunda. Todos eran iguales, más jóvenes o más viejos. Que más tarde o más temprano, el joven se volvía viejo y el viejo volvía a ser niño. Que más pronto o más tarde llegaba el dolor de tripa y los gases, y había que expulsarlos a fin de que no dolieran en el corazón, y algunas veces la vomitona era tan grande que no veía el momento de devolver la relación al completo, con todos los recuerdos y todos los momentos que el hipocampo se había empeñado en grabar para su cerebro, porque el hipocampo barre para casa, y despúes cede los recuerdos al córtex, como había visto en un documental de la tele, para que quedaran grabados por siempre jamás, forever and ever.

Se bajó por la puerta de atrás y miró hacia la perfumería. Allí estaba otra vez. Parecía que aún le quedaban flemas por vomitar. Mel daba dos pasos arriba, dos pasos abajo, con la cabeza y las orejas gachas, con la mirada en la punta de sus deportivas. Se había puesto el chandal gris, como todos los sábados por la mañana desde que se lo compró y a Rosana se le ocurriera decir que vestido así, parecía más joven. Él se lo tomó a la tremenda, como hacía con todo lo que ella decía, y pensó que era un cumplido y decidió convertir el chandal gris en el uniforme de los días libres. Pero Rosana se lo había dicho pensando todo lo contrario, porque no quería que se quitara años, que la edad le hacía más atractivo y había sido uno de los motivos, sino el más poderoso de todos, para sentirse tan exageradamente atraída hacia sus huesos. Y que así, con la capucha de la sudadera colgando, que le tiraba hacia atrás como si cualquiera le hubiera metido un kilo de cualquier cosa, parecía mucho más gordo y también achaparrado. Con las manos metidas en los bolsillos del pantalón y esa mirada perdida en el suelo, y triste, tan triste que le recordaba a su osito de peluche. «El osito Mel», pensó sin maldad alguna. «El mejor amigo de los niños sensibles.»

Rosana sonrió sin dejar de mirarle y esperó a que él advirtiera su presencia. Apenas unos segundos con los ojos fijos en su nuca y la mano de Mel empezó a rascarse furiosamente la parte de atrás del cuello. Después, él también sonrió al ver que ella se acercaba.

Abrió la puerta de la tienda mientras le permitía que dejara escapar de su boca un montón de frases en desorden, preparadas, sin duda, momentos antes del encuentro, pero que ahora era incapaz de pronunciar con cierta lógica.

Rosana no le prestaba atención. Sabía a qué había ido a la tienda, a pedir disculpas, a rogar que le creyera una vez más, a suplicar la última oportunidad. Le escuchaba sin siquiera entender sus palabras mientras dejaba el bolso tras el mostrador y se quitaba la chaqueta. Él la siguió hasta el perchero y la ayudó a colgarla. Continuaba su charla pero Rosana, sin saber por qué, no le comprendía, aunque tampoco le hacía falta porque sabía por qué estaba allí. Quería volver. ¡Como si fuera tan fácil la cosa! Quería saber por qué ella no había vuelto a clase. ¿Qué necesidad había de dejar la escuela, sólo porque había roto su relación sentimental con el profesor? ¡Qué insignificancia! Mel quería saber cómo estaba, cómo se había sentido desde que rompieron. ¿Qué había hecho? ¿Por qué no le había llamado? ¿Había pensado en él? Sí, él también estaba arrepentido. No se podía explicar su ocurrencia de romper, si aún la quería. Porque ella era la única mujer que había querido y no quería perderla. Y si en su corazón quedaba, aunque fuese una brizna de amor, estaba seguro de que lo mejor era volver a intentarlo.

Tras el mostrador, en la pared, Rosana apretó el interruptor de la luz. Las estanterías repletas de cajas de perfume recobraron su aspecto saludable. Rosana se acercó a ellas para ordenar lo desordenado y colocar lo descolocado. Mel parecía titubear, debía sentirse muy ridículo tras haberse humillado para recuperar su amor. Tendría que tener en cuenta a la hora de responder, el gran esfuerzo que estaba haciendo tragándose su orgullo. Pero Rosana estaba decidida a dejarle. ¿Estaba todo claro, no? Ya no le quería. Además sospechaba, o más bien intuía, que Mel se había liado con otra. No sabía cómo, pero esas cosas se saben, las mujeres las saben. Aunque si él le juraba que no era así, quizá... Quizá podría darse un poco más de tiempo, puede que incluso se tomara en serio la posibilidad de volver.

Después de todo, siempre quedaba algo. «Donde ha habido fuego, siempre quedan rescoldos», solía decir su madre. Quizá estaba equivocada al pensar que sus sentimientos ya eran cenizas. Sí, eso era. Sólo había que avivar un poco el fuego de la pasión, y después... Cogió el plumero y comenzó a limpiar con sus plumas color rosa fucsia por entre las colonias y las cremas hidratantes, mientras oía lo que esperaba que fueran las últimas palabras de Mel. Acarició con las plumas los contornos de ojos y las leches limpiadoras, las limas de uñas y los botes de acetona, los pintalabios, los pintaojos, los pintauñas, los pintapelos y los maquillajes, y pensó que tenía que probar el nuevo eyeliner de Loreal. Y de repente, sus oídos hasta entonces taponados por la seguridad de saber para qué había ido Mel a verla aquella mañana, escucharon la última y reveladora frase que salió directamente de sus labios.

— ¿Qué? –preguntó exigiéndole una repetición, dejando caer el brazo que sostenía el plumero.

— ¿No has oído nada de lo que te he dicho, verdad? – dijo él con tono airado, como si la hubiera pillado otra vez en un renuncio–. ¡Como siempre! Como ya no me quieres, ya no me escuchas…

Casi iba a decirle que no, que estaba equivocado, que todavía le quería aunque muy poquito, pero lo suficiente para un nuevo comienzo para los dos, cuando Mel bajó los ojos y dirigió de nuevo su mirada hacia sus deportivas. Después, la miró a ella y abrió la boca. «Quiero que me devuelvas la llave del piso, si no te importa...»

Casi no podía creer lo que acababa de oír. Mel continuó hablando sin mostrar ni la más mínima compasión. «O mejor, dásela tú directamente a Amalia. Me dijo que vendría a trabajar esta mañana, por eso he venido. Debió cambiar de opinión en el último momento...»

«¿A Amalia?», preguntó Rosana con la imaginación. ¿Amalia, su compañera? ¿La misma que le había cambiado el sábado ocho por el sábado quince, porque tenía que ir a San Lúcar a visitar a una tía suya que había ingresado en el hospital porque le había dado un pasmo?...

De nuevo Mel pareció adivinar sus pensamientos.

—Sé que te sorprende, te aseguro que yo estoy tan sorprendido como tú. Casi no puedo recordar cómo ocurrió, pero ya me ves, tan enamorado como un adolescente...

— ¡Está casada! – acertó a decir Rosana con un hilo de voz que salió de su garganta de manera involuntaria. Enseguida se arrepintió. ¿Cuándo le había importado a Mel, eso de romper un matrimonio o cualquier otra cosa que se pudiera romper? Era rompedor de nacimiento, si es que eso se puede ser nada más venir al mundo.

—Lo sé –le respondió con indiferencia–. Eso es algo de lo que aún no hemos hablado. Supongo que en algún momento tendremos que tomar una decisión, porque esto va en serio, ¿sabes? –sonrió–. No es una relación más. No es como cuando salía contigo, esto es diferente –dijo saboreando en su boca el gusto por lo prohibido–. Pero todavía estamos en el principio. Todo eso vendrá más tarde...

Rosana seguía sin creerse lo que estaba oyendo. Permanecía de pie junto a las estanterías, frente a Mel, con el plumero rosa fucsia en una mano y un vacío repentino y cruel en la otra.

— ¿Verdad que es muy extraño todo esto? –le preguntó Mel son¬riéndole de nuevo–. La vida te da sorpresas, como dice la canción. ¿Quién se iba a imaginar? ¡Amalia y yo! Tanto como nos hemos visto aquí en la tienda, cuando venía a verte, ¿te acuerdas? – exclamó como si no hubiera sido ayer, como si hubiera pasado todo el tiempo del mundo–. Cuando estaba locamente enamorado de tus rizos rojos. Ahora sé que aquello no era realmente amor. Y mira tú por dónde, he ido a enamorarme de tu compañera. ¡Y no sabes cómo, ni de qué manera! ¡Cómo un adolescente! –repitió insultante.

Rosana se sintió pálida, casi muerta.

—Por eso te pido que le des la llave en cuanto la veas –bajó el tono de su voz y como si alguien pudiera escucharle susurró–. Hemos quedado para vernos esta noche...

Ella negó moviendo la cabeza. «Se ha ido a San Lúcar.» Mel sonrió de nuevo y con la satisfacción de saber lo que otros ignoraban le dijo «No, no ha ido a San Lúcar, te lo aseguro. Aunque su marido piensa que sí», suspiró profundamente y susurró de nuevo. «Pasaremos el fin de semana juntos en mi apartamento.»

Diez minutos más tarde, Mel había salido de la perfumería y Rosana aún no había soltado el plumero rosa fucsia porque tenía la sensación de que todo a su alrededor estaba sucio. Las estanterías, los cosméticos, el mundo... incluso ella. Pero lo más sucio y rastrero de todo, era la felicidad del seboso de Mel y la lipendi de Amalia. Ni el mismo Judas habría sido capaz de una traición semejante. Al parecer, no sólo los hombres tenían rabo, también a algunas mujeres les colgaba algo demoníaco entre las piernas.

VII

—Día de San Blas, las cigüeñas verás —había dicho la tía Digna por la mañana, cuando al abrir la terraza, había avisado a Jose para que viera a una pareja de cigüeñas dirigirse a su nido, en lo alto del campanario de la iglesia del barrio.

Después, la misa no había sido demasiado larga. Al menos a Jose se le pasó enseguida el sermón del cura, que como le ocurría con casi todos los sermones, nunca los escuchaba. La pequeña iglesia tenía mucho que enseñar. Jose sospechaba que la imaginería, arte muy considerado por los andaluces, y muy especialmente por los sevillanos, estaba de manera muy presente en todas y cada una de las iglesias de la ciudad, fueran de barrio o famosas iglesias.

Una mujer traía claveles blancos dentro de un cubo. Los sacó, les sacudió el agua que mantenían sus tallos y los colocó a los pies de la Virgen. Sobre la imagen, en una orla que adornaba la capilla, los exvotos colgados agradecían el milagro de las sanaciones. A Jose no le gustaban los claveles blancos. Había visto demasiados hacía un año cuando murió su madre. Le recordaban a cementerio y a tierra removida. Los claveles blancos en un cubo le recordaban a muerto, y no a la primavera.

—El corasón de María – apuntó la tía Digna, informando a Jose sobre el arte de su ciudad y sus iglesias–. Puedes haser fotos tranquilamente – Jose se sintió casi obligada a llevarse un recuerdo de la imagen. El flash no saltó. Había suficiente luz de sol del mediodía que entraba por las ventanas transparentes. Aquélla era una iglesia sencilla, sin ornamentos recargados ni vidrieras de colores. Blanca y albero, como en México, o mejor dicho, como en Sevilla, que lo americano siempre es una copia de lo español.

— ¿Te gusta? –preguntó la tía Digna para contrarrestar su ocasio¬nal falta de interés. Jose respondió con un asentimiento, la tía sonrió satisfecha y totalmente de acuerdo.

—En la prosesión, que es en junio, me parese, da una vuelta por todo el barrio. Que paran el tráfico y tó...

Jose la interrogó levantando las cejas y la tía Digna atendió a la expresión de su cara. Ella también asintió y explicó: «Sí, el hermano mayor se encarga de eso. Con lo de apagar las velas», hizo un gesto con los brazos, como si llevara un apagavelas en las manos. «Los autobuses y tó, se paran pa que ella pase. Y pasa por debajo de nuestro balcón», dijo regalándole a Jose su tierra y su casa. «Antes crusaba también por el patio, pero ya no, me parese que no, que ya no pasa por el patio», calló unos instantes, movió los labios y miró al altar, rezaba. «Dios te salve María, llena eres de gracia... No, ya no pasa por el patio, pero pasa por debajo de nuestro balcón», repitió, porque a veces cuando la tía Digna decía algo, se quedaba grabado en su mente como si no fuera suyo, y al ratito le sonaba, lo reconocía y lo decía de nuevo porque creía que nunca lo había dicho hasta entonces. Y Jose, que lo sabía, le sonreía, y hasta le gustaba que alguien tuviera tiempo de repetirle las cosas.

A la salida, un mendigo extendía su mano abierta. Un mendigo que no lo parecía, con traje azul oscuro, pero mendigo al fin y al cabo, porque mendigaba. Jose pensó que nadie pedía por gusto. Abrió el bolso y sacó el monedero, porque alguna razón tendría el hombre para perder la mañana en la puerta de la iglesia. Aunque a ella le pareciera que iba vestido de domingo.

Dos monedas cayeron sobre la palma del hombre que la cerró de repente y de su boca brotó un manojo de agradecimientos para Jose, ella los aceptó con asombro y también con una sonrisa.

—Aquí son mu agradesidos –explicó la tía Digna. Jose se preguntó cómo podía saberlo ella, pues aún no la ha visto dar ni un céntimo–. Y éste, además, es conosido por aquí. Me suena a mí de haberlo visto otras veses –Sería por eso que cerraba sus oídos y su corazón ante la mendicidad. Pero de repente, como si le hubiera leído el pensamiento, la tía Digna le respondió–. Es que, si le tuviera que dar a todos... –y dejó la frase en un tímido suspense. Jose la entendió. Al fin y al cabo, ella era nueva en la ciudad.

El barrio era como un pueblo dentro de Sevilla. Todos conocían a la tía Digna, todos se paraban a hablar con ella y a conocer a la recién llegada. Y los que no la conocían, la saludaban igualmente, que allí era de educados el saludar. Jose pensaba que nunca había tenido que decir hola tantas veces en un mismo día, en un mismo minuto.

De nuevo, utilizó su cámara de fotos porque le pareció increíble que las paredes blancas de aquellos chalecitos se volvieran de color rosa en primavera, cubiertos de buganvilla, y también porque las vallas vestidas de flores azules, de los jazmines sin olor, le embargaron el corazón, que ya intuía el verano. Era marzo, y eso era lo más sorprendente de todo, la tan manifiesta estación. Y recordó que en Madrid nunca sintió el paso de las estaciones. Y recordó que en su Madrid, no existía la primavera.

La tía Digna hizo una mueca de repugnancia y avanzó un poco más rápido, apoyándose sobre su bastón.

— ¡Mira! –exclamó señalando una pared encalada.

Adosada a la pared, una salamanquesa parecía no haberse dado cuenta de que aún era de día.

—Creía que sólo salían de noche para cazar mosquitos –dijo Jose.

— ¡Pues ya la ves! ¡Ahí, al fresquito y tan agustico que está! ¡Cómo está a la sombra y no nota el calor, pues ahí está, tan ricamente la bisha! ¡Y yo es que no puedo ni verlas! ¡Que me pongo sofocaíta perdía! Por eso, ha sido mejor que tú duermas en la otra habitasión, porque así, si tienes calor, puedes abrir la ventana. ¡Yo es que si la abro, no duermo pensando que va a venir una de éstas!

—Son bonitos estos chalés – admiraba Jose mientras caminaba junto a su tía.

—Pues en uno de éstos, no sé cuál de ellos todavía porque Anto¬nia no me lo ha disho, vive tu prima Rosana. ¿Te acuerdas de ella?

Jose negó moviendo la cabeza.

—Jugábais juntas de pequeñas, cuando venías aquí con tu madre y con tu hermano. ¿Te acuerdas? Y también con sus hermanas, Elvirita y Mariluz, que las gemelas todavía no habían nasido. Pues uno de estos es – la tía se paró y miró hacia atrás–. ¿Cuál será el número? Si yo creo que Antonia me lo dijo. ¿Qué número me dijo?

Jose se encogió de hombros.

—Bueno, da lo mismo. Ya vendremos a verla, y seguro que ella viene a casa también en cuanto sepa que estás aquí. ¡Es una mushasha mu maja! ¡Un poco veleta, pero mu buena mushasha! Lo que pasa es que su madre, mi cuñada Antonia, está preocupadísima.

— ¿Por qué? –se interesó Jose.

—Porque Rosana salía con un hombre mayor. Era profesor de arte, porque ella pinta, ¡y no veas cómo pinta! Ya le diré yo que te enseñe los cuadros que tiene, aunque en casa hay uno, ¿lo has visto? Pues, el caso es que la familia no estaba mu de acuerdo. ¡Tú fíjate! ¡Una mushasha como ella, con un viejo de casi sincuenta! ¡Pero oye, que se ve que el hombre la quería y tres años estuvieron juntos! Y ya, la familia tan contenta con el mushasho que estaba...

Jose admiró la facilidad que tenía la tía Digna para rejuvenecer al profesor de arte, de casi cincuenta años, y convertirlo de repente en

un muchacho en la siguiente frase. La tía Digna paró para respirar, y
después continuó...

—Y ahora, hace dos días que lo han dejao, y se ha venido a vivir a
uno de estos shalesitos. ¡Sola!

— ¿Y qué edad tiene? – preguntó Jose.

—Pues, treinta tendrá. Yo creo que es como tú.

—Pues entonces, no es tan raro que quiera vivir sola.

— ¡Eso digo yo! ¡Y se lo dije a mi cuñada Antonia el otro día! Le
dije, ¡tú déjala, Antonia, que haga su vida, que ya es mayor de edad!
Además, que dise mi cuñada que Rosana es una veleta, que va
siempre de flor en flor, chupando un poco de allí y otro poco de allá,
que ya es hora de que encuentre a un hombre, ¡jolines!... Vamos a
entrar en la pescadería, a ver si tienen asedías fresquitas, que yo sé
que te gustan mucho.

Jose sonrió asintiendo.

—Si no tienen, hasemos una ensalá de patatas, que ya apetese –la tía
Digna abrió su abanico negro y comenzó a darse aire para
refrescarse–. Y luego, vamos a la tienda de Feli, a comprar unas
servesitas y un poquito de jamón, que lo tiene mu bueno, y además
lo corta en lascas mu fínita, como a mí me gusta...

Toda la casa estaba aún impregnada del olor a ensalada de patatas.
La tía Digna echaba una cabezada en su sillón mientras creía ver la
película de estrenos televisión. Jose había bajado un poco el
volumen del aparato y las voces producían un efecto de fondo
ambiental, agradable y calmante, en la sobremesa.
Recogió los platos y los llevó a la cocina. Los dejó en la pila y no los
fregó porque no quería disgustar a su tía, que decía que era mejor
dejarlos un ratito en agua caliente, con el jabón, y así después sólo
tenía que enjuagarlos.

Deambulaba por el piso reconociendo cada uno de los objetos que
la rodeaban. No recordaba ninguno. Ni los tres elefantes de madera,
ni la muñequita china de seda. Echó de menos algún plato de la
famosa cerámica sevillana que tanto le gustaba a su madre y de la
que Jose guardaba tantos objetos en su casa, con un cariño muy
especial. «En casa del herrero, cuchillo de palo», pensó sin
comprender que su tía no hubiera comprado nunca ninguno, después
de vivir tantos años allí.

Las paredes del saloncito estaban casi vacías. Apenas una Virgen
Macarena presidiendo la estancia, y frente a ella, un retrato de su tío

muerto hacía casi veinte años. Tampoco a él lo recordaba. Muy escasamente en alguna lejana Navidad. Su aspecto sobrio, con su bigote recortado sobre el labio y sus gafas estrechas, le hacían pa¬recer muy serio. Aunque de oídas sabía que era un hombre alegre, como la mayoría de los sevillanos, que gustaba de las fiestas y de las tradiciones, así como de las reuniones familiares. Nunca tuvo hijos, pero según decía su tía, había criado a sus sobrinas, a las que tuvo tiempo de conocer como si fueran suyas. « ¡Qué ironía!», pensó. Según su tía, aquellas tres niñas, sus primas, habían tenido dos padres. Ella, sin embargo, no había tenido ninguno.

A la derecha, en la parte baja del lienzo, había una firma. «Rosana Ruidrobo.» Su prima, la veleta, lo había pintado. Haría... ¿cuánto tiempo? Jose supuso que habría sido antes de liarse con el profesor de arte de casi cincuenta años que era un buen muchacho, según había dicho la tía Digna. Supuso también que habría sido antes de que su tío muriera.

Su mirada continuó deambulando por el saloncito, mientras respiraba el calor de la tarde, y un bostezo le llegó a la boca. La tía Digna inspiraba la levedad de su sueño breve, placentero, con los labios apretados y la cabeza echada hacia atrás, con la serenidad de un sueño espontáneo, y la ligereza de la no preparación, de la improvisación, de una plácida ensoñación sobrevenida.

Jose buscó inútilmente una fotografía de su madre entre aquellos recuerdos. Para su tía era la única hermana, sin embargo no la encontró. Pensó entonces que la tía Digna guardaría algún retrato en la cartera, que aunque la llevara en el bolso, era un lugar más cercano al corazón.

Buscó entonces entre los libros de la estantería algún título que le resultara interesante. Entre las cosas que había olvidado meter en la maleta, además de su diario, estaba alguna buena novela para leer en esos intensos ratos de ocio y de pesadez digestiva. Había libros de medicina; una breve colección de clásicos universales; los premios Planeta desde el año ochenta hasta el ochenta y cinco; y de repente, el Bhagavad Gita, en un torpe descubrimiento, colocado horizontalmente sobre otros libros. ¿Era posible que su tío lo hubiera comprado y leído? ¿Era posible que su tía, siquiera supiera de qué libro se trataba? Decididamente no. El libro debía haber llegado hasta allí por cualquier otro medio.

Se sentó en el sofá, retiró de un lado la sobrecubierta de coloridos dibujos hindúes y descubrió las pastas duras y grises. En la primera página había una dedicatoria escrita a mano. «Para Rosana, de un amigo muy especial...»

Su prima otra vez. Política, pero de su familia al fin y al cabo. ¿Quién se lo habría regalado? ¿Quién sería aquel amigo tan especial? Se dio cuenta de la gran diferencia que la separaba de aquella mujer, de la que ni siquiera recordaba el rostro. Aunque, sí recordaba su pelo. Le vino a la mente una niña de rizos pelirrojos y pecas en la cara. Y después, siguió recordando a las otras dos, Mariluz, la mayor y algo más parecida físicamente a Rosana, y Elvirita, medio rubia como la tía Antonia. Sin embargo, no fue capaz de acordarse de su tío Juan Luis, cuñado de la tía Digna y padre de Rosana.

Casi involuntariamente, comparó su vida con la de su prima y se dio cuenta de que apenas había vivido. Si el echarse novio con dieciocho años y casarse cuatro años después con Eduardo, el único hombre que había conocido, era vivir... ¿Qué era entonces la vida de su prima Rosana? Una relación con un hombre maduro, y aquel amigo tan especial, que sin saber por qué, supo que no era el mismo. Treinta años y aún soltera. Una veleta, como había dicho la tía Digna. Treinta años y un montón de momentos y personas que contar. Cumplida la treintena, y la vida aún por comenzar.

Se entristeció, sintió pena de sí misma, de la pobrecita Jose que no había vivido y no tenía nada que contar a sus nietos. Y se lamentó sobre todo de no haber tenido nunca un amigo muy especial...

VIII

¿Cómo iba a mirar a Amalia? ¿Cómo iba a ser capaz de mirarla sin echarse a llorar? ¿Cómo podría contener sus lágrimas y su lengua, y no llamarla por su verdadero nombre: hija de p...? Siempre había pensado y meditado las cosas en el autobús. Siempre le había parecido un buen lugar para tomar decisiones. Sin embargo, aquella mañana no se sentía dueña de sí misma ni de sus actos. Se acordaba demasiado de Mel. Los pensamientos aparecían inconscientes en su mente como si tuvieran vida propia, sin necesidad de imaginarlos. Como a ráfagas, se introducían en su cabeza mientras intentaba concentrarse en cualquier cosa que estuviera haciendo. Mientras se preparaba el bocata de la cena, la noche anterior; mientras se lo comía; mientras dormía con sus gatos sobre la cama pegados a sus piernas buscando el calorcito de su cuerpo, como dos roscos de los que preparaba su madre el día de su santo. Y también durante aquel estúpido sueño, en el que ella era la protagonista, como siempre, que para eso el sueño era suyo. Había estado toda la noche corriendo, no sabía adónde, huyendo de no sabía qué, sin pararse a pensar un momento en la razón que le impulsaba a tamaño ajetreo. Y mientras escapaba, Mel se reía de ella y de su forma de correr, como si ella fuera un pato, e incluso la señalaba groseramente con el dedo índice, y gritaba un « ¡Mira, mira, qué carrera más tonta!».Y al despertarse, tuvo que darle la razón, porque la carrera era de lo más estúpida. Un amigo, de esos que habían sido más que amigos, que había estudiado psicología, le había dicho que aquel sueño que tantas veces se le repetía, aunque en distintos marcos y encuadres mentales diferentes, era un síntoma de inseguridad. Por aquel entonces, Rosana se sentía muy segura con sus bonitas piernas bajo la sugerente minifalda y sobre sus altos tacones, pero ahora, que incluso se había puesto pantalones, recordó que según le dijo su amigo, aquellas palabras eran del mismísimo Freud, y ahora le creía.

No estaba haciendo nada. Tan sólo mirar por la ventanilla del autobús y pensar en lo absurdo de aquel diminutivo, ya que la ventana tenía unas visiblemente grandes dimensiones. Se sentía sin fuerzas. Sabía que en cuanto entrase en la perfumería y viera a su ex-amiga Amalia, iba a derrumbarse y a convertirse en un mar de lágrimas incontrolable. Y eso sí que no, no iba a permitir que nadie la viera hecha unos zorros, y mucho menos ella, Amalia, la muy hija de p... ¿Por qué siempre se le ocurría el mismo calificativo?...

Mucho le había costado ganarse la fama de mujer liberada y libre, de mujer fuerte e independiente, de devoradora de hombres de todas las edades, clases, razas y condiciones sociales. No iba a dejar que nadie viera su derrumbamiento, ni ahora ni nunca. Pues sí, sólo faltaba eso... Y Amalia se partiría de risa, la mosquita muerta, recién casada y todo, y encima se las daba de fidelidad, y a la primera de cambio, se liaba con el que le llegara. Claro, como nunca había tenido pan que echarse a la boca, salvo el chichirili de su marido, que no sé para qué le vale ése. Comparado con Mel que es tan extrañamente atractivo y maduro... pensaba.

Un exquisito aroma de jazmines invadió el autobús. Ahora que se acercaba la primavera, y ella se veía sola, sin nadie con quien compartir ese sentimiento de floración que llevaba dentro. Sus pulmones se hincharon absorbiendo el bendito olor y se sintió inflamada de un amor que podría muy bien haber sido para Mel. Hinchada de deseo, de una ligera felicidad que sólo le procuraba el saber que tras la primavera llegaba el verano. Se preguntó dónde pasaría ese año sus vacaciones, y también se preguntó con quién.

El autobús se acercaba a su parada. Rosana se levantó y se agarró a la barra de hierro que había junto a los escalones traseros. Vio la perfumería, intentó ver a Amalia en el interior, pero la luna del escaparate le devolvió el reflejo de sí misma dentro del autobús. El vello de los brazos se le erizó, sintió que Amalia la miraba desde dentro. Respiró profundamente y notó unas lágrimas que le abrillantaron los ojos enrojecidos por la naturaleza de su piel blanca y su cabello caoba. Pensó en sacar un cleenex del bolso, pero inmediatamente des-pués, decidió que no iba a hacer nada que pudiera hacerle pensar que había llorado. No, no iba a derrumbarse delante de ella, ni delante de nadie, porque había estado aguantando la amargura durante tanto tiempo, que el día que lo hiciera, iba a ser algo apoteósico. Algo así como la caída del Imperio Romano, pero en andaluz, y mejorando lo presente por supuesto. Los imperios siempre eran amenazados por traidores, pero éstos siempre serían segundos platos de segundos menús baratos para gente sin sentido del gusto. ¡La mosquita muerta! Con toda su sosería y su simpleza, con su pobreza de espíritu y su ausencia de vitalidad. No podía compararse a sus terribles ganas de vivir. Algún día, Mel tendría que darse cuenta.

Era un idiota... Melchor es idiota. Y su madre también, por ponerle ese nombre. Mejor para ella. ¿Y si hubiese tenido un hijo suyo y él se hubiese empeñado en seguir con la tradición? ¿Cómo iba a llamar a su hijo, Melchor? ¿Contemplaba ese caso la ley del aborto?... Se horrorizó de sus pensamientos... Él sí que es un aborto... se dijo... Y está gordo además...

Al bajar del autobús, respiró de nuevo. Decidida, caminó la corta distancia que la separaba de la perfumería. Abrió la puerta y entró. No miró a Amalia. Dejó escapar de su boca un saludo que su compañera ni siquiera pareció escuchar. Mientras se quitaba la chaqueta, escuchó a Amalia que se lo devolvía con una voz dulcificada a propósito. Se preguntó si la había escuchado, o si su hola, dicho al entrar y mientras cerraba la puerta tras de sí, se habría eclipsado bajo el suave sonido de las campanillas chinas que colgaban del techo. Repitió el saludo, sobrio pero cortés, sin muestras de enfado ni tampoco de debilidad. Una palabra bien pronunciada y carente de todos los matices y de las matizaciones que sentía por dentro. Y entonces, lo lamentó, porque pensó que Amalia se reiría de ella al oírla saludar dos veces en un mismo momento.

Colgó la chaqueta y se dio la vuelta. No podía quedarse contra la pared para la eternidad. No la miró fijamente, pero allí estaba. Su borrosa presencia tras el mostrador le producía una enorme ansiedad. Rosana se acercó y cogió el plumero para limpiar, ¿qué otra cosa podía hacer? Limpiar y limpiar, llevaba veinticuatro horas limpiando y todo a su alrededor seguía sucio. Limpió las estanterías y volvió a ordenar lo ya ordenado... ¿Por qué no venía un sólo cliente esa mañana?...

Amalia tosió un par de veces. Ella también se sentía incómoda. «A ver quién aguanta más», pensó Rosana. Ella no iba a ser la que diera el primer paso. Entre otras cosas, porque estaba demasiado dolida y muy confusa, y esperaba que Amalia se sintiera igual, o peor, si era posible... ¿Qué esperaba? ¿Que la comprendiera? ¡Y un lerele con tres borlas!, como decía su madre. ¡Habráse visto mayor atrevimiento!...

El timbre del teléfono partió en dos el denso silencio y Rosana dio un respingo sobresaltado. Al instante, escuchó a Amalia decir un sí largo y arrastrado. Y de nuevo el silencio, y después, un molesto cuchicheo. Rosana se vio con libertad para darse la vuelta y mirar hacia el mostrador. Lo hizo, y pudo ver a Amalia de espaldas, que hablaba cada vez en un tono más bajo, mientras jugueteaba con su dedo índice que enrollaba y desenrollaba en un rizo del cable del teléfono.

De repente la miró y Rosana levantó el plumero para restregar de nuevo las plumas rosas por entre los botes, pero la curiosidad la impulsó a mirar. Esta vez vio a Amalia que sonreía tímidamente, como una colegiala enamorada, soltó el cable, se balanceó sobre sus tacones con la mirada perdida en un horizonte imaginado entre los pintalabios y los pintauñas. Asintió un par de veces, dijo «claro» otras tantas, se rió con risitas cortas y aspiradas hacia dentro, tragó saliva, se mojó los labios y exclamó un «pues claro, tonto» que a Rosana le sonó a principio amoroso de romanticismo imbécil. Amalia siempre se había confesado romántica, pero es que Amalia, era de las que confundían el romanticismo con la cursilería, y el verdadero amor con ser idiota. Ella lo era, ¡y cuánto!

La vio ñoña, bobalicona, pavisosa, pero a la vez traicionera y desleal. Casi saboreó la venganza al imaginarse contándole todo al chichirili de su marido, que en esos momentos, estaría en la oficina de aquella desusada y vacía inmobiliaria, confiado de que su mujercita era lo más tierno y fiel que conocía... «¡Y ésta, dándose el lote con el profe de arte! ¡Qué mal repartío está el mundo! ¡Pocos artistas para tanta purrela hipócrita! ¡Y ensima, va de buenesita por la vida hasiendo creer que las demás somos una mala pécora! ¡Sólo por el hesho de que te guste vivir la vida!...»

Tantos pensamientos apabullados mientras la veía sonreír con la baba caída, que no se dio cuenta de que ya no tenía el plumero rosa. Levantó su mano para utilizarlo y se encontró con un vacío que le hizo sentirse ridícula. Miró a Amalia, y allí estaban sus ojos posados en la tontería que Rosana acababa de hacer. La había visto. No había duda. Rosana miró al suelo y se agachó para recogerlo, y al levantarse respiró. Repentinamente, un amargo aroma a Paco Raban entró por su nariz y le llegó directamente a su dolorido corazón.

Miró a Amalia de nuevo. Había colgado el teléfono. Estaba de espaldas tras el mostrador, frente a la estantería de las colonias con clase, aquellas que tenían nombre y apellido. Había abierto una caja gris verdosa y le quitaba el tapón al bote que había sacado de su interior. Rosana la vio cerrar los ojos y sonreír, mientras su pecho enamorado se hinchaba y se mantenía hinchado durante una eternidad. Amalia había caído en las redes de aquel aroma inconfundible de rebosante masculinidad, fresca y profunda a la vez y tan tremendamente irresistible.

Rosana emitió con su boca un chasquido de resignación. Supo que quien había telefoneado era Mel, y no llamaba exactamente para hablar con ella. Se encogió de hombros con una inconsciente conformidad, con una calmada renuncia, con alivio al saberse resignada, mientras veía como su compañera intentaba tragarse el recuerdo del pasado fin de semana en una última inspiración del perfume tan afrancesado y tan español al mismo tiempo. Al fin y al cabo, ella también tenía derecho a disfrutar de los olores, y Rosana ya estaba dispuesta a compartirlos. Ella también trabajaba en la perfumería.

IX

Para hablar con la tía Digna había que descender a lo pequeño y olvidarse que había cosas demasiado importantes en el mundo. Aquella mañana se quejaba del comportamiento poco respetuoso de la juventud.

— ¡Ésta ya está pidiendo! –manifestó al decir adiós a la niña de apenas dieciocho años que solía encargarse de la limpieza de la casa, dos días por semana.

Jose le había dicho que no hacía falta avisarla mientras estuviera allí. Ella podía encargarse porque, aunque en su casa contaba con una mujer que le echaba una mano, para dar una barrida al piso de su tía, que era tan pequeño, ella sola se bastaba.

Pero la tía Digna le había quitado la idea de la cabeza en el mismo instante que lo dijera, pues no iba ella a permitir que su sobrina le limpiara la casa, para una vez que venía a Sevilla, y con las cosas que tenían que ver, además que una sobrina suya, y precisamente por eso, no iba a rebajarse hasta ese punto...

Dio cinco euros a la muchacha y la dejó bajar a comprar una bayeta con la que aseguraba parecería que las ventanas no tenían cristales, mientras ella revisaba, arrastrando la yema de su dedo índice por encima de las cosas, el estado de los muebles después de recién quitado el polvo.

—Trabaja mu bien. Tiene musha energía, que si no –refunfuñaba en voz alta desde el salón, para que Jose la oyera.

Hacía un rato que se había sentado en una hamaca de la terraza, con el Bhagavad Gita abierto entre sus manos. Había empezado a leer, pretendiendo que le diera tiempo de acabar el libro mientras estuviese allí. Pero su tía no permitía su concentración en la lectura, y la interrumpía con sus vetustos razonamientos sobre el trato entre las diferentes clases sociales.

— ¡Si mi suegra la oyera! ¡Pues no que me llama de tú! ¡Digna, me dise, la muy pajolera niña! ¡Digna por aquí, Digna por allá! ¡Tan campante! ¡No, si con rasón disen que la confiansa da asco! ¡Y ensima, no hase más que comprar bayetas! ¡Ay qué ver con la puñetera niña!...

Jose se vio en la obligación de contradecir su parecer obsoleto. La chica, como la llamaba su tía, era aún una niña, y su educación de finales de siglo seguramente no contemplaba la diferencia entre señora y sierva. ¿Por qué su tía se comportaba de manera tan provinciana?

—Es muy joven, tía. Además, eso ya no se lleva. Estamos en el siglo veintiuno.

— ¿Ya no se lleva la educasión? ¡Pues vaya un siglo que nos espera!

—No te lo tomes a mal –continuó Jose mientras sentía, gozosa, cómo el sol calentaba su cara de palidez madrileña.

— ¡No, si me da igual! ¡Bien sabe Dios que yo nunca he sido de esas que menospresian a los de otra clase! ¡Que yo me trato con tó el mundo igual, pobres o ricos, que todos somos hijos de Dios! ¡Pero me shoca! ¡Y a mi suegra le shocaría todavía más, si viviera la pobresita! – la tía Digna se santiguó con prisa al recordar a la muerta–. ¡Porque estoy acostumbrá a que se me trate de señora y ésta me llama de tú! ¡Eso sí, la shica tiene una energía...! Aunque es de las que se pasan el día pidiendo. Primero pá una bayeta, después pá la aljofifa, luego ya veremos pá qué. Porque trabaja bien, que si no... !

—Ya sube... –le advirtió Jose al ver pasar a la muchacha bajo el balcón del patio.

Una gruesa mujer, que vestía una bata de verano que dejaba unos hombros blancos y unos brazos flácidos al descubierto, saludaba con la mano desde su balcón, en el bloque de enfrente.

Jose le devolvió el saludo sin preguntarse si la conocía. Amigos o no, los vecinos del barrio hacían uso de su amable educación con todos, inquilinos y visitantes.

— ¡Digna! –llamó. No recibió respuesta, entonces preguntó–. ¿Está tu tía Digna en la casa?...

Jose la llamó y al momento las dos vecinas charlaban entre gritos y repeticiones, de un balcón a otro.

— ¡Te has quedao mu dergá, Digna! – aseguraba la vecina con su buena fe - Desde lo de mi hermana, pues ya ves, con qué tipo me he quedao - la tía Digna dio una vuelta para mostrarle su cuerpo, cubierto también por una bata de tirantes floreada sobre la combinación en color carne. Jose se preguntó por qué todas las mujeres que ella conocía, de más de cincuenta años, vestían de la misma manera, como si hubieran adaptado cualquier moda de cualquier época a sí mismas, a su uniforme de falda por debajo de la rodilla y blusa sobre ella.

— ¿Y cuándo has venío?

—Hase unos días, con mi sobrina...

— ¿Y cuánto te vas a quedar?

—Pues, no lo sé aún. Pero pienso que ya nos quedaremos hasta que pase la Madrugá. Por lo menos que ella lo vea.

Un niño salió al balcón de la vecina y se sentó en el suelo a juguetear. No debía tener más de seis años.

— ¡Pues a ver si nos vemos!

— ¡A ver! ¡Pero que yo no estoy pá salir por ahí, con la pierna, que mira como la tengo...!

— ¿Y cuándo te arreglan?

—Pues ya veremos, cuando vuelva a Madrid a ver qué dise el mé¬dico, porque esto parese reúma...

—Ando yo con el reúma también mu malamente. Y mi Elisabet también está la muchacha mu mal de lo suyo.

— ¿Y qué era lo suyo?

—Pues lo del vientre.

— ¡Sí que es verdá, que ya me lo dijo! –asintió la tía Digna bajando repetidas veces la barbilla.

El niño había cogido un montón de pinzas de la ropa y, una a una, las había ido tirando al patio mientras duraba la conversación. Primero las verdes, luego las rosas, después las de madera, mientras la mujer hablaba sin advertirlo. Jose le miraba divertida, con la curiosidad de saber qué era lo siguiente que haría el pequeño, y cómplice, esperaba que su madre, o quizá más bien su abuela, no descubriera su pequeña travesura.

— ¡Niño, estáte quieto! –la mujer le asestó un azote en la cabeza con la mano abierta–. ¡No tires los alfileres! ¡Será pajolero! ¡Que me ha tirao to los alfileres al patio! ¡Pues ahora vas a bajar tú a cogerlos!...

El niño se echó a llorar y se metió en la casa a descargar su rabieta, mientras Jose reía divertida tras contemplar aquella escena.

—Ya viene ésta –exclamó su tía mirando hacia la calle.

— ¿Quién? –preguntó Jose.

—La de los pies...

La tía Digna entró de nuevo en la casa. «¡Shica, llévame el barreño del agua al salón, anda, que viene la de los pies!»

— ¿Te lo acerco yo, tía? –se ofreció Jose sintiéndose casi inútil mientras todos se movían activos a su alrededor.

— ¡No, déjalo! ¡Tú estáte ahí al solesito, que se está mu bien!

La tía profirió un clamoroso saludo al recibir a la nueva visita. Después, se oyeron dos besos que se perdieron en el aire antes de llegar a la mejilla de nadie. « ¡Qué calor hase, verdá! ¡Uy, qué bien está usté, Digna!», escuchó desde la terraza. « ¡Está usté mu dergaíta, mu bien!», escuchó mientras cerraba los párpados sintiéndose adormecida bajo el sol cálido y apacible. « ¡Vaya metiéndome los pies en agua calentita!»

Una furgoneta aparcó en la parte más ancha de la acera. Con los ojos entornados, Jose vio que estaba pintada de colores. Una infantil musiquita anunciaba su llegada. «¡Abuela, quiero un helao!», escuchó tras el balcón abierto de la vecina de enfrente. « ¡No, que luego no te comes la comida! ¡Además estás castigao, que no has recogío todavía los alfileres!», de nuevo cerró los ojos, y se estremeció con el cálido sol que le acariciaba los brazos. «¡Abuela, quiero un helao!», volvió a escuchar, y después, un llanto. «¡Quiero un helaooooo!», oyó decir al pequeño un segundo antes de quedarse dormida.

X

Le gustaba mucho más cuando descansaba erguida en el altar de su capillita. Las iglesias eran sitios demasiado grandes. Allí, arrodillada en el primer banco, debajo, tan cerca se sentía, como en un tú a tú, informal y campechano. Entonces no le parecía que era a María Santísima a quien hablaba.

Triana, su Triana, iba toda vestida de blanco y se alzaba en el retablo dorado, desde donde la escuchaba. O así al menos lo creía Rosana. Murmuraba en voz muy baja, movía los labios para decirle tantas cosas... Segura, porque no había nadie, y nadie la oía, podía desahogar toda su rabia. Podía liberar sus dudas y esperar respuestas. Podía llorar tranquilamente sin que nadie la viera. Se sentía sola, como ella, como su Esperanza que, aunque acompañada de un San Juan, estaba sola y sin su Cristo, el de Las Tres Caídas.

Sintió un molesto picor en las rodillas y prefirió sentarse en el banco. Alguien tosió tras ella. No se dio la vuelta. Escuchó los pasos de ese alguien que se alejaba y de nuevo se supo sola. ¡Qué distinta era aquella soledad necesitada, tan buscada por ella en tantas ocasiones! La de ahora, le carcomía por dentro. ¿Era quizá la primera vez que le imponían la soledad? Ya no recordaba las otras veces. ¿Qué le importaban ahora? ¿Qué le importaba ya un Carlos, un Oscar o un Alberto, si es que alguna vez los hubo? ¿Cuántas veces se había creído enamorada? «Unas pocas de veses», susurró. Pero nunca se había sentido tan mal. Sin embargo, ella también había pensado romper aquella relación. Incluso llegó a sentir hacia Mel una leve repulsión. ¿Y ahora? ¿Por qué le parecía el hombre más atractivo del mundo? «Siempre queremos lo que no tenemos. Tiene rasón mamá, nunca estaré conforme...»

Si al menos hubiese sido en otras circunstancias... ¿De dónde iba a sacar las fuerzas para coser la rotura de su corazón? ¿Cómo podría mirar a Amalia cada día, y no desgarrarse por dentro? ¿Eran aquello los celos? Jamás los había sentido, porque nunca antes nadie le había levantado el novio. Su orgullo estaba herido. ¿Pero, tenía orgullo siquiera?

Levantó la mirada y rogó a la madre que se alzaba blanca bajo el albero. «A ti también te han dejado sola», exclamó. La miró tan fuertemente que casi creyó que le sonreía. «¡Ojalá!», pensó, y le devolvió inocente, la sonrisa. «¡Ojalá!, así a lo mejor me volvía una santa y me olvidaba del amor, del sexo y de los hombres, que no sirven más que para hasernos sufrir. ¿Para qué si no? Todos los que conosco...»

Empezó recordando a su padre, que era lo más viejo que conocía, y le vio como siempre, sentado en su sillón, tan callado y con los ojos tan fijos en el telediario que a veces parecía formar parte de la tele. Cuando ella llegaba, saludaba a la familia y él nunca contestaba. ¿Para qué? No lo hacía por crueldad, ni siquiera por mala educación, sino más bien por un « ¿Para qué?» colosal. ¿Para qué iba a perder el tiempo en responder al saludo de su hija, a cualquier saludo? Vivía allí, sí, en casa. Pero era como el señor de marrón que decía Gila. Un mueble más, como la tele, el sillón o la mesa. Un hombre más, vacío y amargado de sí mismo y de su vida... ¡Bah!... Casi sintió asco de él, pero enseguida se arrepintió de su actitud abandonada, porque Dios podía oírla, que estaba ahí arriba, pintado en el retablo, con ojos de padre bueno, con ojos de padre, que ya era...

Y de nuevo, los hombres. Con uno en la familia ya tenían bastante. ¡Bárbaros! Como los vándalos que habían roto la barandilla azul de la plaza de España. ¡Bestias, eran incapaces de conservar el arte! Excepto Mel, claro. Él, al menos en su juventud, había sido artista. Le hubiera gustado de joven. ¿Cómo sería con diez años menos y sin aquellos diez kilos de maduros michelines? Seguro que perdía todo su encanto. ¡Qué tontería! Ni la grasa ni el paso del tiempo tienen encanto de ninguna clase. ¿Quién dijo que la arruga es bella? ¿Cocó? Ni idea. Seguro que fue alguien que no llegó a viejo. El tiempo corroe las cosas, pero también cura, y repone, y arregla... ¡A ver si pasa! ¡A ver si me cura el tiempo! ¡El tiempo lo cura todo!...

¡Pero qué salvajes! Les molestaba hasta la naturaleza. ¿Quién si no prendía fuego a los bosques en verano? ¿Quién si no había echado lo que habían echado sobre Doñana? Lo mismo que su padre, que no dejaba a su madre colocar las macetas en la terraza porque decía que se empañaban los cristales. ¡Gracias a Dios que ahora ella tenía su pequeño jardín! Pensaba plantar de todo, hasta tomates si quería, y una palmera, o mejor no, que ya le bastaba con el árbol del pozo... ¡Precioso!... Una sequoia americana, ¿no? Eso le dijo el de la inmobiliaria. ¡Y cómo estaba siempre tan lleno de pájaros!... Sintió que amaba a ese árbol. Y a Mel, también amaba a Mel. Bueno, no estaba segura, pero se sentía tan fuertemente atraída por su recuerdo... ¿Pero qué era exactamente lo que le atraía? La pregunta era difícil de responder. Sabía que lo que más le atraía a los hombres era el saberse deseados. Pero, ¿y a una mujer? ¿Qué era lo que más le atraía a una mujer de un hombre? Ella conocía algunas a las que les gustaba que les dieran calabazas. No era su caso, estaba claro. Y también las había que preferían dominar. Tampoco era éste su caso. ¿Cuál narices era su caso, si es que pertenecía a algún tipo de caso?

Suspiró. Olía a rosas. Olía a Virgen. « ¡Qué grande eres!», le dijo a Dios. «¡Tanto perfume y tanto color, sólo para nuestro recreo! ¡Y qué mal te pagamos! ¡Qué mal te pagamos algunos!»

Echó de menos a sus gatos. Ellos sí la querían. Dio las gracias, se santiguó, y salió de la capilla, un poco más confortada.

Mariluz y Elvirita la estaban esperando. Al principio se sintió molesta por la inesperada visita, pero después, se alegró de verlas. Las quería, claro, quizá más de lo que pensaba, pero no se llevaba demasiado bien con ninguna, eso había que reconocerlo. Tampoco era la primera vez que tenía aquel presentimiento. Esta vez le había ocurrido mientras rezaba en la capilla, y sabía que le podía ocurrir en cualquier sitio. Era una sensación repentina, como un murmullo que se le metiera directamente dentro de su mente, sin pasar antes por los oídos. Entonces sabía que alguien estaba hablando de ella, y no bien precisamente. Empezaba a creer que la ruptura con Mel le había afectado tanto que se estaba volviendo loca. Sin embargo, la presencia de sus hermanas le demostró que tenía razón. Por eso se alegró al verlas de pie, junto a la puerta, juntas, murmurando. No había sido una alucinación. Había presentido los comentarios. A otros les pitaban los oídos.

Las saludó, las besó, y abrió la puerta. Entraron en la casa donde fueron recibidas por los gatos siempre cariñosos. Rosana los cogió y los besuqueó. Adoraba a sus gatos. Con ellos se sentía cómoda, más que con su familia. Quizá porque los gatos no podían murmurar, ni hacerle preguntas de esas que a ella nunca le apetecía responder.

Las invitó a un té, no sin antes disculparse por no tener café en la casa. Elvirita se lo bebió gustosa. Era de esas personas que quieren probarlo todo. Mariluz prefirió un vaso de agua. Era de esas otras personas que no quieren probar nada. Sacó también unas pastas que ninguna comió e intentó, entre comentarios más o menos simpáticos y alguna que otra broma, que no fue lo suficientemente graciosa como para que ninguna se riera, aparentar una felicidad que significaba que había asumido lo de Mel, con moderación y la cachaza, a las que tenía acostumbrada a su familia en cada cambio de pareja, desde que comenzase sus andanzas en compañía de ejemplares del otro sexo.

Muchas veces había pensado que no era un buen ejemplo para sus hermanas menores, pero ya era tarde para lamentarse. Puede que por eso, ellas tampoco le tuvieran una excesiva confianza. Siempre le quedaba una oportunidad con las gemelas...

No obstante, allí estaban, sentadas en el único sofá de su nueva casa, el día después de su independencia. Día que al año siguiente, si todo salía como esperaba, pensaba celebrar a bombo y platillo, como hacían los americanos con su Independence day. Buena costumbre, esa de los americanos, de celebrarlo todo. Para su gusto, la gente celebraba muy pocas cosas.

Regresó mentalmente al salón y se descubrió sonriendo a las invasoras de su intimidad. Elvirita, como siempre, le devolvía la sonrisa. Aunque tratándose de Elvirita, el gesto no podía considerarse una verdadera sonrisa, pues era habitual en ella el tener las comisuras de la boca hacia los lados. Pero aquella sempiterna expresión producía en Rosana un efecto calmante que agradecía sinceramente.

Mariluz, por el contrario, estaba seria y un poco rígida. Siempre le había costado relajarse, incluso en presencia de sus hermanas. Le hacía preguntas cortas, exigiendo respuestas aún más cortas, como si guardase algo en su interior que todavía no quisiera decir hasta que pasaran los preliminares necesarios.

—La has puesto mu bonita –le dijo mirando a su alrededor.

—Lo poquito que hay, está puesto con musho gusto –exclamó Elvirita más sincera.

—A mamá le gustará –añadió Mariluz.

Los gatos acudieron a ronronear por entre las seis piernas feme¬ninas y suaves.

—Fuera de aquí –exclamó Rosana dulcemente–. Nos vais a romper las medias.

No le hicieron el menor caso, y se sentaron sobre su falda, acomodándose para un rato. Rosana ya no aguantó más con la sensación de que le ocultaban algo, y repentinamente, las asaltó con una pregunta. «¿Tenéis algo que desirme?» Elvirita miró a Mariluz, sin dejar apagar su sonrisa. Rosana también la miró, sabiendo que a ella le correspondía decir lo que había que decir. Fue ella quien esbozó en¬tonces una tímida sonrisa, y después, disparó a bocajarro su secreto. «Voy a casarme», afirmó.

— ¿Con quién? ¿Cuándo? ¿Por qué? –preguntó Rosana con demasiada rapidez. Mientras esperaba las respuestas, sintió que su corazón había aumentado el ritmo de sus latidos, e incluso sus manos, que acariciaban a los gatos, temblaron entre el pelaje gris del más mimoso. No se preguntó la razón, la impresión había sido demasiado fuerte.

No se sintió totalmente recuperada hasta que se vio sola y tranquila de nuevo. El tiempo que duró la visita de sus hermanas, después de que Mariluz le desvelara su secreto, lo había pasado disimulando su excitación y ni siquiera pudo acabar su té, por no sentirse capaz de sostener la taza con sus dedos temblorosos.

Sólo una hora después, cuando desde la ventana de su cuarto contempló durante unos largos cinco minutos el árbol del pozo, pudo aclarar sus ideas. Mientras veía la variedad de pájaros que iban y venían por entre la copa, mientras contemplaba como algunos, negros y con la cola larga, pequeños y ágiles, saltaban de una rama a otra con palitos en su pico, pensó que había perdido su juventud y su tiempo. Pensó también que mientras ella saltaba de rama en rama, como los pajarillos, su hermana, la que parecía que se quedaría soltera y al cuidado de sus padres, había ido recogiendo palitos con un muchacho que trabajaba como ella en el Ayuntamiento, para construir su nido. Ella también tenía uno, pero estaba vacío.

Sintió una tierna suavidad que le rozaba las piernas. Los gatos exigían su presencia, y su alimento.

XI

Algunos libros siempre le habían impuesto un gran respeto porque creía que dentro de ellos iba a encontrar un texto genial y difícil de comprender. Sin embargo, ahora sabía que sólo había que abrirlos y leerlos para que se mostraran con toda su sencillez y dejaran de ser inalcanzables. Aquello también le ocurría con ciertas personas.

Había imaginado a su prima Rosana como una mujer de mundo, también inalcanzable y notablemente superior a su simpleza e ingenuidad. Una mujer con cientos de anécdotas que contar y una gran experiencia en el amor y en el sexo. ¿De qué iban a hablar dos personas tan diferentes? ¿Qué podía ella contarle sobre su vida, al comienzo de su primera conversación?

Todo esto lo había pensado mientras la esperaba. Mientras miraba con disimulo a su tía que, de nuevo, parecía haberse quedado traspuesta en el sillón. Jose hojeaba el Bhagavad Gita y se prendaba de los hermosos y coloridos dibujos hindúes, que mostraban a Krisna con la piel color azul en todo su esplendor, y con la belleza propia de una mujer.

¿Cuál sería el color de Rosana? Prefirió no pensarlo. Aún veía dentro de su mente el rosa pálido de Inma que la había llamado hacía unos minutos, para contarle entre sollozos y quejas, sus alegrías de futura mamá. Jose apenas podía soportarlo. No se sentía con fuerzas para oírla hablar sobre los milímetros que había ensanchado su vientre, o la ropita nueva que había comprado para el bebé.

Después, al colgar el teléfono, había buscado consuelo a su malestar repentino en las bellas páginas del libro olvidado por su prima, ya que la tía Digna se había abandonado de nuevo al ensueño. Quizá no dormía. Quizá tan sólo pensaba. En una ocasión, le había dicho que sólo tenía que cerrar los ojos y echar la cabeza hacia atrás para ser completamente feliz recordando los buenos momentos de su vida. Habían sido muchos, y ahora vivía sola y sin nada que le produjera un vívido goce en su solitaria vida. Así que le bastaba con abrir el baúl de los recuerdos de su mente, para encontrarse con la felicidad de antaño y sonreír.

Jose sabía por ella la importancia de tener buenos recuerdos. Eran la propia vida. «Son lo único que nos queda cuando ya no tenemos nada», siempre la había oído decir con lágrimas en los ojos. Su prima debía tener muchos también. Ella tenía algunos, pero ahora no le eran suficientes.

En los primeros minutos de conversación, no pudo evitar compararse con ella. Su traje de chaqueta de falda corta pero elegante, las piernas largas y delgadas enfundadas en medias brillantes, sus pies dentro de unas delicadas sandalias, sus pendientes y una ancha cadena alrededor de su cuello, todo ello en plata, sus gestos femeninos de manos de uñas largas y rojas, su piel blanca salpicada de graciosas pecas sobre la nariz, y ese cabello rizado y rojo que juraría que había visto antes. ¿Por qué se arreglaban tanto las sevillanas? La tía Digna le había rogado que se cambiara los vaqueros y aquella camiseta blanca de manguita corta que tan buen uso le estaba haciendo. Jose pensó hacerle caso, pero después, se sintió incómoda por la absurda petición. No iban a salir de casa, y la verdad, no le parecía el mejor lugar para ponerse de tiros largos. Pero ahora que tenía a su prima frente a ella, tan arreglada, tan maquillada y tan alta, se sintió empequeñecida con sus zuecos de enfermera.

La tía Digna charlaba con ella sobre su madre y sus hermanas, sobre la sorprendente y repentina boda de su hermana Mariluz, y también sobre el extraño comportamiento de su padre, que como la mayoría de los hombres que llegaban vivos a su edad, se volvían locos porque se les empequeñecía el cerebro, como a los doberman.
Tras dejar claro una vez más que todos tenían rabo, la conversación se centró en la nueva casa de Rosana y en la reciente ruptura de su relación. La prima se expresaba entre sonrisas y con gran sentido del humor, sin dar demasiada importancia al asunto. Jose presintió bajo aquella sonrisa una expresión oculta de lánguida tristeza, e incluso vio como se le abrillantaban los ojos, bajo los párpados sonrosados por naturaleza.

Era obvio pensar que con los buenos recuerdos, también te ven¬den los malos en el mismo paquete, y que era de agradecer el hecho de que no fuesen sin embargo tan numerosos.
— ¡Qué malaje de pierna tita! —se expresó con gracia andaluza—. ¡Qué malaje que te vayas a perder la Madrugá este año!

La tía se lamentó también, no sin antes mostrarle el abultamiento de su rodilla.
— ¡Me da lástima por Jose! ¡Que no pueda enseñarle yo Sevilla, me cachis en los mengues!

— ¡Y para qué estoy yo aquí, tita! –se ofreció gustosa–. Ahora que vivo tan serquita... Ella se viene conmigo, ¿verdá? –preguntó mirando a Jose.

Ésta dejó escapar un sí, contemplando la blanca sonrisa de dientes casi perfectos y labios color vino.

— ¿Ve usté, tita? Usté a descansar, que ya llegará su momento. ¿Y cuándo la operan? –continuó.

Jose no escuchó nada más. Se tocó el pelo y lo descubrió liso y sin forma. ¡Cuánto le hubiera gustado tener aquella melena roja que estaba viendo moverse con tanta gracia y volumen!

Rosana debió adivinar sus pensamientos a la vez que percibió su mirada, porque al darle los dos sonoros besos de despedida exclamó. «Ese tipo de pelo, tan lisito y tan suave, te quedaría musho mejor con un corte bonito...»

— ¿Tú crees?–preguntó Jose para asegurarse.

—Es una opinión –aclaró Rosana– pero como estás delgada y el cuello tan largo como lo tienes, te sentaría muy bien. En la peluquería que hay junto a la perfumería, donde trabajo, lo cortan muy bien. Si quieres...

—No sé –dijo Jose sintiéndose presionada.

— ¡Que sí mujer, que te lo digo yo! –sonrió–. ¡Que con lo guapa que eres, tienes que llevar la cara libre!

Jose se rió, y aún sonreía mientras la veía bajar las escaleras. Instantes después, el sonido de los tacones cesaba y Jose cerraba la puerta. « ¡Tía!», gritó. « ¿Comemos?»

—Sí, anda, vamos a comer –la escuchó decir desde el salón.

La tía Digna estaba como siempre, a pesar de la mala sombra de su pierna, seguía teniendo las mismas ganas de vivir que cuando la vio la última vez. Era imposible que Rosana hubiera salido a ella, ya que no las unía la sangre, sin embargo, su alegría y vitalidad le eran tan afines que se parecía a ella, incluso más que a su propia madre.

Normalmente, ni los problemas de salud habrían podido con su ánimo, siempre alegre, y la enorme capacidad que tenía para ver el lado bueno de las cosas, hecho que solía expresar con bromas ligeras y de fácil comprensión, pero llevaba unos días en los que podían contarse con los dedos de una mano sus momentos felices. Apenas unos instantes en los que su mente se distraía con algún absurdo programa de televisión, de esos en los que el concursante se presta a las peores pataratas para ganar seis mil euros, o la lectura de un libro, cuyas páginas leía dos o tres veces cada una, porque había perdido el hilo mil veces y la capacidad para concentrarse.

No había vuelto a pintar. Tenía a medias un lienzo en el que, días antes, expresaba su creciente alegría con cada arrepentimiento. Ahora no se sentía con ganas de continuarlo. Tampoco había vuelto a clase. Y no sabía si volvería alguna vez. No, mientras Mel fuese el profesor. No, mientras siguiera queriéndole.

Le había dado por pensar que era un castigo de Dios. Él sabía que había habido un tiempo anterior, en el que ella había creído no quererle, e incluso había contemplado la posibilidad de dejarle. ¿Por qué entonces no lo hizo? No lo sabía, o sí. Por su manía de preferir no quedarse sola. Pura inseguridad. Había creído que era mejor esperar a que la vida la sorprendiera con un nuevo amor. Pero esta vez, el destino se reía de ella. Había burlado su egoísmo inconsciente, provocando que Mel se adelantase. Sabiendo que entonces, Rosana volvería a sentirse de nuevo enamorada. ¿Pero era amor lo que sentía, o era la simple rebeldía de amar lo que ya se ha perdido? ¿Eran esos días de inagotable tortura mental y tristeza irreparable, la dura y lenta despedida a aquellos últimos tres años?

Sin duda, eso debía ser. De vez en cuando se sentía asaltada por breves recuerdos que, si en el momento de su realización la divirtieron, ahora la angustiaban sin remedio. Como cuando al pasar por el bar de la plaza escuchó en la radio la voz calmosa y densa de Whitney Huston y se acordó de que había visto El Guardaespaldas en casa de Mel, y después, él había intentado hacerle reír imitando a Kevin Costner en la escena de amor de la película, substituyendo el foulard de gasa blanca y sutil, por su bufanda de lana, y la espada de samurai, por el cuchillo de cortar el jamón. Y lo había hecho porque aquel mismo día, se había enterado de que ella adoraba a Kevin Costner y que Kevin Costner era el único hombre para ella. ¡Cuánto se había reído aquella noche, antes de hacer el amor dos veces en su cama! ¡Cuánto recordaba haber reído y gozado! Quizá más de lo que en realidad fue. Los recuerdos siempre son mayores... Se preguntó si había perdido al hombre de su vida. Se preguntó si lo encontraría alguna vez.

Aceleró sus pasos y cruzó la calle sin esperar a alcanzar el paso de zebra. Era la hora de comer, y apenas pasaban coches por la ca¬lle. Un taxista le gritó « ¡Guapa!» desde dentro de su taxi aparcado en su parada. En otras circunstancias habría recibido el cumplido con una sonrisa porque se habría alegrado de saber que todavía gustaba a los hombres. Pero ahora casi le producía un ligero asco si pensaba que quizá aquella noche, el taxista haría el amor con su mujer mientras se acordaba de su manera garbosa de cruzar la calle. Repentinamente, se sintió utilizada.

Al entrar en su calle sintió alivio. Los jazmines de las vallas mostraban el azul de sus flores en todo su esplendor. Pensó que tenía que plantar una buganvilla rosa que le alegrara la pared, y unas gitanillas que colgaría del balcón, como antaño había tenido en el suyo la tía Digna.

Una muchacha simpática, su prima. Le había parecido agradable. Tímida, pero agradable. Hablaba poco, pero a ella le gustaban las personas que hablaban poquito. Estaba harta de escuchar como hablaban los demás, sin encontrar a alguien que realmente escuchara. Sencilla, y guapa, aunque un poco dejada de arreglos. Ni maquillaje siquiera, ni un poquito de pintura en los labios, y sin embargo, qué fina resultaba. Muy de la capital. Muy de Madrid, donde nadie parecía ir nunca a ningún sitio importante, a juzgar por la vestimenta, que aunque limpios y nuevos, parecían darle muy poca importancia a su imagen. Ni una joyita podían lucir los pobres, por miedo a que se la robaran. ¿De qué les servía entonces el oro?

No obstante, su prima Jose no era como los otros madrileños que había conocido. En primer lugar, porque no era madrileño sino madrileña, y después, porque no había venido a Sevilla en plan turista. Más bien, al contrario. En su manera de hablar mostraba un desinterés casi insultante por las imágenes de las iglesias, y las fiestas de Sevilla... Tan pasota, como si en Madrid pasaran de todo. ¡Qué saboría!...

Su madre le había advertido que no estaba en su mejor momento, por eso estaba allí con la tía Digna, para distraerse un poco del tedio de su vida. Tan joven y tan aburrida. Con un marido que, según decían todos, era un muchacho guapísimo y además la adoraba. Con dinero, a juzgar por el aroma a Chanel Nº 5 que desprendía su cuello. ¿De qué podía quejarse entonces? «Estos de Madrid, es que lo quieren todo. Salud, dinero y amor.» Rosana pensó que ella también quería todo eso, y más, ella quería muchísimo más...

XII

Continuaba enfadada con el mundo y con Dios, si es que existía, lo cual había empezado a dudar desde que muriera su madre. Seguía los pasos de la tía Digna que caminaba despacio por entre las tumbas, hundiendo el bastón en la tierra blanda que las separaba unas de otras. Todas las lápidas le parecían iguales. Todas blancas, sobre el suelo. Contra el suelo, ocultando la única y verdadera realidad, la muerte. Ese trance ignoto que tanto nos asusta, precisamente por nuestra ignorancia. «¿No habría sido mejor que alguien nos dijera a qué debemos estar dispuestos, que morir sin saber de qué se trata la muerte?», pensaba sintiéndose cada vez más deshecha por dentro. Caminaba a una distancia prudente de la tía Digna y su cojera, dejándola sola para que pudiera hablar consigo misma, moviendo sus labios cerrados, orando en la intimidad.

Jose podía así pararse a pensar y entonces, darse cuenta de lo variadas que eran las reacciones humanas ante la muerte. Cómo, y gracias a qué, se adaptaba una persona al nuevo estado de soledad en el que quedaba sumida tras la pérdida de un ser querido. ¿Qué pensaba su tía? O más bien, ¿cómo pensaba? ¿Qué sentía mientras se paraba al fin ante la tumba de su marido muerto, hacía tantos años? Quizá la única manera de tragarse un golpe semejante era no ser demasiado inteligente para no ser demasiado sensible. No quería decir que la tía Digna no lo fuera, pero era también lo bastante acomodable como para entender que yacía allí, bajo la lápida en cuya lisura, una avispa se paseaba por entre las letras de oro. El mismo nombre y las mismas letras que había escritas en la placa dorada bajo la mirilla de la puerta, que la tía mantenía limpias, sacándoles brillo con un paño y algún líquido especial para placas conmemorativas. La tía Digna se sentía muy orgullosa de que el nombre de su marido continuara figurando en la puerta de su casa, y en su boca. Siempre que le preguntaban el nombre, hasta para pedir hora en la peluquería, se autodenominaba viuda de Ruidrobo. Quizá porque se sentía esposa. Quizá porque eso era lo único que había sido toda su vida, la esposa de un hombre. Jose sabía lo que aquello significaba. Basar tu vida en la vida de otro.

Vivir el mundo a través de él, y si además no había hijos como era el caso de su tía, convertirse en la madre de aquél, que al principio la protegía y que después se iba convirtiendo día a día, en niño.

Vio los ojos de la mujer que se llenaron de lágrimas. Aún seguía amando. Amaba el recuerdo de su esposo, como quien ama a un fantasma a quien nunca ve. Como quien ama a Dios.

Jose no estaba segura de si ella era capaz de amar así. Día a día, Eduardo se iba transformando también en un recuerdo que cobraba vida en cada llamada nocturna. Realizadas como por inercia, atendiendo a una nota pegada a la nevera «Llamar a Jose», aquellas llamadas la dejaban impasible a las palabras, totalmente indiferente, y si durante el día se sentía vacía, la obligada conversación de Eduardo la vaciaba aún más.

No obstante, se recordaba amándole con todo su ser, como había dicho la tía tantas veces para describirse a sí misma, pero eso no había significado nunca que él la correspondiera. Echó de menos sus manos. Imaginó que la acariciaban, que le sujetaban el rostro para darle el consuelo que necesitaba. Imaginó que sentía el contacto de sus palmas, pero las manos estaban solas, sin pertenecerle a él.

No podía quejarse. Eduardo le era fiel, y eso era más de lo que tenía la pobre Inma. Sentía lástima de ella. No se daba cuenta de que su embarazo era un parche que taparía la infidelidad de Arturo. Jose no había tenido padre, pero no le había hecho falta tenerlo para saber de qué materia estaban hechos los hombres, de vacío.

Eduardo, su hombre, también tenía el corazón hueco, pero al menos no había ido a buscar placer en otros brazos menos exigentes. Ella no se lo habría perdonado. Ni siquiera a cambio de un hijo. ¿Se estaba engañando a sí misma? ¿La estaría engañando él? Era mejor no saber. Era más cómodo permanecer ignorante ante la cruda posibilidad de que todo el amor que Eduardo se estaba guardando, no era para sí mismo, sino para otra mujer. ¿Y qué tipo de mujer sería aquélla, a la que no le importara compartir? Como su prima Rosana, quizá, libre y actual. De esas que habían probado de todo. De esas que confunden el amor con el sexo, y a la vez lo diferencian cuando dicen que para hacer el uno, no se necesita el otro.

Pero Eduardo estaba demasiado inmerso en su trabajo como para darle tiempo a ninguna mujer. Claro que, como abogado divorcista se las sabía todas, y conocería al dedillo las trampas más o menos inteligentes, y los pasos en falso, y además él nunca cometía errores. Y esto lo sabía muy bien Jose porque se lo había oído decir a él infinidad de veces. Eduardo era cuasi perfecto. O sin cuasi. Y también era guapo, y elegante, al menos en el principio de su relación lo fue, y eso era un gran incentivo para cualquier mujer, en los tiempos que corren, en los que la elegancia y la cortesía han pasado de moda, dando paso al egoísmo y al llanto de las nuevas víctimas del siglo veintiuno, los hombres, liberados o no de su masculinidad.

Él había sido de los que regalaban flores, pero hacía mucho tiempo que aquellos detalles se habían acabado. Ahora, era de los que pensaban que las flores son demasiado caras como para que se mueran a la semana de regalarlas. A Jose, aquel pensamiento le fastidiaba en gran manera, sobre todo porque tampoco le regalaba un diamante, y eso sí que es para siempre.

La tía Digna guardaba aún en el armario del baño una cuchilla de afeitar, una brocha y un bote reseco de crema Lea. Jose lo había visto la noche anterior cuando buscaba un tubo de pasta de dientes porque el suyo se había terminado, después de asistir a la función de teatro al aire libre que habían representado en el patio. La obra, Entremeses de los hermanos Alvarez Quintero. Los actores, un grupo de aficionados bastante bueno. Un hombre, mayor y caracterizado para aparentar mayor edad aún, interpretaba a un borracho que, como todos los borrachos, escupía las verdades una tras otra, ametrallando a los espectadores con la violenta realidad de la muerte que a todos nos llega. «Hay un hoyo esperándonos a cada uno de nosotros», exclamó. Jose se sintió atosigada por sus crueles palabras y, a pesar del agradable ambiente que la rodeaba, nocturno y casi estival, mientras asistía a la representación sentada en una silla de listones de madera, junto a los vecinos en un ámbito bucólico y sorprendentemente amigable, pensó que el final de algo siempre es injusto, y al mismo tiempo, es necesario que exista un final.

A Trini no le había hecho ni cosquillas aquella representación. Sentada a la izquierda de la tía Digna, permanecía inalterable con su bolso en bandolera y sus manos gordezuelas sobre la falda, con los dedos entrelazados. Jose pensó que la gente insensible a las bromas, también lo eran ante la tristeza y la crueldad. Sin embargo, después supo que se equivocaba.

Al día siguiente, cuando Trini apareció en casa de su tía con un pequeño álbum de fotos del tamaño de una cartera para enseñárselo a Jose, ésta cambió de parecer sobre la, ahora inseparable, vecina. Sentadas en el salón, Jose abrió el álbum y sonrió al descubrir unos hermosos niños rubios, de carnes blandas y blancas, a pesar de que algunas fotos eran en blanco y negro.

—Son preciosos, Trini –exclamó para regocijo de la mujer, que esperaba sentada a que Jose opinara sobre sus adorados sobrinos.

Los niños y las plantas eran el mundo de Trini. A sus cincuenta y ocho años, y sola en su casa, con la presencia de una madre que compartía con sus hermanos en largas temporadas, se sumergía en su balcón florido de gitanillas fucsias y jazmines blancos, y se consolaba con el recuerdo de los hijos de una hermana mayor.

— ¿Qué edad tienen, Trini? –preguntó Jose con la ingenuidad de no conocer su vida y de intentar abrir una conversación.

Trini contestó como si la pregunta tuviera toda la lógica del mundo, y es que aquellos que llamamos tontos, quizá son más inteligentes que nosotros, pues no reparan en la tontería de los demás. Ante la risa adelantada de la tía Digna que ya sabía la respuesta, Trini respondió con sinceridad. «El pequeño, treinta y nueve y el mayor, cuarenta y tres.»

Jose rió ante la metedura de pata y devolvió el álbum a Trini que lo guardó dentro de su bolsito negro de piel. Después, hablaron muy por encima del embarazo de Inma, de lo mal que lo estaba pasando la pobre, mitad angustia, mitad ñoñería, y como siempre la tía Digna instó a Jose a que probase la maternidad, no le fuera a pasar como a ella, que había dejado que se le pasara la edad y ahora se encontraba sola, a su vejez.

Días después, le habló de su pensamiento de ingresar en una residencia que había allí mismo, en el barrio. Su sobrina intentó quitárselo de la cabeza porque ella no tenía madre y no le importaba en absoluto encargarse, pero se vio vencida ante la respuesta huraña y quizá también un poco hostil de su tía que aseguraba no estar dispuesta a abandonar Sevilla para encerrarse en Madrid. «Madrid encadena, niña», le dijo con la sinceridad con que, en muy contadas ocasiones, la sorprendía. «De eso, no se dio cuenta tu madre, pero yo sí que lo sé. Por eso sólo voy para allá por temporás, pero siempre regreso a mi Sevilla que me libera el alma con sus fiestas y su gente», continuó diciendo mientras a Jose le daba la impresión de estar escuchando un anuncio publicitario y turístico. «Madrid encadena, niña. De verdá te lo digo...»

¿Tendría razón su tía? Quizá por eso los que vivían allí, como su prima Rosana, parecían tener un espíritu libre. Quizá por eso, ella misma se sentía un poquito diferente desde que había llegado, como más ligera, liberada de su cotidianidad.

Aquella mañana habían ido a ver la residencia. Desde fuera parecía un edificio bastante común, pero la tía le aseguró que en su interior tenía un típico patio andaluz en el que los ancianos disfrutaban del ocio y del descanso. Después fueron al cementerio y, unos minutos más tarde, esperaban sentadas ante una mesa en un barecillo cercano a la Catedral la llegada de su prima, con la que habían quedado para comer.

Rosana apareció en el momento justo, con un veraniego vestido de múltiples florecillas negras y minifalda de vuelo, dispuesta a solucionar con su carácter resuelto y desenfadado, el gran problema que su tía y su prima sufrían con el intrusismo de una pareja de jubilados ingleses que, empecinados en comer en la misma mesa que las dos mujeres, se negaban, bolsas de souvenirs en mano, a levantarse de allí para ocupar un puesto en la cola.

No era la primera vez que Jose presenciaba aquella demostración de orgullo británico, lo había sufrido en sus propias carnes en un viaje a Londres con su marido. Pero se quejó una vez más, como aquella, y se preguntó por qué los ingleses no se adaptaban a las costumbres de los países que visitaban. «Donde fueres, haz lo que vieres», les repetía incansable la tía Digna, como si ellos pudieran entenderla, con el dedo índice amenazando a la pareja. ¿Por qué tenían ese interés por britanizarlo todo, hasta la lógica costumbre española de no querer compartir la mesa con desconocidos?

Gracias a Dios, Rosana hablaba inglés, y aunque lo hacía con un ligero acento sevillano, los ingleses la entendieron y un poco descontentos y también sudorosos por el caluroso día, a pesar de su vestimenta corta y deportiva, accedieron a levantarse y marchar a otra mesa en la que un hombre solo tomaba una cerveza.

—Bueno, ya está –aseguró Rosana– aunque no han comprendido que eso no se hase aquí, pero bueno, menos da una piedra.

— ¡Da igual, que se vayan a molestar a otro lao! –dijo la tía Digna visiblemente indignada–. ¡Pues, vaya con los ingleses! ¡Que se vayan a comer al Peñón, hombre! ¡Habráse visto!

— ¿Pedimos una pringaíta? –animó Rosana para dejar a un lado el absurdo incidente.

— ¿Pero tú no eras vegetariana, niña?

—Sí, tita, pero pá la pringaíta, no. Y pá un buen jamonsito, tampoco.

Jose rió ante la ocurrencia. Si ella pudiera ser así, pensaba. Si pudiera tomarse las cosas tan a la ligera. Tan livianas parecían las decisiones en aquellas dos mujeres que la acompañaban... ¿Qué ocurría en Madrid? ¿Acaso no se enseñaba a vivir a los madrileños? No, al menos no a los que ella conocía, no a vivir como en Sevilla, donde hasta el más mínimo detalle tenía una explicación casi surrealista. Donde la vida parecía existir por sí misma, sin necesitar de los seres humanos para vivirla. Y hasta las calles, encaladas y brillantes del puro blanco de sus paredes, y hasta los balcones, coloreados al antojo de las gitanillas colgantes, parecían sonreírle. Y nadie mejor que Jose, para recibir aquellas sonrisas. Nadie más necesitada que ella, de recibir toda su alegría.

Ocuparon la sobremesa en un breve paseo por el parque de María Luisa, donde Jose pudo terminar el carrete de su cámara en cada esquina de la sombría vegetación. Era como una selva ordenada, donde la hiedra corría por el suelo junto a los húmedos helechos, y un pavo real caminaba cerca de la gente, con toda la tranquilidad del mundo, sabiendo que era pavo pero real, y ése no se come en este mundo de tan grandes distinciones. Los jacarandás y sus miles de racimos anunciaban las cercanas fiestas con el morado de sus flores. Fue una verdadera lástima que el estanque de los patos estuviese vacío. «Lo estarán limpiando pá la Semana Santa», explicó la tía Digna. Jose se guardó las últimas fotografías para cuando lo llenaran.

Y acabaron la tarde admirando los lienzos y las acuarelas que Rosana guardaba en una habitación vacía de muebles, de su chalecito, tras haber dejado a la tía en casa, que se sentía muy cansada con la pierna dolorida de tanta caminata.

—Me gustaría poder pintar así –admiraba Jose el trabajo de su prima, a la que creía una verdadera artista.

— ¿Y por qué no lo hases?

—No –rió Jose, sorprendida de su falta de celosa exclusividad so¬bre el arte que conocía tan bien–. ¡No soy capaz ni de coger un lápiz!

—Eso es lo que tú te crees –afirmó Rosana– pero no es así. ¿Te gusta haser fotos, no?

— ¿Cómo lo sabes? –preguntó Jose.

—O te gusta haser fotos, o eres japonesa –dijo Rosana señalando la cámara que aún colgaba de su cuello.

De nuevo rió. Su prima Rosana tenía mucha gracia.

—No es lo mismo.

— ¿Cómo que no? Para haser fotos, igual que para pintar, sólo hay que observar. Y tú pareses muy observadora. Si tienes vista para haser buenas fotos, también la tienes para dibujar. Inténtalo, cómprate un bloc y unos lápises, y prueba.

—No –se negaba–. No sería capaz...

—Nunca sabemos lo que somos capases de haser, hasta que lo hasemos.

Jose estuvo recordando aquella frase que le dijera Rosana, durante la noche, mientras sufría una de sus sesiones de insomnio, la primera desde su llegada a Sevilla. Una vez más se lo achacó a la luna que estaba llena e iluminaba la habitación. Tuvo tiempo de recordar la conversación casi al completo, y se vio junto a Rosana, sentadas las dos sobre aquella acogedora alfombra del suelo del salón, con la espalda apoyada en el sofá y un vaso de té frío que esperaba sobre la mesa. Con aquellos dos gatos ronroneando en el regazo de Jose pues enseguida les cayó en gracia, mientras escuchaban unas sevillanas rocieras que Rosana había puesto en lo que había llamado el picú, y que resultó ser un antiguo lector de compact-disc. Jose echó un rápido vistazo a un montón de libros que, en el suelo, esperaban para ser colocados en la estantería que aún no le habían traído de una tienda de muebles funcionales y bastante baratos. Unos cuantos tenían sus pastas forradas, aprisionando la sobrecubierta contra la cubierta, en plástico adhesivo. Otros sin embargo, tenían las sobrecubiertas desgastadas por el uso. «Al prinsipio compraba plástico y forraba los libros nuevos que me iba comprando», le explicaba Rosana mientras ojeaba uno como punto de referencia entre sus palabras, «pero despué s pensé que era como perderme el goso de uno de mis sentidos», alzó la mano y movió los dedos «porque los libros también se tocan, y como si fuéramos siegos», cerró los ojos, «podemos leer los sentimientos del escritor y de la historia que ha escrito, en su textura».

Jose cerró también sus ojos sintiendo un ligero estremecimiento y un placentero cosquilleo dentro de sus oídos, producido por el dulce seseo de la voz de Rosana, acarició la cubierta de un libro, forrada en piel color verde oscuro y con letras doradas en relieve. «Yo siempre he pensado que entre los libros también hay clases», sonrió alzando sus párpados y descubriendo a Rosana que la observaba con una tierna sonrisa en su rostro. «Hay libros de clase alta y libros sin clase, o quizá sean los mismos que se visten de gala para venderse mejor. Eso es algo, que también hacen las personas.»

Rosana asintió dejando que por unos instantes creciera el silencio. Después, bromeó diciendo que los libros de bolsillo debían ser los jubilados o los depresivos, dependiendo de si la cubierta era más o menos bonita, o de si sus páginas estaban pintadas de un amarillo hepático, o hepatítico, que no estaba segura de como se debía decir.

Y como casi siempre que dos mujeres mantienen una conversación durante más de una hora, acabaron hablando de hombres, y del amor, ya que las mujeres jóvenes tienden a unir una cosa con otra, sin saber muy bien por qué. Y cada una dio su opinión sobre el tema, y una vez más se dieron cuenta de que el amor movía sus cuerpos aún cuando no tuvieran de quién estar enamoradas. Cada una le contó a la otra su historia. Rosana, su última historia, y Jose, la única que había tenido. Y se envidiaron la una a la otra, aunque en el más absoluto silencio, hasta que Jose, sintiéndose siempre discriminada respecto a su marido, le preguntó a Rosana, asintiendo con antelación a la respuesta, si le hubiera gustado ser hombre alguna vez. Rosana contestó que sí, que alguna vez lo había deseado y continuaba deseándolo cuando tenía ganas de hacer pis y se dirigía a un bar, y la cola del servicio de las chicas llegaba hasta la puerta, y además tenía que pedir algo de beber para tener derecho a mear. «Me gustaría tener un pene por el que mear de pie y a gusto en cualquier esquina, como hasen ellos», exclamó con un tono quizá demasiado alto para la suave conversación.

Jose aún reía en la cama, con sus ojos cruelmente abiertos por culpa de la luna llena, al recordar la ocurrencia de su prima. Una vez más, había quedado encantada con la alegría y el sentido del humor de los sevillanos, y empezó a creer que algo así era lo que ella necesitaba para olvidar la tristeza y sentirse fuerte contra la desidia. Y también le hubiera gustado tener a mano su diario para poder describir aquella primavera. «Primavera rosa», susurró porque así se sentía. «Y veranos amarillos», dijo porque así lo deseaba, comenzando casi sin querer, a escribir un poema.

No duró mucho el elevado instante de inspiración. Se tapó la boca con la ropa de la cama para contener la risa que le provocó el recuerdo de otra de las ocurrencias de Rosana con respecto a los hombres y la dependencia del amor que tienen las mujeres. «Si quieres desenamorarte de alguno de ellos, por muy guapo que sea, imagínatelo cagando y verás qué pronto te desaparese el amor.»

— ¡Digna, Digna!

— ¿Qué?

— ¿Tú t'acuerdas d'adónde estaba la posa?

— ¿La posa? – gritaba Digna desde la puerta, dirigiendo su voz hacia el hueco de la escalera–. ¿La posa primera? –volvió a preguntar.

— ¿Cuál va a ser si no? –preguntó a su vez una voz que venía de abajo.

— ¡Por eso digo, la posa primera!

— ¿Tú tacuerdas de cuando la posa estaba atascá, que vinieron los barilleros?

— ¡Digo! ¡Ahí abajo estaba!

— ¿Pero por dónde?

— ¡En el medio! ¡Justo en el medio del portal, y por ahí pasaba el agua!

— ¿Ves, Mari? ¿Ves cómo yo tenía rasón?

— ¿Y qué es lo que ha pasao? –preguntó la tía Digna.

— ¡Na, que vengan con un detector y que la vean, a ver!

— ¿Que se ha vuelto a atascar?

—Yo creo que sí, que ha sío eso lo que le ha pasao! Porque el otro día, Mari fue a abrir el grifo y... ¡Chaflán!... no hubo manera.

—Pues eso es que está atascá.

—Pues eso digo yo.

— ¿Y tu sobrina, cómo está? – se interesó la vecina–. ¿Lo pasa bien?

— ¡Mu bien! En el patio está ahora, que se ha bajao con un libro, ahí a sentarse al solesito...

Desde el patio, Jose podía escuchar la conversación de su tía con las vecinas que la trasladaban, sin saberlo, a una calma casi rural que le agradaba cada vez más. Tenía un libro en la mano, aquel que Rosana se dejara olvidado y que aún no le había devuelto, sin embargo, todo cuanto la rodeaba era demasiado bello como para apartar la mirada y recluirla en una página impresa. El aroma del azahar la inundaba, confundiéndose con el olor a jazmín y a primavera. Sentada sobre un banco de azulejos azules, bajo un techo de buganvilla fucsia, podía observar a las palomas que vivían entre las altas palmeras y el suelo de migas de pan sobre la tierra albero. Y en el centro del jardín, un colosal paraíso de flores moradas que también, aunque más tímidamente, desprendía su olor. Jose respiró y quiso tragarse la belleza.

A unos metros, una chica estudiaba sentada en una sillita de anea junto a la pared blanca. Se acordó que la tía Digna le había hablado de la cercanía de la casa con las universidades. La chica dibujaba en un bloc que tenía sobre las piernas. De vez en cuando, miraba un libro que tenía abierto en el suelo. Jose casi envidió su persona, y no porque fuera aún tan joven, más bien porque aún estaba en el principio de su vida y sin embargo, qué bien aprovechada... Se preguntó, como tantas veces, por qué ella no había seguido estudiando, por qué se contentó con sufrir los cinco años de carrera de Eduardo, por qué pensó que con eso ya tenía bastante. Mientras él estudiaba, ella se había dedicado a organizar una boda. La iglesia, el vestido, el banquete, los invitados, el viaje... ¡Cuánta vanidad se demostraba en tales ceremonias! Ahora no lo habría hecho, pero entonces, con apenas veintitrés años y creyéndose la mujer más enamorada del mundo, sentía la necesidad de mostrar su suerte y casarse por todo lo alto, como todo el mundo. Y después, vino aquel inolvidable viaje a Grecia. ¿Dónde quedaba ahora tanto amor y tanta felicidad? ¿Cómo podía el amor reducirse a un sí y un no, a un bien, o a un hola cómo estás, a través del teléfono y con la prisa de la carestía de las llamadas? ¿Cuánto hacía que Eduardo no le hablaba de sus cosas, de su trabajo, de su madre? Porque aunque pareciera mentira, Eduardo tenía una madre que vivía en Burgos. ¿Cuánto hacía que Jose no hablaba con ella o con alguna de sus dos cuñadas burgalesas? Tan sólo el gusto por la morcilla unía a Eduardo con su tierra.

Se había convertido en un ser insociable y solitario. Había dejado de ser hombre para convertirse en abogado. Luego, si no era sólo con ella con quien se comportaba así, entonces no tenía por qué sentirse tan culpable. Pero lo hacía, se sentía mal cuando pensaba en ello. Eduardo era un egoísta. Se apartaba de su vida para vivir la propia, la abandonaba, la dejaba sola, pero se negaba a darle un hijo para que al menos ella tuviera un pedazo de él, al que querer con toda el alma.

El pie de las palmeras estaba encalado. A pesar de eso, un hilo de hormigas subía por el tronco de una de ellas. Arriba, entre las hojas, una paloma picoteaba una gruesa miga de pan. ¿Hasta dónde eran capaces de subir los animales, por el alimento? ¿Hasta dónde eran capaces de llegar las mujeres, por amor?

Cuando era pequeña, siempre fue una romántica. Si escuchaba una canción que le gustaba especialmente, pensaba en su amor. En un amor que aún no existía, pero que confiaba que algún día había de llegar. Y todavía hoy, sin estar enamorada no concebía la vida. ¿Cuánto tiempo más podría entonces mantener así su matrimonio?

Manolo le había aconsejado que no pensara en esas cosas mientras estuviese en Sevilla. En su última llamada, incluso se lo había hecho prometer. A Manolo le habría gustado mucho aquel jardín. Él tenía un terreno en San Martín de Valdeiglesias. Había construido en él una pequeña casa de una sola planta, y lo había hecho poco a poco, con sus propias manos, y en sus ratos libres, por lo que había tardado años, y aunque una de las paredes había quedado un poco torcida, a Jose, la casa le parecía preciosa porque le recordaba a la casita del cuento de Hansel y Gretel, y creía que sólo le faltaba ser de chocolate para ser absolutamente perfecta, lo cual, con catorce o quince años que tenía entonces, creía que era posible que se hiciera realidad. En aquellos años, su realidad era muy diferente a la de ahora. Su madre vivía, y Manolo se iba convirtiendo, poco a poco y pese a la obstinada oposición de su hermano Arturo, en un padre.

Su madre y ella disfrutaban mucho de aquel campo que Manolo había llenado de almendros, cerezos y nogales. A veces plantaba huesos de ciruelas y albaricoques, para después poder contemplar como nacía la vida. Y también sembraban bulbos alrededor de los árboles, de los que brotaban tulipanes y narcisos de todos los colores.

Hacía sólo unos meses que Jose y Manolo habían pasado unos días en la casita de San Martín. Sin su madre, ya... Y de nuevo habían plantado huesos de ciruelas y de albaricoques, y algunos bulbos alrededor de los árboles, como hicieran con ella. Pero el fin de semana llegó Inma con su vientre abultado y su ñoñería pisoteada por la altivez y la prepotencia de Arturo, que decidió arar el campo con la mula mecánica, para distraerse y no tener que aguantar la presencia de aquellos tres seres, para él aburridos y demasiado soñadores para su gusto, y levantó todos los bulbos que se perdieron entre la tierra removida y los huesos de la fruta también. Y aunque Jose se pasó un buen rato buscándolos, acto que le sirvió para calmar un poco su creciente rabia, no consiguió encontrarlos. Se quejó a

Arturo, por supuesto. Le dijo que era por culpa de la amargura y el odio que ocultaba su alma, por lo que iba arrasando la vida a su paso y el de la mula mecánica. Pero Arturo, prácticamente insensible a todo lo pequeño, se defendió alegando que los árboles nacidos de un hueso, nunca llegaban a dar fruto, y que para tener ciruelas y albaricoques había que comprar árboles de vivero, a los que se les había practicado un injerto. Tras escucharle, Jose pensó que Dios habría tardado entonces, mucho más de seis días en crear el mundo y la naturaleza, si había tenido que plantar sólo los árboles previamente injertados en un vivero. Eso, contando con que hubiese creado los viveros, antes incluso que a la naturaleza. Y también pensó que el único injerto que conocía era el propio Arturo, e incluso se le escapó de su boca y de su alma el decirle «Tú sí que eres un injerto, Arturo. Tú sí que eres un injerto». Él, ni se lo tomó en cuenta. Era tan poco inteligente que no era capaz ni de ofenderse.

Jose decidió aquel día no volver a San Martín si Arturo e Inma pensaban acudir también. Había demasiados recuerdos y demasiadas cosas que aún pertenecían a su madre. Además, había ocurrido otra desgracia días antes de marcharse. Había muerto el perro de Manolo. Un viejo pastor alemán que se había pasado la vida cavando su propia tumba. Había excavado un hoyo con la fuerza de sus patas, junto a la valla de alambre, en el que se tumbaba para notar el frescor de la tierra húmeda durante los meses de verano. Años después, Manolo le enterró en él. Ya estaba casi hecho y además, ¿para qué cavar otro si a él le gustaba aquel lugar? Se llamaba Titán y era precioso. Se llamaba Titán y le había picado un mosquito. A las tres semanas, estaba muerto. No había tenido tiempo ni de pensárselo siquiera. Jose tampoco había tenido tiempo de hacerse a la idea de no verle más. Y pensaba que últimamente, estaba de moda morirse deprisa.

Se limpió unas gotas de la frente y pasó la manga sobre la cubierta del libro. Empezaba a llover. Cogió sus cosas y se dirigió a la casa. En la cocina, había una fuente de cristal tapada con un paño blanco, bajo el que se abultaban las torrijas que les había traído Trini. La tía Digna le ofreció una y Jose la aceptó. Se la comió y echó de menos las auténticas torrijas, hechas con pan y leche, como en Madrid. En Sevilla era costumbre hacerlas con pan de molde y, a veces, suplían la leche por el vino, alegrando el postre pero cambiando totalmente el sabor. A Jose, le resultó demasiado blanda y casi le repugnó al ver que se le rompía entre las manos. Abrió la ventana, y sin que nadie la viera, tiró al patio la mitad de la torrija esperando que sirviera de alimento a las palomas.

— ¡Muy buenas, tía! ¡Las torrijas están riquísimas! –gritó mientras se lavaba las manos.

La chica acababa de llegar, y la casa aún andaba manga por hombro. La saludó al entrar en el salón y, después, se quedó unos segundos mirando a través de los ventanales de la terraza. La lluvia siempre le había dado ganas de hacer pis. Y también le provocaba una sensación de limpieza del mundo que se extendía hasta ella misma. Especialmente allí, en Sevilla, la lluvia era algo más, era el alimento para la vida que apagaba la sed del suelo y de su gente. Sin embargo, el pueblo sevillano que esperaba con impaciencia la Semana Santa, temía que un chaparrón les aguase las fiestas.

—Mejor que llueva ahora – exclamó la chica mientras pasaba el paño a los muebles para quitarles un polvo inexistente e imaginario, por la cercanía de su limpieza anterior–. Que caiga tó lo que tenga que caer, y no nos mengüe la carrera en la Madrugá...

La Madrugá, con mayúsculas, era algo más que una demostración de la fe y el fervor religioso de los sevillanos, era también alegría y jolgorio. Extraño comportamiento para algunos, que se eleve el espíritu ante el paso de un recuerdo tan sangriento. La muerte chica, como la llamó Machado desde su comprensión de andaluz. Jose ya la había visto, pero quizá cuando era demasiado pequeña para ver más allá del cansancio en la madrugada, desde un estómago vacío e infantil. Recordaba sin embargo lo que la fiesta le gustaba a su madre, que se derrumbaba hecha un mar de lágrimas al paso de las imágenes. Para Jose y sus pocos años, había demasiadas vírgenes que lloraban en Sevilla y demasiados Cristos por los que llorar.

—Pero si la Virgen se llama María –le repetía a su madre, cada vez que escuchaba que le habían cambiado el nombre, Macarena, Triana–. Y su madre le explicaba que todas eran la misma. Y tampo¬co comprendía que fueran cubiertas de plata y joyas, porque habían sido una familia pobre, y le asombraba todavía más, que se compitiera con tanto ardor, en demostración de la devoción cristiana.

—Voy a dusharme –le dijo la tía Digna mientras caminaba apoyándose en el bastón hasta llegar al baño. Jose se sintió aliviada. La ducha de su tía significaba unos minutos de relajada soledad. La lluvia también le provocaba pensamientos que tenía la necesidad de dejar fluir a su antojo. Abrió la puerta de la terraza y salió a respirar. Desde allí podía ver a las palomas acurrucadas entre el tierno principio de las hojas de las palmeras. Nadie se había comido la mitad de su torrija. El hambre no era tanto como para dejarse mojar el plumaje blanco.

El suelo, por entre los bancos de azulejos, se había cubierto con una alfombra de flores rosas que había desprendido la buganvilla por el aguacero. Las calles del barrio estaban vacías de gente, pero seguían llenas de vida. Un húmedo perfume se le metió por la nariz, por la boca, por todos los poros de su piel joven que se estremeció al ver el sombrío momento. El cielo nuboso parecía querer cobijarla y protegerla, y ella se sintió segura bajo él, admirando el mundo desde el balcón estratégicamente colocado para embellecerlo, para alegrarle los ojos y la mirada, para hacerle saber de un mundo distinto y todavía sano.

Algo se rompió dentro de repente, rompiendo también el último minuto de su calmoso presente. Volvió la mirada hacia el salón. En el suelo, yacía un marco con el cristal hecho mil pedazos. La chica lo miraba desde la altura de sus ojos negros. Permanecía de pie junto a él, quieta, con la mirada brillante y húmeda, callada, como si esperase el momento de decirle «Levántate y anda».

— ¡El retrato de la boda! –dijo Jose al acercarse, sin sospechar lo que la aclaración le iba a causar a la muchacha. Ésta rompió a llorar mientras se agachaba a recoger los pedazos. Jose le quitó el marco de las manos con mucho cuidado para que no se cortara y la instó a sentarse. La muchacha, con la humildad propia de quien se cree inferior, se sentó en una silla en lugar de ocupar el sillón que Jose le había ofrecido.

—No te apures, anda. Sólo es un marco. La foto está bien, ¿lo ves? – dijo mostrándole la imagen de la tía Digna sentada y vestida de blanco, junto al tío que estaba de pie a su lado.

La chica aumentó el volumen de sus sollozos, mientras se limpiaba inútilmente el manantial de sus lágrimas con las mangas de su camiseta.

— ¡Me va a matar! – acertó a decir entre lloro y lloro–. ¡La señora Digna me va a matar!

Jose se alegró de que al menos le hubiera devuelto el señorío a su tía. Eso disminuiría bastante su enfado.

— ¡Pero bueno, niña! ¡Ni que estuviéramos en el siglo pasado! –se admiró Jose.

— ¡Me va a largar! –dijo esta vez sin dejar de llorar.

— ¡Eso ya es otra cosa! –Jose se había sentado junto a ella y palmeaba su hombro sin saber muy bien para qué iba a servirle, pero era lo máximo que se sentía capaz de expresarle en aquel absurdo momento–. Ya verás como no –la tranquilizó.

— ¡Ya verá como sí, señorita Jose!

— ¡Oye! –se alarmó–. ¡Jose, a secas! – casi le reprendió por la exageración de la muchacha–. Esos tratamientos los dejas para quien los eche en falta. Yo, me sé señorita, y no necesito que nadie me lo llame.

—Perdóneme entonces.

— ¡Y nada de ustearme, que me haces vieja, y aquí la única señora es mi tía!

La chica dejó asomar una sonrisa con sus labios abultados y enrojecidos, y la crisis pareció que aminoraba un poco. No obstante, cuando miraba el portaretratos hecho pedazos, regresaba el llanto.

—Vamos a hacer una cosa –dijo Jose bajando el volumen de su voz, buscando la complicidad de la sufridora niña–. Yo le compro uno nuevo cuando salga a la calle, y ya está. Si ese marco no vale nada. Si lo importante es lo de dentro.

—Sí, pero ¿y cuándo lo vea roto? –preguntó.

—Es verdad. No podemos esconderlo. ¡Menuda es la tía con el retrato de su boda, que le saca brillo a diario igual que a la placa de la puerta!

Jose alzó la mirada y rápidamente halló la respuesta en una esqui¬na del techo. La atrapó y exclamó...

— ¡Ya está! Le diremos que se me ha caído a mí. Que me empeñé en ayudarte y se me cayó.

La chica asentía, sonriendo con sus labios rojos por la amargura.

—A mí no me puede largar, como tú dices –continuó diciendo Jose.

—Pero la va a regañar... te va a regañar –corrigió.

— ¿Y qué? –rió–. A mí no me asustan los mosqueos de mi tía, cariño. A mí ya no me asustan los mosqueos de nadie.

Jose extendió su brazo sobre los hombros de la muchacha y sonrió satisfecha.

—Y límpiate esa cara, que no vea que has llorado –se levantó–. En cuanto salga del baño, ve a lavarte.

Salió de nuevo a la terraza sintiéndose muy orgullosa de sí misma. Le había gustado ayudar, lo que no le gustaba tanto eran aquellas diferencias, el sometimiento que estaba claramente confundido con el respeto. Su tía necesitaba una larga temporada en Madrid para olvidarse de escalones y escalafones, de clases y de la carencia de ellas. Necesitaba toparse con cualquier funcionario madrileño que le bajara los humos y la tirara del podio en el que estaba subida, con una respuesta descortés, aprendida tras muchos años de uso. Necesitaba que le cerraran la ventanilla porque era la hora del bocata. Necesitaba que un taxista no le abriera la puerta aunque la viera con el bastón, y encima le preguntara con chulería socarrona. «¿Está usté coja, señora, o le falta un verano?», mientras le echaba en la cara el humo de su cigarro, a pesar de haber colgado un cartel que prohibía fumar en el taxi. Necesitaba que nadie le dejara el asiento en el autobús, y que tampoco nadie le dejara su puesto en cualquier cola. Necesitaba al fin, darse cuenta de que nadie es menos que nadie, sólo porque te limpie la casa.

Y la niña, necesitaba tener un poquito de orgullo, aunque seguramente tenía razones poderosas para necesitar tan ardientemente ese trabajo que no quería perder.

Jose inspiró el aire y se tragó la belleza. Bajo la lluvia, una mujer cruzaba la calle con el bolso sobre la cabeza, que sujetaba con una mano para cubrirse el cabello rojo y rizado. En Sevilla nadie tenía un paraguas. ¿Para qué? ¿Para un día que el cielo decidía sorprenderles y les remojaba un poquito con un tímido chispeo? Era Rosana, que con su traje de chaqueta de minifalda y sus tacones anchos, corría dando saltitos por entre los pequeños y poco profundos charcos, dirigiéndose a la casa de la tía Digna.

Le abrió la puerta y le prestó una toalla para secar el bolso. Venía riendo, quejándose del agua y de su cercanía con la Madrugá. Venía metiendo bulla, como ella misma solía decir, y animando a que salieran en cuanto regresara el sol.

— ¡Esto son cuatro gotas! ¡Venga Jose, vámonos a Triana!

Jose pensó en excusarse con cualquier disculpa pensada rápidamente y sin argumentos, y por la sola razón de la costumbre que había adquirido en Madrid, de negarse a todo con un inconformismo dañino que la aislaba del mundo que conocía. Hizo un gesto para mostrar su desarreglo de ropa y de cara, de pelo de coleta alta y de vaqueros, pero Rosana ya le había cogido la chaqueta y le ofrecía el agujero de la manga para que metiera el brazo. A Jose no le quedó más remedio y se dejó llevar.

— ¿Tita, tú no te vienes? – preguntó Rosana sabiendo que se negaría, pero sintiéndose obligada a preguntar.

— ¡No, yo no! ¡Id vosotras, que yo tengo la pierna hoy mu malamente!

Besaron a la tía Digna en ambas mejillas y abrieron la puerta. Cuando se disponían a marcharse, Jose escuchó una débil voz que venía de dentro. «Jose, ¿no se le olvida algo?»

—Es cierto, tía –dijo decidida y resuelta–. Se me olvidaba. Se me ha caído tu retrato de boda y se ha roto el cristal, pero no te preocupes – sonrió– que hoy mismo te compro uno nuevo.

La tía Digna no tuvo tiempo ni de respirar siquiera. En el salón, la muchacha suspiraba con alivio mientras escurría la fregona dentro del cubo.

XIII

Fue la primera vez que se vio guapa desde que cumpliera los veintitrés, y de eso hacía ya mucho tiempo. La última ocasión en que recordaba haberse mirado a un espejo y haberse sentido satisfecha de su reflejo había sido el día de su boda, cuando en el dormitorio de su madre, vestida con el traje blanco de piel de ángel que dos días antes Manolo había ido a recoger, su madre le subía la cremallera de la espalda con la mano izquierda, mientras con la derecha se limpiaba sonoramente los mocos con un Cleenex.

El vestido le quedaba como un guante, y era casi un milagro, pues en la última de las cinco pruebas a las que tenía derecho durante su confección a medida, le quedaba peor que en la prueba anterior.

«Todas adelgazan cuando saben que se acerca el gran día...», había dicho la modista que le ajustaba el talle con unos alfileres que sacaba hábilmente de su boca.

Su madre estiraba los brazos para alcanzar a ponerle el velo sobre la cabeza. Jose permanecía sobre la tarima, frente a la pared cubierta de espejos y se dejaba colocar la diadema de florecitas de tela blancas que sujetaba los metros de tul blanco que arrastraría desde su cabeza.

Aún no estaba nerviosa, a pesar de que sólo quedaban cinco días para la boda y todavía no tenía muy claro quién iba a ser su padrino, si el bueno de Manolo, a quien ella había elegido desde dentro de su corazón porque realmente le apreciaba, o el tonto de Arturo, que se creía con derecho porque era el único hermano que tenía. De todos modos, no estaba nerviosa. A pesar de que Inma se había nombrado a sí misma y contra toda opinión, la encargada de comprar el ramo de novia que, según decía, tenía que ser muy especial, y que además, ya estaría ella atenta a la hora de lanzarlo, para que le cayera directamente a sus manos.

A Jose no le pareció mal que Inma se ofreciera a gastarse el dinero en comprar unas flores que al final, iban a ser para ella, y además prefirió no llevarle la contraria, no fueran a salirle granos en la cara antes de la ceremonia.

De nuevo se miró al espejo y vio su pequeña carita rodeada por el velo blanco, y dio un profundo suspiro. No, no estaba nerviosa, a pesar de que hacía un par de meses, cuando fueron a recoger las invitaciones, había discutido con Eduardo por media hora. Y éste, discutió con la chica de la imprenta porque creía que se había equivocado al imprimirlas. El equivocado era él, como más tarde se comprobó tras llamar por teléfono a la iglesia y hablar expresamente con el cura. Pero Eduardo no podía soportar equivocarse. Los errores, aunque humanos, no formaban parte de su personalidad y como no aceptaba el hecho de cometerlos, tampoco nunca intentaría corregirlos. Así que Jose sólo podía hacer dos cosas, discutir, o darle siempre la razón. Hasta aquella tarde, había optado por lo último y le había ido bien, tanto que se casaba con él después de tres años escasos de un intenso noviazgo.

Así era como ella misma describía los dos años y medio anteriores a la boda. Intensos, altamente intensos, casi pecaminosos. No, Jose no se casaba virgen aunque su vestido fuera blanco. Eso de guardarse la virtud para perderla la noche de bodas, quedaba para su amiga Inma. O mejor dicho para su hermano Arturo, que era quien se empeñaba en mantener a su novia intacta. A Jose le parecía una estupidez, pero es que Arturo era estúpido, o al menos, no era demasiado inteligente y Jose se preguntaba dónde había aprendido ese amor por las tradiciones. De su madre, seguro que no. De ese modo, ella también sería de la opinión de mantenerse pura hasta el matrimonio y lo iría diciendo por ahí a sus amistades con la cabeza muy alta y el orgullo sobresaliente en la punta de la nariz, como hacía Arturo cuando hablaba de su novia con los amigotes. ¿E Inma? ¿Qué iba a hacer la pobre Inma? Callar, y el que calla, otorga. Era una mujer y las mujeres no son igual de pelmas que los hombres, y no presionan con amenazas ni absurdas comparaciones con los demás hasta que consiguen que su novio se acueste con ellas.

No obstante, Eduardo era un hombre, y así, con un muy pesado empeño, había conseguido que Jose pasara con él su primera no¬che. Pero antes, ella había tenido que pasar por todas las fases del procedimiento. Desde los «te quiero como no he querido a ninguna otra», hasta el «me casaré contigo, no te preocupes», pasando por las crueles y humillantes comparaciones como «mira Fulanita, ella sí lo hace con Menganito». Así, hasta que un día Jose ya no pudo más, y prefirió hacer el amor a seguir oyéndole comparar su ingenuidad para él absurda, con la libertad sexual de otras chicas anteriores a su relación, que él había conocido.

Una noche, regresó muy tarde a casa, después de haberse acostado con él en la pensión en la que vivía cuando estudiaba en la

Universidad. Y lo peor fue que le gustó. Y si antes se había sentido enamorada de Eduardo, después de hacerlo con él, se sintió totalmente perdida. Aquel sentimiento que le carcomía el vientre era mucho más que amor, era una dependencia casi total de su persona. Eduardo alzaba una mano y ella acudía a colocar su cabeza debajo para que él la acariciara, acudiendo a su llamada de la misma manera que lo haría un perrito faldero hasta su amo.

A ella le gustaba aquella situación, por eso aceptó cuando él decidió, por sí solo y sin preguntar a nadie, que para estar así, vistiéndose deprisa todos los viernes y sábados por la noche en la pensión para regresar a casa a la hora estipulada, era preferible que se casaran.

¡Poderosa razón para llegar al matrimonio! Y como él trabajaba durante el día en una oficina además de estudiar derecho por la noche, y además, contaba con el apoyo de sus adinerados padres burgaleses, no hubo ningún problema que no tuviera fácil solución.

Sin embargo aquella tarde, después de comer y con la tripa todavía llena, enfundada ya dentro del vestido de piel de ángel, con falda de vuelo, velo de tul, collar de perlas con pendientes a juego porque nadie le había advertido que daban mala suerte, zapatos de tacón de aguja blancos, y pulserita de azahar en la muñeca derecha, no lograba recordar por qué se casaba tan pronto. Mientras su madre se sonaba la nariz, Jose se preguntaba quién y qué era ella en realidad. Sin haber acabado la carrera, entonces no sabía que la dejaría sin terminar tan joven aún, casi una niña. ¿Qué estaba haciendo con su vida? Era como si desde su infancia y después en la adolescencia, como si toda su vida se hubiese sucedido por y para aquel fin, estar vestida de novia frente al espejo en el dormitorio de su madre. Y de repente, se sintió vacía. Y aquel vacío le dolió en el estómago. Y si hubiera tenido valor, hubiese huido tan lejos como hubiera podido.

Desgraciadamente, no lo tenía. Retiró de su mente aquellos pensamientos, fruto sin duda de sus nervios acuartelados tras su calma aparente y decidió que estaba muy guapa con el recogido que le habían hecho una hora antes en la peluquería.

— ¿Inma no ha llegado aún? –le preguntó a su madre.

En realidad preguntaba por su hermano, el cual sería su padrino después de todo, ya que su madre así lo quería, pero hacía tiempo que a Jose le repelía la sola pronunciación de su nombre.

—No —respondió su madre llorosa— y ya es hora... ¡Este hermano tuyo! ¡Ya verás como llega tarde!

—Tranquila, mamá... Llegará a tiempo.

—Ya estoy lamentando que al final sea él tu padrino. Tenía que haber sido Manolo.

—Para mí, es como si lo fuera —le dijo Jose cogiéndole la mano, con un gesto tranquilizador.

—Ya lo sé, hija. Gracias a Dios que le tienes a él, a falta de un pa¬dre en estos momentos...

Se sentó en el borde de la cama y de nuevo acrecentó su llanto. Jose se movió incómoda sobre sus zapatos nuevos y se sentó junto a ella. Pasó el brazo por los hombros de su madre y se rió a gusto de la mujer que, emocionada y con los nervios de punta, no conseguía calmarse.

—Mamá, déjalo, por favor. Manolo me gusta y no necesito a ningún padre. Contigo me basta. Me ha bastado siempre.

—Sin embargo, tu hermano Arturo siempre me lo ha reprochado. ¡Siempre! ¡Como si sólo yo hubiese tenido la culpa!

—Mi hermano es idiota. Y tú más por escucharle siquiera. No le ha¬gas caso, que ya somos mayorcitos y no necesitamos a ningún padre.

— ¡Qué buena eres, Jose, hija! No sé qué haría si no te tuviese a ti.

Jose se levantó y desarrugó la tela de la falda con la palma de su mano.

—Te habrías muerto de asco, como le va a pasar a Inma —contestó.

— ¡Ay, hija, no hables así! No vaya a ser que vengan y te oigan.

— ¡Me da exactamente igual!

— ¡Pero a mí, no! Es lo que le faltaba a tu hermano para darnos el día, que ya sabes como es.

—Sí, un aguafiestas. Pero esta vez no te preocupes, que como el que se casa es su amigo Eduardo, no hará ni dirá nada que pueda molestarle.

—Luego dices de Inma. ¡Pues anda que tú también, hija, vaya ojo!

Jose no pudo evitar soltar una carcajada. Su madre era una de esas personas que siempre le hacían reír sin pretenderlo.

— ¿No había otro que su mejor amigo? –continuó.

—Bueno, por lo menos así, Inma y yo siempre estaremos juntas.

Lo había dicho en serio. Quería a Inma como a una hermana, mucho más que a Arturo, por supuesto. Y de verdad pensaba que su amistad debía durar siempre. Y lo que nunca pudo imaginar era que se distanciarían tanto por un embarazo.

Cuando Jose llegó ante el altar, del brazo de Arturo, y vio a Eduardo vestido con esmoquin negro y clásico, junto a su madre burgalesa que iba vestida de negro y mantilla, aún se sentía guapa. Después, cuando él la cogió de la mano y ella besó a la madre, a la que siempre estaría agradecida por la boda, por el piso, y por el par de morcillas frescas que les había traído para la luna de miel, y luego, cuando Eduardo le sonrió y acercó sus labios a su oído para decirle que pensaba que el vestido sería en color crudo, sintió que estaba horrible y que todo el conjunto le sentaba fatal.

¿Por qué siempre había sido tan importante para ella su opinión? ¿Y por qué Eduardo nunca estaba de acuerdo con nada de lo que hacía? Habría elegido el vestido sin dudarlo un segundo, si no supiera que daba mala suerte ver el traje de novia antes de la boda, con tal que Jose fuese vestida a su gusto. Con una frase había conseguido que su poca seguridad en sí misma se esfumara y ya estuvo incómoda durante toda la ceremonia e incluso en el convite.

Ahora, Eduardo no estaba allí. El rostro pequeño y rectangular que veía en el espejito de Rosana le gustaba, aunque era tan estrecho que tenía que mirarse por partes. Primero la frente y el cabello, después los ojos y el resto de la cara. Sin embargo, se gustaba. El corte de pelo le daba un aire más moderno y era infinitamente más cómodo que la melena. Rosana casi la había arrastrado hasta la peluquería, pero no lo lamentaba, al fin y al cabo, si le había hecho caso sin apenas rechistar era porque en el fondo ella también quería hacerlo, aunque no se atreviera a reconocerlo abiertamente y sin emitir pequeñas quejas y poner algunas condiciones. Quería cortarse el pelo, igual que había querido casarse con Eduardo.

— ¡Estás muchísimo mejor así! ¡Dónde va a parar! Te da un aire fresco y, a la vez, elegante. Como el de Meg Ryan.

— ¿Tú crees? –preguntó Jose fingiendo inseguridad para sentirse un poco más segura, mientras se miraba los perfiles.

Estaba de acuerdo con su prima. El corte le alargaba el cuello de por sí bastante estilizado, haciendo más delicado el escote.

— ¿Crees que debería darme unas mechas, o reflejos, o algo así?

— ¡No, qué va! Ya has oído a Satur –dijo Rosana refiriéndose al peluquero–. Tu color natural es precioso.

—No... – lo negó con cortedad – El tuyo sí que lo es.

Había admirado aquellos rizos rojos desde que los viera por primera vez ante la imagen del Gran Poder, cuando aún no sabía a quién pertenecían, cuando aún no sabía que ella era prima suya. Y ahora, bajo el sol que brillaba con fuerza después de la tormenta, le parecían todavía más bonitos, de un tono anaranjado, fuerte, como de fiesta. Y de repente lo vio. El rostro de Rosana se rodeó de un halo en un grato color naranja, como el de los polos, refrescante y cálido al mismo tiempo.

La observación de Jose provocó en Rosana ciertos recuerdos. En una mesa como aquélla en Triana, Mel le había hecho un elogio sobre su cabello. En una mesa como aquélla frente al río, ella había pensado en dejarle y se había arrepentido, no mucho tiempo después. Repenti-namente, y casi sin darse cuenta, unas lágrimas le inundaron los ojos y el agua del Guadalquivir se distorsionó ante su mirada.

— ¿Te ocurre algo? –preguntó Jose dándose cuenta.

—Es esta cansión –respondió echándole la culpa a "Inolvidable" de Luis Miguel, que de nuevo inundaba la orilla del río–. Con esta música, hasta las cosas se estremesen –dijo, dejándose llevar por un instinto poético incontrolable y hasta el momento desconocido–. Y con Luis Miguel, musho más, claro –dejó escapar una frase sacada de la parte de su cerebro que fabricaba el, tan necesario a veces, sentido del humor.

—El Cachorro es precioso –exclamó Jose para aliviarla cambian¬do de conversación.

—Me alegra que te haya gustado, pero ha sido una pena que no estuviera expuesto para que pudieras verlo tumbado. ¡Es impresionante! Que se le ve hasta la campanilla –le explicó señalándose la garganta.

A Rosana le enorgullecía hablar de las imágenes religiosas de su ciudad. Con verdadera pasión le explicaba a su prima madrileña cada una de sus salidas y llegadas, mientras ésta se dejaba llevar por el excitante cosquilleo que le provocaba su seseo dentro de los oídos.

—Pero lo más emocionante de tó, es ver crusar el puente a mi Triana. Eso es... ¡Otro mundo! El puente está tan lleno que no cabe un alfiler. Y la Esperansa va crusándolo como por ensima de las cabesas de la gente. Y desde lejos, no se ven ni a los nasarenos ni a nadie, porque además apagan todas las luses. No la ves namás que a ella, como si andara sola...

«Anduviera», pensó Jose, disculpando inmediatamente después el error lingüístico de su prima. Aquel acento dulce y maravilloso compensaba cualquier error en el lenguaje. Y Rosana continuó...

—Y va crusando el puente con todas las velas ensendidas, y cuan¬do llega a la mitad, entonses se oyen las sirenas de los barcos, y se ensienden los focos que la alumbran desde las cubiertas y ves a los marinos que se cuadran a su paso, saludándola como si fuera un general. Porque ella es la patrona de los marineros, ¡y da una impresión ver a todos los militares esperando a que pase! –se cuadró como si ella misma fuese un militar y saludó para que Jose la comprendiera–. ¡Uf! –se echó el cabello hacia atrás–. ¡Se me ponen los pelos tiesos namás que de contártelo! ¡Y mira! – pestañeó graciosamente– se me saltan las lágrimas.

—Debe ser muy emocionante –apuntó Jose.

— ¡Lo más bonito de tó! Claro que la salida de la Macarena tam¬bién... Ya me enteraré yo de los horarios, a ver si nos da tiempo a que lo veas todo.

Jose le sonrió. La idea de ir a las procesiones con Rosana, le era mucho más apetecible que quedarse en casa con la tía Digna, viendo la Madrugá por televisión. Además, ni siquiera sabía si la echarían al completo. También tenían derecho otras ciudades de Andalucía a que sus pasos aparecieran en el Canal Sur.

— ¡Pero arréglate, eh! ¡Que a la Madrugá se va bien arreglaíta!

Jose rió.

—Pues pensaba ponerme los vaqueros.

— ¡Y muy bien que te sientan! Pero eso es para otra cosa. A la Ma¬drugá se va bien arreglada y maquillada para que te aguante la cara toda la noche. Que tenéis una manía los de Madrid de no arreglarse pa casi na...

«Nos gusta ir cómodos», pensó decirle Jose, pero después le pareció una respuesta un poco cortante, como si pretendiera comenzar una discusión sobre la gran diferencia entre los hábitos y costumbres en el vestir de los madrileños y los de provincias. Pero se sentía tan agradecida a aquella pelirroja, pecosa, impecable, de piernas largas y bonitas con sandalias de plataforma... Gracias a ella se sentía elegante. Gracias a ella se sentía un poco feliz. Y casi no le importaba lo que diría Eduardo al verla. Ni siquiera pensaba decirle que se había cortado la melenita tonta que a él tanto le gustaba tocar de vez en cuando, como si ella fuera un caniche. Se acabaron las caricias a la cariñosa y tímida mascota. Ella no era un perro, era una mujer, la suya. Y como había dicho Rosana, hacía lo que quería con su pelo, que para eso era suyo.

—Gracias por lo de la peluquería –necesitó decirle.

—De nada, pero yo sólo te he disho cuando. Tú ya habías decidido el qué.

Jose movió la cabeza de un lado a otro negándolo.

—Supongo que a Eduardo le gustará –se preocupó Rosana, acordándose de su existencia de repente.

— ¡Me da exactamente igual! – mintió Jose–. No pienso decírselo.

—Musho mejor. A los hombres les encantan las sorpresas.

Era increíble la cantidad de cosas que su prima sabía sobre los hombres, con sólo treinta años, aunque se equivocaba con su marido.

—A Eduardo no. Él es distinto.

— ¿Que no? ¡Ya me lo dirás cuando te vea! –pareció que apostaba–. Ahora, vámonos. La tía Digna me matará si no te llevo a tiempo para la sena.

Jose apuró su copa de mosto blanco y se levantó sin insistir en pagar la cuenta. Sabía que era una batalla perdida de antemano. En aquella tierra, la gente se peleaba por pagar, así eran de amables, así eran de exagerados...

XIV

Habría sido mucho peor si se hubiese molestado. Mira que confundir a un hippy con un mendigo... Tan acostumbrada estaba ya a ver a los pobres pidiendo en las puertas de las iglesias. Pobres amables, como ella decía al compararlos con los de Madrid, que no se llamaban ni pobres ni mendigos, sino indigentes que era mucho más serio y también más respetuoso. Tan cargados llevaba siempre los bolsillos de monedas con el único fin de donarlas, y tan dignos de compasión y tan educados le parecían los mendigos de Sevilla, que ni se dio cuenta del error, y confundió la imagen descuidada del joven con el desaliño de la mendicidad. Además, tampoco estaba enterada de que aún quedaban hippies en el mundo. Pensaba, no sabía por qué, que se habían extinguido con el paso de los años.

Rosana se estuvo riendo toda la tarde. Pero Jose qué iba a saber. Le explicó que en Madrid, los mendigos se tiraban en el suelo, en plena calle, o en el Metro, con un cartel en el que informaban de las causas que les habían arrastrado a aquella situación. «Estoy en paro; estoy enfermo y no puedo trabajar; tengo cinco hijos», como si alguien les hubiese obligado a tenerlos, como si el ser padre de familia numerosa fuese un castigo divino, como si ellos no hubieran tenido nada que ver... Y salvo alguno, que se tomaba muy en serio lo de ser mendigo, casi ninguno permanecía con la palma de su mano abierta, más bien utilizaban distintos objetos que mantenían junto a ellos, una bolsa de plástico, una lata vacía, y los más vetustos usaban una gorra con unas cuantas monedas en su interior. Y a veces parecía que siempre tuviesen las mismas monedas de lo renegridas que estaban. Todo porque la gente va donde va Vicente, que si ven la gorra vacía, no echan ni un euro. Que pasa como en los bares, que si están vacíos no entra nadie, porque la gente piensa que si es así, por algo será. Pues lo mismo pasa con los mendigos, que si nadie les da un duro, por algo será. Y es mejor echarle a aquél que tiene la gorra llena, que a aquél otro que la tiene vacía, que puede ser para vino o para drogas, como si los madrileños conocieran la vida de cada uno de sus mendigos, bueno, de sus indigentes.

Por eso, cuando vio a aquel muchacho sentado en la puerta del Salvador, con sus vaqueros raídos y su camiseta blanca de algodón, y el pelo tan largo y enmarañado, y tampoco demasiado limpio, de aspecto cansado, ni se fijó en el monstruo de mochila que llevaba a la espalda como un caracol.

Jose se acercó con tres monedas de cincuenta en la mano y una sonrisa compasiva y de gratitud, porque de verdad agradecía la amabilidad y la buena educación de aquellos mendigos sevillanos, porque estaba harta de las borderías de los indigentes de Madrid. Hizo además de darle el dinero, y por unos instantes el muchacho pareció que decidía si debía sentirse insultado y negarse a semejante humillación, o debía coger las monedillas para tabaco. Y optó por lo segundo, alzó la mano abriendo la palma y cogió el dinero de Jose. Ésta le sonrió con cara de orgullo, después de realizada la buena obra del día, y él le dio las gracias con resignado asombro. Ya tenía una buena historia que contar a sus amigos a la vuelta del viaje. Y ellos le dirían « ¡Jo, macho, si lo que no te pase a ti!».

Si no hubiese estado allí para verlo, nunca lo habría creído. Y tampoco Jose, que se sofocó, entre risas y rápidas explicaciones, al darse cuenta de lo que había hecho cuando Rosana se lo dijo. « ¡Qué pardilla! ¡Pobre chico! ¡Espero que no le haya sentado mal! ¡Parecía tan pobre el pobre!», exclamó repetidas veces como si nunca recordara la primera, mientras tomaban un café en un bar. « ¡Parece mentira que sea de Madrid! ¡Si parezco de pueblo!»

A Rosana, la ocurrencia le había alegrado el día que desde el principio había sido malo. Por la mañana, había acompañado a sus hermanas y a su madre a elegir el vestido de novia de Mariluz.

Mientras veía decenas de trajes blancos en un catálogo de la tienda, mientras escuchaba los comentarios alegres y nerviosos de las tres, Rosana se rompía por dentro. Se acordaba de Mel, pero no era en él en quien pensaba, sino en el marido que nunca tendría como siguiera así. Pensaba también en el tiempo perdido, pensaba en su exigencia y en su inconformismo. «No puedes pasarte la vida esperando al príncipe azul», le había dicho Mariluz hacía unos días. Tenía razón, no podía. En primer lugar, porque los príncipes no existen, ni azules ni verdes, más que en las revistas del corazón y ni siquiera estaba segura de que fueran reales, o que fueran muñequitos pintados. Y en segundo lugar, porque como continuara así mucho tiempo, cuando llegara el príncipe, si llegaba, ella ya no sería una princesa. Y le faltaba un verano para convertirse en bruja. Se tocó la nariz por si la verruga ya le había aparecido. Gracias a su Triana, aún no le había salido.

Mariluz le preguntó si le gustaba el vestido que acababa de elegir, sencillito, sin adornos de ninguna clase, con su escote cerrado y su falda lisa, ni con vuelo ni sin él. Mientras Elvirita sonreía esperando su respuesta, y su madre asentía con la cabeza segundos antes de que respondiera, Rosana se sintió tan mal, como después le explicaría a su prima Jose, y le pareció tan simple y aburrido el vestido que sin querer se le escapó lo que realmente pensaba, y por una vez en su vida, dejó la diplomacia para mejor ocasión. «Parece un traje de comunión», exclamó.

El rostro de Mariluz se tensó como si le acabaran de hacer un lifting. A Elvirita se le borró la sonrisa de la boca, y su madre, su madre la asesinó con la mirada. «Parricida, filicida, madre desnaturalizada y hermanas egocéntricas y egoístas», pensó. ¿Es que no veían lo que la pobre estaba sufriendo?

Y de repente, no pudo más. Se levantó, cogió su bolso y salió de allí rápida como alma que lleva la rabia, dispuesta a no volver a tomar parte en nada que tuviese que ver con esa boda que le estaba amargando la existencia.

Jose le había dicho que para una mujer, sólo hay dos clases de treinta años. «O no trabajas, porque ya tienes marido y entonces lo que se quiere es un hijo, o trabajas y no tienes hijos, y entonces lo que se desea es un marido.» Pero Rosana se negaba como siempre había hecho, a que la vida sólo le diera esas dos alternativas. Además, no tenía ganas para ninguna de las dos, y eso era lo que le escamaba, porque cuando las ganas se pierden, ya no hay tu tía...

Sin embargo, el incidente en la tienda de modas para novias no había sido lo peor. Lo más terrible estaba aún por llegar. Había recibido una última llamadita de Mel, para decirle que a ver qué día le venía bien para ir a su casa a recoger sus cosas, una combinación, una bata y el cepillo de dientes. Rosana le dijo que el cepillo lo tirase a la basura y que lo demás se lo quedara, que se lo regalaba a Amalia, si es que cabía dentro, porque la gordura de su compañera era cada vez más visible. Y Mel le preguntó que si estaba celosa. «¿Celosa? ¿Yo? No me hagas reír», le respondió ella, pero lo cierto es que sí lo estaba. Mel le dijo que a él le gustaba así, que hubiera donde agarrar, como en el cuerpo de Amalia. Y eso a Rosana, le llegó al alma. «Claro, como tú también estás gordo», se atrevió a replicar antes de que Mel le dijera que se estaba comportando como una niña y le colgara el teléfono para siempre. Eso había ocurrido unos segundos antes de echarse a llorar, una hora antes de decidir que el sábado era el mejor día para enseñarle a su prima Jose El Salvador.

Últimamente, sólo con ella se sentía a gusto. De nuevo pensó que Jose no era como los demás madrileños que conocía. Ella no decía «qué pasa» para saludarla, ni usaba la palabra «tía» como adjetivo calificativo y coletilla, ni tampoco colocaba un «súper» delante de casi todo, hasta de sus pensamientos. Hablaba sencillamente, con todas las carencias de acento que era posible no tener, con una correcta pronunciación y vocalización, con un tono susurrante y grave, a veces hasta sugestivo.

Además, era una de las pocas personas, si no la única que conocía, que se comportaba siempre tal cuál era, sin adornos, sin florituras, como el vestido de novia de Mariluz, sin fingimiento. Con una naturalidad admirable y haciendo uso de su propio estilo, y al mismo tiempo, ignorando totalmente su existencia.

No obstante, Rosana veía en ella un estilo muy particular, y a pesar de que a ningún miembro de su familia les había caído en gracia la tarde que había ido con la tía Digna a comer a casa de sus padres, porque decían que los de la capital miraban por encima del hombro a los de provincias, ella encontraba en su prima Jose un sentido del humor ingenuo bastante especial. El sentido del humor que le había llevado a darle un donativo al hippy, por ejemplo. La gracia que le hacía parecer una japonesa cuando hacía fotos a todo lo móvil y a lo inmóvil, a todo lo nuevo y a todo lo viejo, y era aquella ingenuidad lo que la llevaba a comportarse como en realidad era, por dentro y por fuera, y Rosana ya se había dado cuenta de que la mejor virtud de Jose era la sencillez, una sencillez de vaqueros y camiseta de tirantes, de zapato plano y mochilita al hombro, de verdades completas y de opiniones sinceras, algo que Rosana empezaba a echar de menos, y de ese aroma a Chanel Nº 5 que desprendía con toda la naturalidad del mundo.

XV

Compró unas rosas blancas para ponerlas a los pies del Amor, que seguía siendo su Cristo favorito, aunque cuanto más lo veía, le parecía más chiquitito y más humilde, con la cabeza agachada sin mirarla a ella, sin mirar a nadie. Como si se hubiese resignado a la Cruz. Callado, tolerante, aguantando el dolor mudo y sin lágrimas.

Jose parecía que estuviera haciendo fotos para un catálogo de imaginería sevillana. En aquella iglesia tan grande, las fotos se hacían solas, pensó admirando a Nuestro Padre Jesús de la Pasión, que cargaba en el hombro una cruz adornada de oro, y vestía túnica de terciopelo y cordón dorado a la cintura, pero no por eso era menos pesada la sentencia, no por eso no le llegaba la sangre que brotaba de su frente hasta los pies.

El Santísimo Cristo del Amor, a cuyos pies rezaba Rosana con devoción, arrodillada en uno de los reclinatorios de la pequeña capilla. A la derecha, hizo una fotografía a una virgen rosa que estaba muy alta. Toda su ropa era rosada y, bajo ella, había un niño Jesús, como de uno o dos años, con un inadecuado pero simpático vestido celeste con flores bordadas en verde menta, encajes blancos y un cordón de plata atado a su cintura. De pie, descalzo, con el pelo rizado y una mirada de madurez pueril y, en su mano derecha, los dedos índice y corazón alzados, en actitud de omnipotencia.

No pudo evitar tampoco un par de fotos al Jesús de la borriquilla, como lo llamó su prima cuando se acercó para seguir haciéndole de guía, después de dar gracias por su absoluta salud, que era lo único absoluto de su vida. Y al Jesús resucitado, y después, a la salida, terminó el carrete fotografiando a un Jesús sentado y sangrante que le cautivó y hasta le provocó una pizca de angustia con su apariencia de exasperante mansedumbre.

Sus pensamientos corrieron desde la admiración por las manos del artista que esculpiera tan difícil figura, hasta la tristeza que sintió al contemplar la sangre y el sudor que chorreaba por todo su cuerpo. Era un Jesús sin nombre. Era un hombre sentado y cansado, con la mejilla izquierda apoyada en la palma de su mano, y el brazo derecho dejado sobre la rodilla. Era un Jesús que esperaba, sin miedo en sus ojos medio cerrados. Era un hombre que lloraba sentado.

Luego, al salir, ocurrió lo del hippy y el mendigo, que seguro que no era ni lo uno ni lo otro, y en la terraza del bar, mientras se bebía un café con hielo ante la atenta mirada de unos turistas extranjeros que estaban muy interesados en saber con qué fin el camarero le había traído un vaso con hielo a Jose y una taza de humeante café solo, y sin saber relacionar el uno con el otro, hasta que Jose cumplió con todo el apasionante ritual de tomarse un cafetito de verano, cuando todavía estaban en primavera, se reía de sí misma, cosa que Rosana le había enseñado a hacer.

Después, pasearon por aquellas calles, a pesar del calor exagerado por el bochorno de los días pasados, la calle Tetuán, la calle Sierpes donde compró una benditera y un aguamanil de cerámica sevillana para su dormitorio, y la calle bajo el toldo que tapaba del sol al Ayuntamiento. Pasearon hasta coger el autobús en Plaza Nueva, y al rato, llegaron al Heliópolis, cuyo nombre descifró porque lo vio en el cartel que llevaba el autobús en su parte delantera, y Jose recordó que en otro tiempo había existido una ciudad con ese mismo nombre, en otro lugar del mundo. Pensó que no podía haber sido un nombre mejor para el barrio en el que vivían su prima y la tía Digna, y pensó también, que era una verdadera lástima que los vecinos se empeñaran en cambiarle el nombre, y lo llamaran Eliópoli, uniendo el artículo al nombre, porque ni sonaba igual, ni era igual de bonito.

Sevilla empezaba a parecerle un lugar maravilloso en el que se sentía bien. Quizá porque entendió lo que le había dicho Rosana, que nunca había salido de allí, más que en los veranos para pasarlos en Cádiz, en Zahara de los Atunes donde sus padres tenían un apartamento. No había visitado Londres, ni París, ni Atenas ni Madrid, ni falta que le hacía. No había estado nunca en ninguna otra ciudad de Europa ni del mundo... ¿Y para qué, si vivía en el mejor lugar del planeta?...

Puede que por eso Rosana no la comprendiera a ella, cuando le explicaba que en Madrid todo era enorme y todo era inútil. Después lo entendió, y comparó la capital de España con el patio de la casa de Amalia, una ex-amiga suya, que tenía un patio interior tan grande que no podían utilizarlo, porque ni protegía del frío ni libraba del calor. Y a Jose le pareció muy extraño que una mujer tan amable y jovial como Rosana, pudiera tener una ex-amiga entre sus amigos.
Entonces vio el halo naranja de su rostro dentro del frutero de la cocina. Y de repente, le apeteció comérsela, y peló la cáscara despacio hasta conseguir una larga y única tira.

—Tu tío hasía sestitos con eso –exclamó la tía Digna al ver la cáscara de la naranja enroscada sobre el plato–. A las niñas les encantaba.

Sus ojos miraron hacia la izquierda, abandonando la pantalla del televisor para escaparse por la ventana y perderse de nuevo en el maravilloso y dulce mundo de los buenos recuerdos. En un instante, su mente escapó lejos del saloncito, su corazón también escapó con ella.

—Tía, ¿cómo era Rosana de pequeña? –preguntó Jose devolvien¬do a la tía Digna a su aburrido presente–. Casi no la recuerdo.

—Mu grasiosa –respondió la tía con una sonrisa de añoranza–. Era una shiquilla mu grasiosa. ¿Quieres ver las fotos?

A Rosana casi no se le veían las pecas en aquellas fotografías marrones. Las había hecho su tío con su primera cámara, durante unas vacaciones en Cádiz. Sus primas jugaban con rastrillos y palas en la arena. Rosana estaba en cuclillas con el cubo boca abajo entre sus piernas sobre la arena, y miraba a la cámara con la misma sonrisa de ahora, limpia, sin nada que ocultar.

—Las otras dos son Elvirita y Mariluz. Las gemelas todavía no habían nasido.

— ¿Qué año fue?

— ¡Uy, ni idea, hija! Un año que ya pasó, como pasa todo lo bueno. Un año de muy atrás.

A la tía Digna se le abrillantaron los ojos. Así era ella de emotiva en todo lo relacionado con su difunto marido. Él también aparecía en una de las fotos, con una actitud simpática, corriendo hacia el agua para zambullirse entre las olas.

—He visto esas fotografías unas pocas de veses ya, no te creas...

— ¿Verdad, tía, que las fotos son algo más que simples imágenes? Por eso me gusta tanto hacerlas.

—Y hases mu requetebien. Las fotografías son como ventanas y puedes mirar por ellas cuando te dé la gana.

—Y puedes ver de nuevo el pasado –añadió Jose.

— ¡Eso es, sí señor! Las fotografías son ventanas para ver el pasado, sí señor. ¡Eso está mu bien disho!

Jose rozó el rostro de la niña Rosana con la yema de sus dedos, y susurró.

—Son ventanas, y son momentos...

Miró a la tía Digna para cerciorarse de si la había oído, pero los ojos de la mujer miraban ahora por otra ventana muy distinta, la ventana hacia el presente de la televisión.

XVI

Le bastó con decir que a Arturo no le gustaban los Beatles para que Rosana comprendiera que, además de extraño, su hermano era estúpido. Su prima puso una de sus simpáticas muecas, justo antes de exclamar. «No me extraña que no le puedas aguantar, entonses.» Jose asintió, aunque después no pudo evitar sentirse culpable por reconocer con tanta seguridad los sentimientos hacia su hermano. Prácticamente le detestaba, y eso le provocaba emociones muy contradictorias, además de un gran conflicto interior debido a la educación que le impartiera su madre, con máximas como que la familia era lo primero o que un hermano es un hermano, sea como sea y haga lo que haga. Jose siempre pensó que todas las hermanas del mundo debían haber nacido con un cartel en la frente que dijera que estaban obligadas a querer a sus hermanos a toda costa, sólo por el hecho de ser hermanas. Alguien debió olvidarse de colocarle a ella el obligado cartelito, antes de nacer.

Todo esto lo pensó mientras le contaba a Rosana que Inma, la dulce y melosa Inma, le llamaba Arti cariñosamente, y que a ella le parecía nombre de galleta, como Artiach o Artinata, y que a veces se preguntaba si era el diminutivo de «artificial», que debía ser su nombre verdadero.

Al principio pensó, cautelosa como siempre desde que perdiera la amistad que había tenido con Inma, que quizá se estaba arriesgando demasiado al sincerarse con Rosana. Pese a ser su prima, no la conocía, al menos, no de la manera que hace falta para desnudar sus sentimientos, sin embargo, se sentía tan a gusto en aquella habitación, sentada en el sillón con un vaso de té frío en la mano y un gato sobre las piernas, mirando hacia la ventana desde la que podía ver el árbol de Rosana, aquél que siempre estaba lleno de unos pájaros muy alegres y que aunque no pertenecía a su jardín, ella lo consideraba suyo.

Rosana también le confesó que la relación con su familia no era del todo buena. Sabía que la consideraban la oveja negra, aunque eso era algo que a ella no parecía importarle. También le confesó que se sentía muy perturbada por la inminente boda de Mariluz, e incluso le dijo que a veces se sentía sola y hasta un poco frustrada. Entonces dijo una frase que a Jose se le quedaría grabada en la memoria para siempre. «No me arrepiento de los caminos que elegí a lo largo de mi vida, sino de los que nunca he elegido.»

Algo muy parecido le ocurría a Jose. Su frustración era debida a no haber sido madre aún, o al menos eso creía. Y estaba hastiada del hombre que le impedía desarrollar su maternidad en ese preciso momento de su vida en que deseaba un hijo más que nada en el mundo.

—Odio a Eduardo desde entonces –le confesó–. Ni siquiera se molestó en encontrar una buena excusa. ¡Que no tenemos sitio en la casa, dijo! ¡Idiota! Creo que ya ni le quiero. Ya no sé qué narices siento por él.

— ¿Y por qué no le dejas? –se sintió obligada Rosana a preguntar. Jose buscó en el resto del mundo una respuesta, pero la encontró de repente muy dentro de sí misma.

—Porque me asusta quedarme sola.

Nunca había dicho aquello, ni siquiera a sí misma, ni a Manolo, ni a Inma, ni a nadie. Pero sabía de ese miedo a la soledad desde que murió su madre. Era un miedo vergonzante, recién descubierto aunque sospechaba que siempre estuvo metido en su cuerpo. Era un miedo que la paralizaba a la hora de hacer y deshacer, a la hora de decidir todos los "algos" de su vida. Algo que hacer en su nada cotidiano, algo que tener entre sus manos vacías, algo que recordar, algo por lo que sufrir y algo que amar.

—Si tuviera valor para dejarle, lo haría –reveló a su prima y a su consciente al mismo tiempo, que hasta el momento había permanecido dormido dentro de su mentira–. Abandonaría a Eduardo, buscaría un trabajo, quizá hasta estudiaría –sonrió al sentir que llenaba sus días de cultura, de quehaceres diarios, al menos en su pensamiento, aunque no en obra todavía–. Puede que incluso me marchara a vivir a otra ciudad.

— ¿A Sevilla? –preguntó a propósito Rosana.

—Quizá. ¿Por qué no? Podría vivir con la tía Digna. Además, Se¬villa me encanta y...

—O conmigo...

— ¿Contigo? –preguntó Jose casi sin vocalizar el término que le sonó tan íntimo que hasta sintió vergüenza.

— ¿Y por qué no? Pagarías la mitad del alquiler, por supuesto –bromeó con la verdad, rompiendo aquel instante que a ella también le resultó tremendamente pudoroso.

Jose se tomó la sugerencia como lo que era, una sugerencia más entre las muchas que acababa de enumerar, sabiendo que nunca cumpliría ninguna, y continuó soñando.

—Quizá sea más fácil encontrar un trabajo aquí. De lo que sea, me da igual. No me importaría limpiar. ¡Te lo juro!

Vio a Rosana negar con la cabeza, mostrándose casi alarmada por ese pensamiento. Ella, como la tía Digna, opinaba que nadie de su familia debía bajar a ese nivel. Para Jose, sin embargo, limpiar era algo tan digno que ella misma hacía en su casa y que no denigraba en modo alguno su persona. Se dio cuenta que la rebeldía de su prima o se extendía a tan extrema opinión. «Limpiar en la casa de uno, es una cosa. Limpiar en casa ajena, eso ya es distinto», explicó.

Jose continuó hablando con la confianza que le brindaba el rostro pecoso de su prima, y su pícara sonrisa. Y repentinamente, su pecho pareció llenarse de un aire familiar y acogedor que no veía desde que su madre se matara en aquel rápido y cruel accidente. Sintió que se enardecía su rostro y se vio impulsada a disimular su acaloramiento, diciéndole a Rosana cuánto calor le parecía que hacía en la habitación.

Ésta se levantó y abrió la ventana. Los trinos de los pájaros entraron mezclándose con las melódicas voces de los monjes del monasterio de Silos, que interpretaban su segundo canto gregoriano. «Este es uno de los mejores», aclaró Rosana silenciándose unos momentos mientras seguía la melodía con su mano vuelta. Acomodados los dedos en su mano derecha, con una postura elegante y bella. Sin duda sabía bailar sevillanas, sin duda movería sus manos con gracia y salero andaluz.

Jose se sintió sosa. Quizá demasiado seria. Sobre todo muy previsible para sí misma y para todo el mundo. De nuevo envidió la espontaneidad de Rosana, que siempre se mostraba sorprendente.

—Me gustaría que la vida fuese acompañada de música, como en las comedias de Hollywood –sonrió mientras se sentaba de nuevo junto a Jose–. Pero no es así. La música va por un lado y la vida por otro. Salvo cuando me separo de alguien –aclaró–. Siempre que me separo de una persona, hay alguna cansión de por medio, para haser todavía más melancólica la cosa... ¿Y tendrías un hijo tú sola? –preguntó un instante después, retomando la conversación anterior.

—Creo que no –negó Jose–. Siempre quise que mis hijos tuvieran un padre –explicó aumentando sin darse cuenta, el número de hijos deseados–. Yo no lo tuve, y creo que es algo muy importante para un niño.

—Depende del padre. Yo tengo uno, pero apenas me doy cuenta. Como si el tener padre hiciera mejores a las personas –pareció burlarse–.Tengo padre y no soy mejor que tú por eso. Ni tampoco mi padre es algo excepcional por el hecho de ser padre. Nada del otro mundo. Un padre cualquiera como todos los padres, supongo. Con sus manías, sus defectos, y alguna que otra virtud. Pero nada más. No hay ningún misterio en los padres ni en las madres. Hay de todo como en botica.

—Se nos debería enseñar a ser padres, ¿no? –apuntó rápida Jose.

— ¿Y a ser hijos? ¿Quién nos enseña a ser hijos? – inquirió su prima–. No debe ser fásil ser madre ni padre, de acuerdo, pero tampoco es nada fásil ser hijo, bueno, hija –Rosana volvió a sonreír, como para dejar claro que por muy seria que se estuviese poniendo la conversación, ella mantenía su buen humor de siempre.

Jose adivinó un poco de resentimiento en sus palabras. Puede que se extendiera a toda la familia. Quizá Rosana no había sido tan feliz en su niñez como ahora aparentaba. Puede que tras la niña alegre y graciosa que relataba la tía Digna, con la alegría del recuerdo en sus ojos llorosos, se escondiera una niña solitaria e incluso triste.

Después, se dio cuenta de que estaba imaginando. Probablemente, deseando ver en ella algún reflejo de sí misma, lo cual era del todo absurdo y hasta disparatado, porque en nada se parecían. Eran dos caracteres bien diferenciados por la fuerte personalidad de su prima, y el temperamento decaído y débil de ella, y la baja autoestima que iba penetrando poco a poco en su alma. Rosana era un espíritu libre. Y lo demostraba con la amplitud de su sonrisa, con sus gestos a veces exagerados y su rostro resplandeciente, si no de felicidad, porque ahora Jose sabía que la había conocido en uno de los peores momentos de su vida, sí resplandecía de seguridad en ella misma, de firmeza, y por qué no, de orgullo. En definitiva, todo cuanto Jose había tenido alguna vez y que hacía tiempo que añoraba. Aunque quizá le pasaba como con Egipto, que lo añoraba sin haber estado nunca allí.

— ¿Es ése tu sueño? ¿Tener un hijo? –le preguntó como dando por hecho que todos tenemos un sueño. Jose había diferenciado siempre a las personas en dos, los que soñaban y los que no. Los primeros, a los que ella pertenecía sin pretenderlo, no eran los más aptos para vivir en este mundo interesado y pragmático. Los segundos, eran los reyes del planeta Tierra.

—Sí –respondió– y no creo que sea mucho pedir.

—No, pero tampoco es la petición adecuada.

Jose no dijo nada. Tampoco sabía qué decir. Se limitó a esperar a que la explicación se presentara sin requerirla.

—Me refiero a que, a lo mejor estás basando tu vida en un espejismo.

Jose seguía sin comprender y también sin decir nada. Rosana continuó.

—Antes, cuando has enumerado las cosas que harías si no te faltase el valor para haserlas, no has disho nada de niños, ni mentarlos siquiera.

Jose rió en silencio. Rosana tenía razón. Pero es que sin Eduardo, la idea de tener un hijo se perdía en el horizonte de su corta vida. Sin él, el deseo de ser madre se esfumaba.

—Hoy me siento peor –declaró.

— ¿Peor que cuándo? –preguntó Rosana.

—Peor que otros días que hemos pasado juntas. Esta noche no he dormido nada.

—Es normal. Había luna llena.

— ¿Y...?

—La luna influye en nosotras, igual que en los tomates.

Jose no pudo evitar una carcajada. La habían comparado con muchas cosas en su vida, pero jamás con un tomate. ¡Qué bajón! Había pasado de mascota de Eduardo, caniche peludito y dócil, a tomate coloradito y durito, madurando gracias al influjo de la luna, esperando en el huerto, nacido allí, sin haberle hecho falta que lo llevara nadie.

—Además me voy a poner mala –añadió y no tenía nada más que decir. Porque con decir aquéllo bastaba. Porque entre mujeres, eran suficientes las palabras que describían aquel estado de total descomposición del cuerpo y de la mente. Porque mientras durasen esos tres o cuatro días humillantes en la pubertad, incómodos y dolorosos en la adolescencia, deprimentes en la juventud, y casi nostálgicos en la madurez; días que empezaban a añorarse al comenzar la treintena, pues si habían sido cuatro, se reducían a tres, y si habían sido tres, a dos, y si antes habían sido intensamente sanguinolentos, ahora eran como tímidos recuerdos de tanta vehemencia anterior, una no estaba absolutamente para nada. No obstante, se mantenían las molestias y los sofocos, los ruidos y los movimientos interiores, la repentina tristeza sin motivo aparente, y la negrura con que se veían todas las cosas, debido a la extrema sensibilidad de tales días, y además, para Jose estaba el pensamiento, un poco precoz quizá, de que aquellas eran sus últimas veces, sus últimos años, sus últimas oportunidades de ser madre. Eran días en los que no se tenían ganas de ninguna cosa, ni en esos días, ni en los inmediatamente anteriores, los cuáles además, solían venir acompañados de un grano, que siempre traía consigo un gran desánimo moral.

—Antes, cuando me deprimía y me derrumbaba, tantas veces –continuó Jose aún con más confianza– daba gracias a Dios porque Eduardo nunca se hundía por nada. Era mi... baluarte –dijo tras unos segundos de silencio hasta encontrar la palabra adecuada.

—Y ahora, se te ha caído al suelo.

—Eso es. Todo se ha derrumbado. Es algo que he pensado muchas veces. Me decía a mí misma que cuando Eduardo cayera del pedestal en el que le tenía subido...

—Lo que no entiendo es por qué le tenías en ningún pedestal –replicó su prima–. Los hombres, al menos la mayoría –se corrigió como si hubiera algún hombre cerca que pudiera oírla–, no son dignos de estar subidos ensima de ná. Al contrario, están muy por debajo de nosotras.

—Sin embargo, se comportan como si fueran superiores. ¡Creen que son superiores! –exclamó Jose casi preguntando.

Rosana respondió acariciando a uno de sus gatos, con mucha dulzura, con la lentitud de quien sabe lo que va a responder. Como si aquella respuesta se la hubiera dado muchas veces a sí misma.

—Alguien me dijo una vez, que el complejo de superioridad no existe. La prepotensia masculina es síntoma de un complejo de inferioridad gigantesco.

Extendió un poco los brazos para delimitar el tamaño del complejo, y el gato se levantó sobre su falda, después, buscó una de sus manos con su naricilla rosa, obligando a su ama a acariciarle.

—Platón, por ejemplo. Sería absurdo que intentara haserse el listo con ella –dijo alzando la barbilla para señalar a la gatita que hacía arrumacos a Jose.

Ésta pensó en si el nombre del filósofo se lo habría puesto con intención, tras haberle leído y descubrirle inteligente, o sólo porque quedaba bien, la verdad es que le quedaba muy bien, y a lo mejor, el gato también pensaba, puede que mejor que el verdadero Platón.

—Y además de tonto, es feo, el pobre –continuó bromeando, aunque no mentía en absoluto–. Estaba hecho un Cristo cuando lo recogí, todo mordido y despelusado.

A Jose, sin embargo, le parecía un animal muy simpático. Reconocía que la primera vez que lo vio, con sus ojos redondos y amarillos, con la mirada cruzada, con su pelo gris a mechones y algunos trozos de piel completamente calvos, provisto además de una voz quizá demasiado femenina para ser un macho. Sí, comparado con la gatita linda blanca y negra, que se lavaba elegantemente sobre los pantalones de Jose, Platón le pareció que era el gato más feo que había visto nunca. Y de la misma manera, pensó que era el gato más querido del mundo. Tanto lo amaba Rosana, porque quizá debido a su fealdad estaba más necesitado de cariño, que el animal había perdido todo complejo que pudiera haber tenido alguna vez. «Claro que para los gatos no existían los espejos», pensó Jose. «Claro que también, otro gato con mala leche podía haber tenido la crueldad de decírselo.»

—A mí ya no me resulta feo –manifestó.

—Ningún animal resulta feo porque no sabe que lo es –dijo Rosana– ¡Ojalá fuésemos así las personas!

—Y tampoco nadie tuvo la mala idea de decírselo –Jose dejó caer aquel pensamiento como si fuese real que los gatos hablasen. Pensó que había leído demasiado a Lobsang Rampa.

—No, pero tampoco es malo saber la verdad, mientras no duela.

—Siempre duele –apuntó Jose.

—No tiene por qué doler si se dise adecuadamente. Es musho peor la hipocresía. Nos carcome por dentro –hizo una mueca de de-sagrado como si lo hubiese experimentado alguna vez–. La mentira te va minando poco a poco hasta que te hase un agujero, aquí –se tocó bajo el pecho izquierdo con la mano– en el corasón. Si no hay sinseridad y respeto –calló un largo momento y despés dijo– entonses, no hay nada.

Jose pensó, deseó preguntarle por qué la gatita blanca y negra aún no tenía nombre. Pero comprendió que aquel no era el momento. La última frase de Rosana sobrevoló la sala durante unos instantes, más de los que hacían falta para entenderla. Más de los necesarios para grabarla para siempre en el cerebro. La gatita blanca y negra sintió celos de Platón, y corrió hacia la falda de Rosana que la esperaba generosa y con los brazos abiertos.

Se sentía ociosa en una ciudad y en una casa que no eran las suyas. El tedio aumentaba un poco más cada vez que intentaba hacer algo y la tía Digna se lo prohibía rotundamente, haciendo uso de un montón de prejuicios.

Decidió salir a hacer la compra y, para ello, convenció a la tía Digna para que se quedara en casa con la excusa, absolutamente real, del mucho calor que hacía. La tía aceptó, no sin antes advertirle que si no iba a ir con ella, era mejor que no se acercase a la pescadería. Como si Jose no comiera pescado en su casa, en Madrid, cuando ella no estaba.

No había tenido ganas de recordarle que ya era mayor, que se había casado hacía unos cuantos años y que sabía comprar pescado desde hacía algunos más. Así, tampoco tuvo que recordarle lo mayor que estaba ella, la tía Digna, demasiado mayor para tardar casi una hora en arreglarse cada mañana quitándose los rulos y maquillándose la piel.

Jose no sabía su edad. Las mujeres mayores casi nunca quieren decir su edad porque se sienten culpables de tenerla. Como si de verdad tuvieran la culpa de haber nacido en un año u otro de la historia de la humanidad. Sólo estaba segura de que era mayor que su madre. De ahí, el instinto protector, o más bien condescendiente, que había usado toda su vida con ellas.

Se colgó la cámara al cuello y se marchó a la búsqueda de imágenes. Había decidido hacía unas horas que la fotografía era su verdadera vocación, tras la intentona de dibujar algo la tarde que Rosana la animó a probar suerte con el lápiz. Y es que siempre que hablaba con su prima, acababa sintiéndose más capaz para intentarlo todo. Separó el folio en cuatro partes con dos líneas, una vertical y otra horizontal, que se cruzaron en un punto medio en el que definitivamente perdió sus esperanzas de pintar un cuadro alguna vez. Pero ese primer y último intento le sirvió para descubrirse a sí misma como fotógrafa profesional, tras hacer un curso que haría alguna vez, en algún momento de su vida, cuando regresara a Madrid, como tantas otras cosas.

Empezó, captando la sombra redondeada y bulbosa que daban los racimos violetas de una frondosa jacarandá que adornaba la calle, para después pasar a capturar la sonrisa manchada de chocolate de un niño que encontró jugando bajo la gran sombra, y que le aseguró que no iba disfrazado de Joker, sino que había comido «pan con Nosilla» para la merienda. Y Jose pensaba mientras le hacía las fotos, que no existía nada mejor en el mundo que la sonrisa de un niño, manchada de chocolate.

Después, y a pesar de la repulsión y también de la compasión que le provocaban aquellos animales, hizo unas cuantas fotos a la mujer que atendía un puesto en el que vendía caracoles vivos. ¡Cuántos habría! Cientos de caracoles marrones y gordos, subidos unos encima de otros sobre la madera que los sostenía. Algunos escapaban lentamente de su cruel destino, la caracolada que la obesa mujer gritaba para llamar la atención de algún comprador sin escrúpulos, y ella, con sus manos rosadas y gruesas como final de la blandura de unos brazos rechonchos y blancos, se ocupaba de devolverlos a su sitio, y entonces, los caracoles volvían a babear el camino, y a andar lo desandado. «Caminante, no hay camino, se hace camino al andar», pensó furtivamente entre foto y foto. Después de todo, Antonio Machado había nacido en Sevilla, y seguro que sabía de aquellos caracoles...

Luego, el mendigo que viera en la puerta de la iglesia del barrio se dejó fotografiar desde lejos, y tras coger unas monedas que le diera Jose. Y ella lo hizo porque él no era un mendigo corriente y moliente, que iba vestido con traje y corbata, como si la pobreza le hubiera llegado de repente y sin avisar, asaltando la seguridad de su monotonía, sin darle tiempo para vestirse de mendigo antes de empezar a mendigar. Y Jose vio la humillación en sus ojos todavía brillantes, cuando pedía para sus hijos que todavía creían que era un trabajador, o para su mujer que tampoco conocería su nueva condición de parado y además de pedigüeño.

Y a ella se le puso una bola en el estómago, pero continuó apretando el disparador de su cámara y fotografió aquella miseria inmisericorde, con bola y todo, tras acallar la conciencia dejando caer unas monedas sobre la mano áspera y sucia del hombre, quizá de tanto tocar el dinero, pensó que el dinero mancha, desde el principio de los tiempos, desde su descubrimiento o invención, no sabía muy bien. El dinero ensucia, aunque no se tenga, más aún cuando se suplica.

Ella, al menos, nunca había tenido que pedirle dinero a Eduardo, como muchas mujeres tenían que hacer. Como hacía Inma. Que si para la peluquería, que si para un trajecito que había visto en la boutique, que si para ella misma tener un dinerito del que disponer por si se le presentaba un imprevisto... Como cuando Arturo se fue de viaje a Venezuela, a un cursillo de esos que, o bien existían y que les daban en la empresa, o bien eran la excusa perfecta para pagar a una mujer para que se acostara con él. ¿Cómo si no, una mujer iba a acostarse con su hermano Arturo, de no existir Inma y su innegable mal gusto?, pensó Jose sin poder evitar la crueldad de sus pensamientos.

El caso es que no le dejó un euro a la tonta de Inma. Se llevó absolutamente todo el dinero y Jose tuvo que prestarle trescientos euros para que fuera tirando los quince días que duraba el dichoso cursillo o el dichoso desliz.

Si de algo estaba orgullosa en su matrimonio, era de aquella reciprocidad económica que tenían Eduardo y ella. Claro que el dinero era de él, él lo ganaba, pero ella podía manejarlo, excepto en lo que Eduardo consideraba de su exclusiva propiedad, lo que él llamaba «mis gastos» que se le iba en ropa, morcilla de Burgos y, de vez en cuando, algún que otro libro que compraba con las sinceras ganas de leerlo, pero que después servía únicamente para adornar la estantería de la habitación que debía haber sido para el bebé, si lo hubiera querido.

Por eso, él le entregaba a Jose el sueldo casi completo mensualmente en propia mano para que ella hiciera y deshiciera a su antojo. Y ella le agradecía aquella prueba de confianza que le hacía sentirse un poco útil en su vida, ya que las otras facetas le parecían completamente vanas. ¿Cómo pudo creer alguna vez, que le bastaría con el oficio de esposa? Mucho se lo había advertido su madre. «Te vas a aburrir», le decía. «Búscate algo que te haga tilín, así tendrás tu propio dinero y nunca serás una esclava.» Lo sabía muy bien, y lo hacía como solía decir «para ser persona y no la mujer de». ¡Cuántas hijas de madres dedicadas a sus labores habían optado por un trabajo fuera de casa! Y sin embargo ella, que había tenido el ejemplo de mujer trabajadora en su madre, había optado por lo contrario. ¿No era aquello como un paso atrás en la lucha por la liberación de la mujer? Cualquier feminista le habría dicho que sí, cualquier mujer se lo diría...

Ahora se sentía un poco más capaz siquiera de pensar en intentarlo. Se daba cuenta que las conversaciones que había tenido en los últimos días con su prima Rosana le habían infundido, si no valor, que era mucho pedir para el principio, sí la idea o acaso la posibilidad de que ella era capaz de trabajar y de hacer otras cosas como las haría cualquier persona. ¿Es que no podía trabajar en una perfumería como su prima por ejemplo, hasta que encontrase algo mejor?

—Para que los sueños dejen de ser sueños, sólo hay que intentar haserlos realidad – le había escuchado decir. Tan capaz se sentía hasta de estar sola. Y es que Rosana era una mujer completa, una persona completa. Jose, sin embargo, sentía que vivía su vida por mitades. La mitad de un matrimonio, la mitad de una familia, y la mitad de un todo que aún desconocía.

En el escaparate había un cartel que decía «Revelado en una hora», pero ya llevaba esperando media hora más de lo acordado cuando dejó el carrete. La tía Digna no la esperaba hasta la hora de comer, pues le había dicho que antes de ir a casa pasaría a ver a Rosana, si es que estaba en casa un sábado por la mañana.

La tía Digna le había dicho que sí, que su sobrina ya no tenía con quien salir los viernes desde que dejara las relaciones con el profesor de arte. Pero Jose empezaba a saber que para Rosana, no había en el mundo cosa que creyese imposible antes de intentarlo, y por tanto, no había nada que lo fuera. Era lo bastante guapa y tenía un cuerpo lo suficientemente llamativo como para encontrar a un nuevo hombre con la misma rapidez con la que solía dejarlos. Por no decir nada de su simpatía y originalidad a la hora de comenzar con su osado ritual de seducción. Si debía creerse todo lo que le había contado, ya que lo hacía sin vanidad alguna, no podía pensar que su prima tuviera pudor en las relaciones con los hombres. ¿Sabía lo que eran cosas como la vergüenza o la timidez? ¿Es que nada le daba corte? Había sido capaz de decirle a un hombre, con toda la sencillez de su cara y de su voz, que quería acostarse con él, sin esperar a que él se lo insinuara. Claro que contaba con un as en la manga. Sabía que ningún hombre le diría que no. Se sabía guapa, con buen cuerpo, y era todo lo simpática que alguien podía ser. Todo eso, sumado a su desparpajo, su seguridad y su aparente fuerza, que en lugar de asustar al sexo masculino, sumía a los hombres en una atracción casi irresistible.

Y Jose pensó que si ella pudiera ser así, Eduardo caería rendido a sus pies y no tendría ni tiempo ni ganas para despreciarla, como había hecho alguna noche, con la excusa del cansancio y demás ñoñerías masculinas. Y luego pensó, que si fuera así, sería ella quien despreciaría a Eduardo.

Nunca nadie había demostrado tanta admiración al ver sus fotografías, como la que demostró Rosana esa misma tarde. Las vio dos o tres veces cada una, con mirada crítica, de artista a artista, como después le dijo. Tampoco nunca nadie la había llamado artista. Una vez que aceptó como suya la denominación, Jose se dejó llevar por las adulaciones de su prima, y sintió que se extasiaba al escucharla. Sentada, con ambos gatos recogidos en su regazo, ronroneándole los dos a un tiempo, la escuchaba y le hacía engordar su autoestima, si es que sabía lo que significaba esa palabra. Su pecho se ensanchaba y cada muestra de admiración hacía que su corazón se acelerase, hasta ver como le temblaban las manos entre el pelo de los gatos.

Por un momento, Rosana pareció que se contenía un nuevo halago, respiró profundamente con una de las fotografías del mendigo entre las manos, y miró a Jose borrando de su cara, con la luz de su mirada, cualquier tímida sonrisa que empezara a elevar las comisuras de su boca.

—Te lo digo en serio –dijo, y después casi gritó–. ¡Eres muy buena!...

Lo había dicho. Había dicho la gran frase que jamás imaginara oírle decir a nadie refiriéndose a sus fotos. Jose la terminó dentro de su mente y de su alma. «Eres muy buena fotógrafa Jose» y añadió su nombre, para que no hubiera ninguna duda de que se refería a ella.

Apretó las manos contra el cuerpo de los gatos para que su pulso frenara de una vez, pero no lo consiguió. Aumentó la velocidad cuando Rosana le propuso que le permitiera enseñar el carrete a su profesor de arte.

— ¿A Mel? –preguntó ella con toda la ingenuidad del mundo.

—A Mel –respondió Rosana con toda la tranquilidad del mundo, también.

—Pero si ya no salís juntos...

— ¿Y eso qué tiene que ver? Sigue siendo mi profesor, y yo sé que él conose también este mundo –agitó la fotografía en su mano– y puede ayudarte. Al menos, conoserá a alguien que pueda darte una opinión.

«¿Y para qué quiero yo una opinión?», quiso decirle, pero no dijo nada. Sintió que el pulso se le iba a salir de las venas, si es que eso podía ocurrir, cuando vio a Rosana abalanzarse sobre el sofá para alcanzar el teléfono.

—Ya verás como se sorprende –le dijo mientras empezaba a marcar el número de Mel.

— ¡Pero si hace siglos que no vas a clase! –exclamó Jose para recordarle, ahora que todavía estaba a tiempo, lo que la emoción desbordante parecía que le había hecho olvidar.

— ¡Por eso digo que se va a sorprender! –replicó haciendo más grande su sonrisa, como si la ensayara para cuando se comercializara el videoteléfono.

Jose ya no escuchó nada más. No supo de qué se habló en aquella conversación. Sus manos no dejaron de temblar un sólo momento. Vio como Rosana colgaba el auricular y se levantaba de un salto. Sintió que se le acercaba y casi subliminalmente le metió en la cabeza la idea de que al día siguiente conocería a Mel y a un amigo fotógrafo de Mel que iba a ver sus fotos. Y entre el aturdimiento, el persistente ronroneo y el arañar suave de los gatos, y el dulce seseo de su prima cada vez más cercana, sintió un estremecimiento que le llegaba acompañado de un agradable cosquilleo en sus oídos. Repentinamente, sus manos dejaron de temblar, y sintió como le ardían con las palmas juntas, entre las manos blancas y frías de Rosana que la miraba de cerca, muy de cerca mientras le apretaba las manos entre las suyas.

—Tranquilísate –la oyó decir. Entonces creyó que el corazón se le paraba, pero un segundo después, comenzó a latir más fuerte cuando leyó los labios de su prima que le decían–. Eres una gran fotógrafa. ¡Métetelo en la cabeza de una ves!...

Rosana soltó sus manos y le dio un débil capón en la frente con los nudillos. Después, rió abiertamente al darse cuenta de que Jose iba a conocer a Mel, y le pidió que se olvidara de todo lo dicho sobre él hasta ese bendito momento. Jose asintió emitiendo algún que otro sonido, pero sabía que aquella petición le iba a resultar del todo imposible.

Mel parecía un padre. Era idéntico a la idea de padre que Jose siempre tuvo en la cabeza. Ancho de espaldas, rellenito de cintura, pantalones de pinzas y Lacoste azul marino, profundas entradas y numerosos claros en el bosque castaño de su cabeza, sonrisa afable aunque con un punto de vehemente incontinencia al final de ella, mirada serena, manos grandes de dedos cortos y gordezuelos, y una voz profunda, donde sin duda radicaba su gran capacidad de seducción.

Casi no podía entender que Rosana hubiese estado enamorada de él, y se preguntaba qué era lo que había provocado en ella tan grande atracción. Probablemente había sido el indudable atractivo de la madurez. Hasta entonces, Rosana sólo había estado con hombres de su edad, e incluso había habido algún intento de recuperar la niñez perdida junto a un chico de veinte años. Algo que según le dijo, no duró más de dos semanas. Y Mel fue para ella un soplo de aire templado en la continua corriente de su vida sentimental. Además era su profesor, y eso siempre atrae y atraerá a las alumnas, tengan la edad que tengan. Quizá porque ésa es la única manera de que un hombre enseñe algo a una mujer. Quizá porque también ésa es la única manera de que una mujer quiera aprender algo de un hombre.

Según le había dicho Rosana, el principio de la relación había sido el más divertido de su vida. Supo desde el primer momento que con Mel no había prisa. Que había que ir paso a paso, llamando su atención. Cautivarle primero con la intensidad de una mirada, fascinarle luego con la dulzura de una sonrisa, y después, dejar caer saludos cariñosos al entrar en clase, alabanzas a sus explicaciones a la salida, tímidos cumplidos en el pasillo, y al final, arrastrarle con preguntas y frases más prolongadas, y alguna que otra muestra de fascinación al oír sus respuestas.

Día a día fue dejando que germinara en él el enamoramiento, tras haber plantado la semilla en su ego de hombre inteligente, culto y experimentado. Hasta que un día, pudo ver que la semilla estaba bien arraigada en su corazón y en su mente. Un día, cuando al principio de la clase percibió que su mirada le acariciaba las piernas cruzadas bajo su mesa en la primera fila, y le escuchó decir, toda la clase le escuchó decir «Abrid las piernas», en lugar de «Abrid los libros», que era lo que Mel solía decir al principio de la clase, supo que había vencido, una vez más.

Lo dijo en voz muy clara, con un tono imperativo de profesor confiado. Pero al darse cuenta de su error, apartó la mirada de las largas piernas de Rosana para pegar sus ojos al libro abierto sobre su mesa, no sin antes desplegar un principio de risa pudorosa y vergonzante en su boca.

La clase se rió a un tiempo y después se erigió un breve murmullo y algún que otro comentario. Mel pidió perdón y repitió la frase, esta vez bien dicha, pero un instante antes de que adosase su mirada al libro de arte, para el resto de la hora, Rosana tuvo tiempo de cruzar una mirada con sonrisa incluida y mordedura de labios generosos, y de descruzar aquellas largas piernas que habían provocado la confusión y el ridículo del maduro profesor.

Supo entonces que había llegado el momento de pasar a la acción. Supo también que le bastaría con quedarse la última de la clase recogiendo sus cosas para que Mel se acercara a ella con cualquier excusa. Y todo ocurrió como lo había previsto. Y cuando se lo contó a Jose, ésta quedó fascinada por tales acciones y pensamientos. Rosana no parecía así de maquinadora. Y se rió mucho cuando Jose le dijo que eso era ligar con premeditación y alevosía.

Por todo eso, lo más difícil de comprender para Jose era que, después de todo, él se la hubiese pegado con su ex-amiga Amalia. Y ahora que le tenía en frente, sentado junto a Rosana, en aquella mesa de cuatro, viéndole pasar las fotos una a una a su amigo el fotógrafo, sin demasiado interés, con un rostro casi inexpresivo, mientras su prima hacía algún breve comentario para cada fotografía, se preguntaba como podía haberse permitido el lujo de dejarla.

Rosana estaba más guapa que nunca, y más sexy también. Llevaba uno de esos vestidos de tirantes y falda hasta la rodilla, de esos cuya tela se pega al cuerpo sólo y exclusivamente en las partes más sugestivas de su anatomía, de un color cereza que hacía resaltar sus rizos rojos recogidos con una pinza de plástico negra sobre la nuca. Y los pies, aquellos pies pequeños y casi perfectos que según recordaba, a Mel solían volverle loco, se sujetaban a unas sandalias negras por una fina tira sobre los dedos y otra que rodeaba el tobillo. Se había ocupado de que el tacón no fuera demasiado alto, no fuera a sentirse enano junto a ella.

Al verla así vestida, Jose pensó que Rosana aún tenía metida en la cabeza la idea de la reconquista, pero ella le aseguró que aquella preparación era sólo una cruel venganza. «Ya verás cuando me vea», exclamó sabiéndose preciosa frente al espejo. «Se va a arrepentir de haberme dejado por la pavisosa esa...» y siguió irremediablemente... «¡Gorda! ¡Enana! ¡Que es fea como ella sola!» y siguió y siguió hasta que salieron de la casa.

Mientras cerraba la puerta con llave, tras quitarse de encima a sus gatos casi a manotazos porque no quería que la llenaran de pelos, y porque según dijo, estaban sin educar, porque los había recogido grandes y ya era imposible inculcarles cualquier tipo de educación, le dijo a Jose. «Tú vas mu bien, ¿eh?»

— ¿Tu crees? –preguntó ésta, dudosa como siempre, sin poder dejar de mirar los pezones puntiagudos que elevaban el escote de aquel vestido de caza. Después, echó una mirada a su propio escote, y a su pecho bajo la camiseta blanca de tirantes, que llevaba también sin sujetador, pero no porque fuera más sexy como le ocurría a su prima, sino porque era absurdo llevarlo, cuando no había nada que sujetar.

—Esos pantalones te quedan de maravilla – afirmó Rosana cuando Jose le dio la espalda para salir a la calle–. Te hasen el culo duro...

Jose no quiso decirle como le hacía el culo a ella aquel vestido, pero tragó saliva al sentirse tan poca cosa al lado de Rosana. Menos mal que lo que ella iba a enseñar aquella noche eran sus fotografías, pensó con resignación.

Aunque se esforzaba en disimular, hablando sobre las fotos con el barbudo y rechoncho amigo fotógrafo, Jose sabía que Mel se había fijado en Rosana especialmente. La luz del bar era lo suficientemente clara como para que se la viera desde cualquier esquina. No era él, el único que había reparado en su vestido color cereza pegado al cuerpo. Un grupo de jóvenes se daban la vuelta alternativamente para mirar hacia la mesa que ellos ocupaban, antes de hacer algún comentario entre ellos y echarse unas risas después. Jose, que estaba sentada frente a la barra, vio a las chicas que miraron también con disimulo. Le parecieron mucho peores que ellos, con sus intensas miradas de envidia sin compartir, mientras movían ligeramente sus cuerpos y elevaban los brazos para bailar brevemente al ritmo de una sevillana.

Jose apuró su primer vaso de vino sin probar ni una puntillita, mientras observaba de frente los ojos de Mel que, aprovechando el corto tiempo de los comentarios de Rosana sobre las fotografías, dejaba descansar su mirada en cada línea, en cada saliente y en cada entrante de la tela del vestido cereza.

Las fotos de Jose entre sus dedos eran la excusa perfecta para estar allí, al lado de Rosana otra vez, sonriendo y riendo al mismo tiempo, cada vez más excitado y enrojecidos sus carrillos, disfrutando de la excitación que sin duda ella le provocaba.

Jose rió para sus adentros, mientras daba el primer trago a su segundo vaso de vino, pensando en el pobre Mel, que no sospechaba que su prima se había vestido así para llevar a cabo la peor de las venganzas. Pero, ¿cuánto tardaría ella en demostrárselo? ¿Cuánto faltaba para el momento de dejar caer la negativa que le dejaría seco, y le quitaría las ganas de fiarse de una mujer, para siempre? ¿Cuándo, como la salvaje de Lorena Bobbit, cortaría de un solo tajo sus esperanzas?

Jose apuró su segundo vaso de vino. Cada vez se sentía más ansiosa de ver el final del espectáculo. El amigo fotógrafo se lo llenó de nuevo, antes de que tuviera tiempo de dejarlo sobre la mesa. Jose cambió de parecer, y bebió el primer trago de su tercer vaso, no sin antes esbozar un principio de sonrisa para regalársela al barbudo que sostenía la botella.

Mel ya había soltado las fotos, pasándole el carrete completo a su amigo, y se dedicaba a coquetear vulgarmente y sin ningún reparo con Rosana. Le decía tonterías inaudibles y susurrantes junto a su oreja mientras la engullía vilmente con los ojos cada vez más abiertos. Para Mel, ya no parecían existir ni Jose ni su amigo, y las fotos habían pasado de ser el motivo de aquella cita, a ser un paquete totalmente innecesario que dejó sin ningún escrúpulo sobre la mesa mojada por el culo húmedo de los vasos y de la botella de vino que levantó para servir a Rosana, sin duda con la intención de emborracharla, para aprovecharse de ella, lo cual, dio tiempo a Jose para terminar su tercer vaso y acercar el cristal vacío a Mel, que le llenó el cuarto sin casi darse cuenta de que en el mundo existía alguien, además de aquel vestido color cereza pegado a un cuerpo de mujer.

El vino de su cuarto vaso estaba un poco caliente, pero Jose se lo tragó de todas formas, y dejó que le bajara por la garganta comportándose educadamente, a pesar de que le hubiese apetecido escupirlo sobre la cara de torta de Mel, que cada vez estaba más pegado al cuerpo de su prima.

Se lo hubiera merecido, y ella también por continuar con sus cada vez más estúpidos juegos de venganza. ¿Pensaba realmente vengarse de él, o de toda la mitad masculina del mundo? Según lo armada que iba, parecía que quisiese cortarles las ganas a todos los hombres, o abrírselas, depende de con qué tipo de ojos se mirara.

A Jose le pareció ver que sus pezones estaban más puntiagudos de lo que lo habían estado en el minuto anterior, antes de que Rosana se fuera al baño. Seguro que se los había refrescado bajo el grifo del lavabo, pensó sintiendo que ya no podía controlarse. Miró aquellos misiles que apuntaban a Mel, cada vez más arriba. «Uno para cada ojo», pensó. Se sentía a punto de cruzar la línea en la que ya no podría controlar siquiera sus acciones, y levantó el vaso pegando sus labios al borde del cristal suave, y apuró, para cruzarla, el último trago.

Alguien le sirvió un quinto vaso, mientras ella torcía la cara para observar con toda la admiración posible en aquellos calurosos momentos, los pezones, duros como piedras, que elevaban la tela del vestido, lo justo para que por debajo corriesen unas tímidas gotas de sudor que Mel sin duda sospechaba que debía haber ahí, donde había adosado su mirada. Jose también había adosado la suya, pero ella no llevaba tan malsana intención.

— ¡Son muy buenas! –exclamó una voz a su derecha, el amigo barbudo, rechoncho y fotógrafo de Mel, que tenía sus labios demasiado cerca de su oído. Jose no supo si se refería a las fotos, o a las finezas puntiagudas que Rosana mostraba con aire orgulloso.

— ¡Buenísssssimas! –corroboró Jose sin saber distinguir tampoco, dentro de su cabeza, de qué estaban hablando.

—Creo que si se les da una oportunidad, podrían llegar muy lejos –afirmó con pedantería el barbudo sudoroso y blando que se había sentado tan cerca de Jose, que le quitaba el poco aire necesario para seguir viviendo. A Jose empezó a agobiarle y a darle mucho calor su cercana presencia.

— ¿Más? –preguntó Jose opinando que Rosana ya les había dado bastante lejanía a sus respetables, rozando con su dureza como estaba haciendo, el brazo desnudo de Mel.

—Estoy hablando de las fotos –dijo el fotógrafo con un angustioso y húmedo balbuceo.

Jose se secó un asqueroso perdigón de su ojo derecho, y después, dejó escapar una fuerte carcajada que sobresaltó a la misma Rosana. Ésta la miró con cara divertida, pero enseguida acudió Mel a recuperar su espacio y le pellizcó cariñosamente la barbilla. El gesto le provocó a Jose un principio de vómito que para alivio del fotógrafo, supo apaciguar a tiempo de comenzar su quinto vaso de vino.

Jose le explicó su error, entre risotadas, manotazos, y la demostración de un descontrol total de sus acciones, diciendo abiertamente y en voz alta, que había creído que su comentario sobre las fotos, iba dirigido a las tetas de Rosana. «¿Tetas?» ¿Había pronunciado Jose aquella vulgar palabra? No estaba segura, un segundo después de decirla, de si en realidad la había dicho, y aquella incertidumbre le provocó un ataque de risa que no supo aguantarse. De repente sintió un espantoso ridículo ante las miradas de algunos. Y se sintió perdida cuando Mel y el barbudo fotógrafo la levantaron y la sacaron casi en volandas del bar. Y no se supo borracha hasta que vio el líquido amarillo y maloliente bajo sus zapatos salpicados de su propio vómito.

Sintió la palma de la mano caliente de Rosana que le sujetaba la frente con firmeza. Luego, no sintió nada más. Se vio echada en el sofá del salón de su prima, con Platón sobre su tripa que la amasaba tiernamente para hacerse una cama imaginaria aprovechando la hendidura de su vientre, que debía resultarle muy acogedor tan calentito como estaba.

Oyó unas voces en la puerta. Reconoció a Mel y a Rosana que se despedían, quizá demasiado cariñosamente para su gusto. Rosana le decía un dulce lo siento para excusarse por haber traído a Jose a su casa, para que la tía Digna no la viera así, de esa manera. Y Mel, le respondía con un tono un poco enrabiado, que lo comprendía, pero le preguntaba cuándo podrían volver a verse.

Jose se preguntó por qué Mel estaba allí, intentando todavía ligarse de nuevo a su prima, en lugar de estar desangrándose solito en un quirófano como el marido de la tal Lorena, mientras un médico intentase reparar el daño.

— ¡Qué tía! ¡Vaya con Lorenita! ¡Eso es una mujer! – se dijo, creyendo que no lo hacía en voz alta–. ¡Ni con Superglúe te lo ibas a poder pegar si yo te lo hiciera! – le gritó a Mel desde la inmovilidad del sofá, con el peso de Platón que le cortaba la respiración pero no el habla–. ¡Ni con Superglúe, ni con nada! ¡Pobrecito Mel! ¡Entonces, te ibas a reír menos! –continuó gritando.

Vio a Rosana a su lado de repente, le hacía gestos con el dedo índice pegado a sus labios, con cara de cabreo, para que se callara.

Jose se dio un susto de muerte. No recordaba haberla visto llegar hasta el sofá. Después, la vio acudir de nuevo a la puerta para continuar despidiéndose de Mel.

—No dejes que te bese –le dijo antes de que se fuera, recordando que a Rosana le encantaban sus besos. Imaginando que Rosana se perdería otra vez por un nuevo beso de Mel–. ¡Pobre Mel! –continuó diciendo en un tono un poco más bajo–. ¡Pobrecito, el osito Mel! –gritó tras acordarse de que así lo llamaba Rosana, siempre que él no la oyera por supuesto, y pensó que su prima tenía mucha razón, porque Mel tenía mofletes de oso de peluche.

Se miró la tripa porque apenas aguantaba el peso. Se rió y Platón se elevó incómodo dando tumbos y descolocándose. Después la miró con ojos molestos, y Jose pensó que Mel era todavía más feo que aquel gato callejero. Después, escuchó un beso, y entonces gritó con más fuerza que antes para que Mel la oyera. «¡Como dice la tía Digna, todos los hombres tienen rabo! ¡Osito Mel! ¡Ni con Superglúe te ibas a poder pegar las vergüenzas! ¡Hip!»

Cuando despertó, Platón seguía amasando su tripa como un panadero que no se hubiese cortado las uñas desde hace meses. A su alrededor, no había nadie. Pero los muebles bailaban a su antojo al ritmo de Gloria Steffan que cantaba "Mi tierra" desde alguna radio lejana.

La cabeza no le dolía. Más bien, no tenía cabeza. La habría perdido en aquel bar donde... ¿cenaron?... la noche anterior, con el fotógrafo barbudo y el osito Mel... ¡Qué corte!... Ahora se arrepentía de las cosas que le había dicho. Y de las que no le había dicho también. Tremendamente contradictoria, como siempre. ¿Y ese fotógrafo?... Casi no recordaba su cara. Rosana había dicho que en el peor de los casos, le daría una opinión. Ahora prefería no saberla. Se la imaginaba. Y la imaginación no podía ser peor que la realidad.

Se levantó despacio, dejando al gato en el suelo. Tenía un calor espantoso. Todo su cuerpo sudaba, pegado a la misma ropa de ayer. El botón de los pantalones estaba adherido a su piel, un centímetro por debajo de su ombligo. Sentía la boca blanda, con las comisuras pegajosas y los dientes fríos. Toda ella estaba sucia, por fuera y por dentro. De nuevo recordó algunas de las cosas que le gritara a Mel, y de nuevo se avergonzó, después miró por la ventana.

Rosana estaba regando su pequeño jardín. De espaldas no parecía enfadada. Claro que los enfados se ven en la cara y no en unos rizos rojos recogidos con un pasador color madera, sobre una nuca húmeda.

Jose decidió bajar antes de ducharse. Decidió bajar antes de hacer nada. Se paró a su lado, un poco atrás, y dijo un buenos días con una voz casi inaudible tras la resaca. Rosana no le devolvió el saludo. Era obvio su enfado, pensó Jose. Lo primero que uno retira cuando se enfada, es el saludo, y luego, la palabra. La vio acercarse a la malla que separaba su jardín del pozo. Presionó el dedo índice contra el chorro de agua, hasta alcanzar la base del árbol que tanto le gustaba.

— ¿Por qué lo riegas? – preguntó Jose en un intento de formar conversación–. Debe haber agua debajo, ¿no?

—No. El pozo está seco desde hase años, y hase musho calor – respondió Rosana, tan seca como el pozo.

—Pero no es tuyo –afirmó Jose–. Quiero decir, que no está en tu jardín.

— ¿Y qué? Es un árbol presioso y no voy a dejar que se muera – respondió con absoluta seguridad.

Unos segundos después, volvió a hablar.

—Además, sus ramas siempre están llenas de unos pájaros muy alegres... –suspiró–. Es fántástico... –exclamó mirando hacia arriba.

Jose la imitó e hizo idéntico gesto, mirando hacia el final de la copa. Se tapó el sol con la mano bien calculada, colocándola sobre la esfera, y acertó a ver un par de verderones que revoloteaban entre las ramas espesas.

—Si estuviera cuidado, sería más bonito.

—He llamado a la tía Digna –Rosana cambió de conversación–. Le he disho que te levantarías tarde. ¡Cogiste una buena pea, eh!

Jose bajó la mirada, sentía vergüenza, nunca le había ocurrido nada parecido, y siguió a su prima que ahora regaba las macetas de geranios y gitanillas de las ventanas.

—Siento mucho lo de ayer, Rosana –intentó disculparse–. Siento mucho haber dicho las cosas que dije.

—No te preocupes –sonrió con tranquilidad–. Mel no se molestó.

Jose pensó unos instantes, y después...

—Pues yo sí pretendía molestarle. Quiero decir que, no me gustó como se comportó.

— ¿Cómo se comportó? –replicó Rosana.

—Me refiero a como se comportó contigo. Me refiero a... ¡Cómo intentó ligarte!

— ¿Ligarme? –gritó.

— ¡Sí, ligarte!

Rosana negó moviendo la cabeza mientras se acercaba a otra ven¬tana. Jose fue tras ella.

— ¡Vamos, no me digas que no! ¡Estuvo pendiente de ti toda la santa noche!

— ¿Y qué? –preguntó un poco molesta.

— ¡Nada! ¡Pero dijiste que todo era un juego!

— ¿Y qué? –repitió.

— ¡Eso ya me lo has dicho antes!

Rosana hizo un gesto de impaciencia.

— ¡Dijiste que te habías vestido así para llevar a cabo tu venganza!

— ¡Y eso era!

—Pues no parecía una venganza precisamente. Yo diría que, si no llega a ser por el pedo que cogí...

— ¿Qué?

— ¡Que te habrías acostado con él! ¿Verdad?

Rosana la miró airada.

— ¡Qué tontería! –exclamó dirigiéndose hacia otra ventana.

—Pues eso parecía, sinceramente.

— ¡Pues no era eso! – gritó Rosana–. ¡No se me pasó por la cabesa acostarme con Mel, en ningún momento!

— ¿Entonces? ¿Por qué estuviste toda la noche rebozándole... las tetas? –gritó Jose aún más.

Rosana se quedó paralizada, mirando la cara de Jose durante un eterno momento, con expresión de asombro y de ira. Los ojos muy abiertos, el ceño más que fruncido, arrugado, y los labios apretados y salientes en forma de morro porcino.

Jose no supo si le iba a responder nunca. En realidad, ella no esperaba una respuesta. Pero sí le hubiese gustado que le diera una explicación.

A Rosana, sin embargo, el rostro pegajoso y achinado de Jose, por falta de sueño, le resultó repentinamente desagradable. Aquel término grosero que su prima había usado para referirse a la parte delantera de su cuerpo, sobrevolaba su cabeza en el mismo tono de voz irritante e irritada que acababa de escuchar... ¡Tetas!, ¡tetas!, ¡tetas!... Y entonces pensó que Jose necesitaba una ducha. Levantó la manguera, apretó el dedo índice contra el chorro de agua, y apuntó directamente, desde apenas medio metro de distancia, a la cara adormilada de Jose. No supo cuánto tiempo estuvo así, regando a su prima con la manguera levantada y con toda la rabia que contenía en el interior de su boca cerrada. Después, pensó que ya era bastante y la apartó, doblándola con maestría para impedir que el agua continuara saliendo.

Vio a Jose limpiarse los ojos con las manos, y respirar de repente, como si hubiera estado sin hacerlo durante todo el remojón. Estaba empapada. Su ropa, su pelo, sus zapatos, todo. Instantes después, empezó a tiritar.

XVII

Le habían hablado tanto de ella que si hubiese sido una mujer, hubiera sido probable que le decepcionara. Era mejor así, una estatua, muerta como todas las estatuas, en la que el único atisbo de vida residía en la historia que narraba su rostro de lágrimas negras, que según el lujo que la adornaba, bien podían haber sido diamantes. Diamantes del tamaño de la sal de la tristeza.

Tampoco habría podido nunca distinguirla entre las demás imágenes, a no ser por los cinco broches de flores, hechos al parecer de esmeraldas y perlas, y la medalla con la bandera española que colgaba sobre su pecho, entre los miles de encajes. Las mismas flores y cirios blancos la rodeaban, bajo un palio también de bordados dorados, la misma corona de oro sobre su cabeza, todo el paso rodeado de plata, y ella, bajo un manto verde claro del mismo tono que los naranjos en flor, alineados a ambos lados de la calle.

Ya le había dicho la tía Digna que la Macarena tenía dos mantos distintos, y que sacaba uno cada año, y que ella no sabía cuál le tocaba éste, porque hacía mucho tiempo que no la veía, porque no se sentía capaz de soportar la Madrugá, según estaba así de mala con la pierna. Después, la tía Digna se lamentó de no poder acompañarla y dejó escapar una lagrimilla por culpa de la nostalgia de épocas anteriores.

A Jose no le hacía falta su compañía. Rosana hizo de guía de nuevo, aquella noche. Vestida de riguroso negro, casi le ordenó que se arreglara. «¡A ver qué indumenta me llevas pá la Madrugá, prima!», le dijo al recogerla en casa de la tía. Jose se enfundó un vestido de estilo hippy, de falda corta. «¡Llévate algo por si refresca!», le aconsejó la tía Digna, y regresó a coger un jersey.

Rosana la llevó por las calles y callejas de la ciudad, siempre al encuentro de los innumerables pasos religiosos. Jose pudo comprobar en sus carnes madrileñas, la espeluznante sensación que producía el silencio de la gente ante el paso del Gran Poder. También se le erizó el vello de los brazos al ver el caminar rápido y seguro del Cristo de los Gitanos, que a diferencia de otros dioses que iban acompañados de marchas militares, se alzaba ligero al ritmo de la canción de Serrat y el poema de Machado, y comprendió que la música contribuía a aumentar la emoción.

Al principio de la noche se sintió un tanto intrusa, participando en una fiesta que apenas comprendía, pero aprendió a admirar el valor artístico de las imágenes, la riqueza de aquellos pasos y su majestuosidad. A cuál más suntuoso, para ganar en lujo y deslumbramiento a los otros.

Y en la carrera frenaron la marcha, alta ya la madrugada, para tomar un bocadillo de queso y una Cocacola, sentadas en el bordillo de la acera, en el tiempo que tardaban en pasar los casi dos mil nazarenos del Gran Poder que las encontraba de nuevo. Ese tiempo de descanso, habría sido el momento adecuado para pedirle perdón a Rosana. Para decirle que no le guardaba ningún rencor tras la ducha fría y cruel que le dio con un manguerazo. Era el momento justo para expresarle, si sabía, lo culpable que se sentía por todo lo que le había gritado a Mel, y también, lo muy agradecida que le estaba por todo lo que había hecho por ella desde que llegó a Sevilla con la tía Digna, incluido lo del corte de pelo y lo de sujetarle la frente mientras el vómito le salpicaba la piel de las sandalias de verano.

¿Y ella, cómo le había pagado tanta amabilidad? Abusando de su confianza y atreviéndose a decirle lo que tenía que hacer con su vida. Nada de eso había estado bien y ahora lo sabía, pero quizá ya era tarde. O no, quizá aún había tiempo para decírselo. Aún le quedaban nazarenos por pasar.

Hacía calor. El jersey le sobraba y se lo había atado a la cintura. Sin embargo, Rosana llevaba medias negras. Masticaba con los labios rojos y brillantes, y la boca cerrada. Sus rizos estaban sueltos, cayendo sobre la camiseta transparente, limpios y rojos, como de fiesta. ¿Realmente había dejado a su familia, a sus amigos, a Mel y su posibilidad, en una noche tan señalada para cualquier sevillano creyente, y aún sin serlo, para hacer compañía a su simple y torpe prima de Madrid? ¿Realmente estaba allí, una mujer como ella, el alma de cualquier fiesta, para hacer de guía a una intrusa ignorante y casi irreverente, con sus preguntas absurdas y el flash irrespetuoso de su cámara?

Puede que se hubiera sentido obligada por la tía Digna, lo cual disimulaba muy bien con su constante risa y buen humor. Puede que incluso sintiera tanta vergüenza ajena desde lo de la otra noche, que no quisiera presentársela a ningún otro amigo. Pero también podía ser que supiera que, entre su grupo de amistades, estaría Mel y estaría Amalia, la ex-amiga y compañera de trabajo, a la que Rosana no deseaba ver fuera de la perfumería por nada del mundo. Lo que sin duda no podía ser de ninguna de las maneras, era que Rosana se sintiera tan a gusto en la compañía de Jose, que cualquier otro ser le estorbara en aquella noche tan emotiva y emocionante.

Cuántos pensamientos cabían en el tiempo de comer un bocadillo. Tantos, que cuando se decidió a expresárselos con palabras, Rosana la instó a levantarse mientras se sacudía las migas que habían caído sobre su falda, porque ya se acercaba el Gran Poder.

Unos centímetros más arriba, la mirada de su prima se alzaba sobre las gradas frente al Ayuntamiento, desde donde la gente guapa veía las procesiones con comodidad, y la nariz de Jose podía aspirar el olor a jabón de su cabello rojo, un poco más abajo, y un poco más atrás.

Primero fue un murmullo, la gente se levantaba. Luego el silencio, y pareció que la vida se sucedía a cámara lenta. Rosana se santiguó muy despacio al ver al Cristo acercarse. Jose separó los labios, al fin había reunido el valor para pedirle perdón, acercó su boca a la oreja con pendiente de plata pequeño y brillante, y le susurró un «lo siento». Rosana se volvió, enseñó sus dientes blancos con una amplia sonrisa y después, puso su dedo índice sobre los labios rojos pidiendo silencio. Jose no siguió hablando. No hacía falta decir nada más.

Al bajar hacia la Catedral, evitando el gentío, la oscuridad era casi total en algunas de las calles. Los encuentros se sucedían a pesar de la prisa con la que caminaban. Un costalero con la espalda sudorosa y sangrante, dos Nazarenos negros que además de darles un buen susto con su impresionante indumentaria, no dejaron de ser hombres en esa noche siquiera y lo demostraron gritando un cumplido, no demasiado delicado. Y también, aunque de lejos, Mel y su nuevo amor, Amalia, se cruzaron en dirección contraria sin advertir su presencia. Jose pensó que Sevilla era demasiado pequeña para tener un secreto, y demasiado pequeña también para intentar perderse.

A Rosana no pareció importarle el encuentro. Sonrió, como si hubiese asumido por fin el término de su relación con Mel, y pasando a otra cosa con gran elegancia, cogió a Jose de la mano y aceleró el paso en una breve carrera en el camino que les distaba de la Catedral. Y Jose se sintió niña de nuevo.

Había estado dentro la tarde del miércoles con la tía Digna, para los oficios, y se había quedado maravillada con el tamaño y la belleza del Santísimo, su brillante y enorme cantidad de plata sobre la tela de terciopelo rojo. Y pensó que era el más grande que había visto nunca. Rosana le explicaría después que todos los pasos entraban en la Catedral durante la Madrugá para presentarle sus respetos. Descansaban allí para rezar durante unos minutos y después salían a la calle a enfrentarse de nuevo al clamor de la gente que se agolpaba alrededor de la Catedral y en todas sus puertas.

Tuvieron suerte, encontraron un hueco junto a la banda de música. «Aquí estamos bien», dijo Rosana muy pegadita a Jose. «Así oiremos más serca cómo le tocan el himno». Seguía haciendo calor, y allí no cabía ni la tenue densidad de un alma, entre Jose y su prima, entre Jose y nadie.

Desde la parte trasera de la Catedral, vieron marcharse a la noche. Rosana tuvo tiempo de asimilar para siempre que con Mel, todo había terminado. Amalia había ganado. Si es que se trataba de eso, de ganarle el novio a la amiga. Se sentía mal, era la primera vez que perdía. Vaya un juego absurdo. Una verdadera amiga nunca se habría prestado a jugar. Jose, por ejemplo, nunca lo habría hecho. No era su estilo. Claro que, Jose tenía clase. ¿Clase? No, era algo más que eso. Se trataba de lealtad, de amistad. Si no, ¿qué narices significaba esa palabra? Un amigo debía ser una persona fiel, alguien que siempre dice la verdad pese a quien pese y pase lo que pase... La verdad es lo que es, y sigue siendo verdad, aunque se piense al revés... Siempre le había gustado Machado. Jose le había demostrado su amistad la noche que cogió aquella pea, cuando le dijo lo que pensaba sin nin¬gún reparo. Los borrachos siempre dicen la verdad y aquella noche Jose iba bien subidita. Pero también podía ser que al fin hubiese encontrado en ella, una verdadera amiga. No medio kilo de amiga, o un cuarto de kilo. Una amiga, a secas. Aunque era con vuelta. Con vuelta a Madrid, y el día se acercaba. Jose tenía que volver a su casa, a que la maltrataran a sofocones entre el marido, el hermano y la cuñada. ¡Vaya un trío! Ella era mucho más grande que los tres juntos. Su único problema era, que aún no lo sabía.

Amanecía cuando se oyeron aplausos a lo lejos. « ¡Ya viene!», gritó Rosana entre nerviosa y alegre. Un gusanillo se retorció en el estómago de Jose al ver a su prima estirarse para alcanzar a ver algo en el horizonte de la multitud. Ella imitó el gesto, acertando a ver la claridad del reciente amanecer entre los naranjos. Rosana dejó a su prima delante tras alegar que ella llevaba tacones. Era verdad, y ésta aceptó el puesto, aunque luego se sintió incómoda, tímida, y hasta un poco fuera de lugar. Apretujada entre los cientos de personas, notaba el cuerpo de su prima pegado a su espalda, sentía como miraba por encima de su hombro, hacia el lado por el que debía aparecer la Esperanza. Escuchaba su respiración entrecortada, y no dijo nada cuando puso las manos sobre sus hombros. No dijo nada. ¿Qué iba a decir? ¿Acaso el gesto era usado como algo más que un simple punto de apoyo para ver más allá de las cabezas peludas y pelonas que las rodeaban? «Nada de eso», pensó, y se sintió más adecuada entre tal cantidad de humanos.

El palio que se balanceaba golpeando los flecos y las puntillas en los barrotes de plata, como columnas retorcidas, dobló la esquina. Ya se podía ver el manto verde manzana de la Macarena. El aire era más fresco y respirable tras el amanecer y el verdor. La vieron doblar poco a poco, cuerpo a cuerpo hasta ponerse derecha para continuar andando. ¡Qué profundo el aroma a incienso, a cera, y a flores blancas! La gente se alteraba más y más a cada paso. Se sucedían los gritos, las risas y también las lágrimas. A Jose se le puso la piel de gallina. Rosana lo notó y le frotó los brazos con las palmas de sus manos, apreciando su sensibilidad. Y Jose se avergonzó de manera totalmente incomprensible e involuntaria.

Los miembros de la banda se habían levantado y habían preparado sus instrumentos. Un travestido, medio payo, medio gitana, con un aspecto muy destacado de prostituta creyente, gritaba con una potente voz masculina mientras intentaba bajarse inútilmente la minifalda. «¡Guapa, guapa, guapa!» y el resto de la muchedumbre pedía el tan ansiado y acostumbrado baile.

Entonces se oyó el himno de España, y el balanceo se hizo mayor. Ya no se oía el golpear de la tela sobre los barrotes de plata, pero sí el fervor religioso y casi incomprensible que el pueblo sevillano le debe a sus imágenes. Gritaban, reían, alababan. Nadie cantaba, por supuesto. ¿Cantar, el qué? España es quizá el único país del mundo que no se sabe la letra de su himno.

Hacía mucho tiempo que nada emocionaba a Jose de tal modo. Escuchó a Rosana tras ella, sorberse el llanto. Jose tampoco había podido evitar las lágrimas al ver a la Macarena bailar, mientras se alejaba cuesta arriba hacia su iglesia, hacia su casa. El último tramo de melodía patriota acompañó el llanto ahogado de Jose, y después, un enloquecido aplauso y de nuevo los gritos de todos, y la Virgen se fue alejando como si caminara sobre todos ellos, poniendo sus santos pies sobre aquellas cabezas, o quizá volando por entre los naranjos verdes alineados a ambos lados de la calle.

Era emocionante. «Tú también te has emocionado, ¿verdá?», oyó decir a su prima con la voz temblona y sin demasiado aplomo.

Mientras asentía con un movimiento de cabeza, sintió que los brazos de Rosana le rodeaban la cintura. Lo hizo despacio, de atrás a adelante, muy poco a poco, como el irse de la Macarena hacia su casa. Jose se estremeció, y se sintió a gusto e incómoda a un tiempo. Su primera reacción fue la de intentar darse la vuelta para soltarse, pero los brazos de Rosana se lo impidieron con repentina firmeza. «Tranquila», susurró. «Es sólo un abraso.»

Jose no pudo, ni quiso impedir que Rosana la siguiera abrazando. Y en tan escasos minutos aprendió a sentirse bien, tras cerciorarse de que, a pesar de la mucha compañía, no podían ser vistas por los ojos de nadie. Y con una inexplicable y ciega sabiduría, levantó sus manos que colgaban verticalmente al final de sus brazos caídos y torpes, para coger las de Rosana y entrelazar todos sus dedos con los de ella, a la altura de su vientre. Y la emoción la embargó de nuevo hinchándole el pecho, y de nuevo se le pusieron los pelos de punta, pero supo que esta vez, no había sido por culpa de la Macarena, ni por el fervor religioso que las rodeaba, ni tampoco por el himno español que no sonaba desde hacía unos segundos. Y se sintió como si estrenara felicidad...

Lo bueno de Trini era que sólo hablaba cuando tenía algo que decir. Hacía la misma compañía que hacen las mascotas. Callada, junto a Jose que se veía librada de la obligación de entablar una conversación absurda y desganada, porque sí, como hacía la mayoría de la gente cuando estaban sentados junto a otra gente. Con Trini, no tenía por qué fingir una charla sobre el tiempo, sino que podía sumergirse tranquilamente en sus pensamientos. Podía marcharse tan lejos como quisiera, y a la vuelta, Trini seguiría allí, sentada en el frío banco de azulejos en la mitad del jardín, con su media sonrisa, su pequeño abanico de encaje blanco, y su mirada de absoluta sinceridad.

Jose se sentía a gusto, pasado ya el descrédito de tener que pagar entrada, mientras que a Trini, por ser sevillana, sólo le cobraron un simbólico euro. Le había parecido injusto. No pudo recordar si en Madrid se hacían las mismas diferencias, al querer hacer aquellas deferencias con los sevillanos. Era la primera vez que le ocurría y a pesar de la molestia, ahora que estaba sentada en medio del enorme jardín, absolutamente maravillada por cada uno de los rincones verdes, se alegró de haber entrado en el Alcázar, aunque para los sevillanos, fuese un Alcázar de todo a cero sesenta.

—Los árabes aseguraban que cada hombre debía crear su propio jardín en la vida –le había dicho Rosana en una ocasión, extendiendo convenientemente la máxima al sexo femenino, cuando Jose le preguntó por qué utilizaba macetas tan grandes para plantas tan pequeñas. Dijo que lo hacía porque las plantas necesitaban espacio, ya que algún día llegarían a ser grandes. Y su respuesta le pareció la misma que le decía su madre cuando le compraba el uniforme del colegio, un par de tallas más, y se pasaba una noche entera metiendo y remetiendo bajos y cinturillas, para que se le ajustara al cuerpo. Y pensó que hay gente que prefiere que sobre a que falte. Lo mismo debió pensar el jardinero árabe de aquel jardín, de cuyos rincones parecía que saldría un grupo de moras, de las que no se comen, con pantalones de gasa y tules tapando sus bellos rostros, de aquella época en que las moras sólo se cubrían la cara con tules y no con máscaras y cascos de injusticia. «¡Malditos los hombres del primero al último!», pensó en un dejarse llevar de su imaginación y sus recuerdos.

Había vuelto a sentir ansiedad la tarde del viernes, después de hablar por teléfono con Eduardo. De nuevo la respiración se le había hecho impracticable y tuvo que sentarse un ratito en el sofá para recobrar la consciencia, medio perdida por la falta de aire. La idea de que hubiese leído su diario volvió a asaltar su mente, aunque esta vez, había sido de manera distinta. Ya no le preocupaba que leyera las dolientes frases en las que decía lo que pensaba de él. Ya no le asustaba que él pudiera enfadarse por ello. Le daba igual, o quizá, casi lo deseaba su cuerpo. Así no tendría necesidad de empezar por el principio. Si había leído sus pensamientos, ya tenía una base aprendida de todo lo que odiaba y detestaba de él, de todo lo que anhelaba, y de todo lo que echaba de menos. Las muestras de cariño, de amor y de pasión que necesitaba. Lo mucho que habían cambiado las cosas, ahora que sabía que no era perfecto, ahora que se preguntaba por qué lo creyó alguna vez. No, él no era perfecto. Ella tampoco, de acuerdo, pero al menos Jose reconocía sus defectos y sus errores, y ése era el primer paso para corregirlos. Él, sin embargo, ni siquiera dejaría de comer morcilla si ella se lo pidiera. Y había decidido pedírselo a su vuelta, si es que volvía, porque la idea de quedarse también le rondaba ahora dentro de la cabeza. Como le había dicho Manolo, adivinando de nuevo sus pensamientos, yendo más allá de las palabras, cuando le comentó que a lo mejor alargaba su estancia en Sevilla... Cada persona debe buscar su lugar en el mundo... Pero con Manolo, todo era distinto. Él sí llevaba siempre la razón. Ahora entendía las constantes idas y venidas a Sevilla desde Madrid de la tía Digna desde que se quedara viuda, y es que, por mucho tiempo que pasara en Madrid para ayudar a su madre cuando Arturo y ella eran pequeños, Sevilla le atraía tan fuertemente que necesitaba volver una y mil veces. Y cuando lo hacía, como ella solía decir, se llenaba nuevamente de vida y recuperaba las energías que hubiese malgastado en la capital.

A Sevilla y a su gente era muy fácil amarla. Y cuando alguien siente algo así por un lugar, nunca debería abandonarlo. Lo mismo ocurría con las personas. Si se sentía verdadero amor por alguien, no se le debía dejar escapar nunca. Jose ya no lo sentía por Eduardo. Sus manos ya no le producían escalofríos al pensar en ellas, como antes. La pasión acababa de irse. Quedaba quizá el cariño de un tiempo que ya no era más que un recuerdo. Por supuesto que podría conformarse, cuando se hubiera bajado de la nube en la que se sentía subida. Cuando no todo a su alrededor le pareciera precioso, aunque lo fuera. Cuando las comisuras de su boca no se elevaran solas para conformar una sonrisa involuntaria, al recordar cualquiera de los momentos vividos con ella. Le hubiera gustado tener a mano su diario para describir aquella maravillosa sensación.

Trini miraba una larga cinta que brotaba de un saliente del tronco de una palmera. Jose aspiró el perfume de un jazmín blanco al que no veía, era un aroma ligero, no tan fuerte como la sensación que le oprimía el pecho. Sólo el azahar era un olor tan fuerte. Cada frase, cada momento, el recuerdo del tacto de sus manos pequeñas y cuidadas de uñas largas, el poderoso efecto de sus brazos alrededor de su cintura, le producían un continuo estremecimiento. El recuerdo del dulce seseo de su voz le puso el vello de punta en un instante casi inconsciente. Y lamentó su incapacidad total para ver su cara dentro de su mente, y cerró los ojos apretando muy fuerte los párpados en un inútil intento de verla. Sólo hacía un día que se había separado de ella para irse a dormir tras la intensa Madrugá, y ya había olvidado su cara.

—Eso espero –exclamó Eduardo al oírla decir que se había corta¬do el pelo y que le quedaba muy bien–. Eso espero –dijo, como una amenaza, como una advertencia, como un idiota.

¿Por qué se había puesto tan nerviosa al hablar con él? Sería porque el desamor es algo tan difícil de asumir como la muerte. Unas horas antes de visitar el Alcázar, cuando decidió subir hasta la cima de la Giralda con la intención de hacer unas buenas fotos de la ciudad para llevarse como recuerdo a Madrid, decidió también y repentinamente, lanzarse al vacío como excusa. Morir era la mejor disculpa para evitar la verdad. Gracias a Dios, la preocupación por la mucha gente que la acompañaba le quitó la idea de la cabeza. Entonces fue cuando decidió gritarle desde allí al mundo, emulando al Almuédano, que estaba de nuevo enamorada. Se acordó de la pobre Trini que se había rendido a la mitad de la subida, y la esperaba jadeante sentada en el alféizar de una ventana. Después, como con nuevas fuerzas y recuperada de la larga subida, hizo un uso compulsivo de su cámara, queriéndose llevar la ciudad a casa, tras haber contemplado como nula e imposible la idea de quedarse más tiempo, después de la charla con Eduardo.

Cuando bajaron, hizo unas cuantas fotos a un fotógrafo que disparaba una cámara que miraba a un niño, que montaba sobre un antiguo caballito de madera, blanco con manchas negras, o viceversa podía ser, como las vacas suizas, y que en lugar de cascos y herraduras tenía cuatro ruedas de color rojo. Le pareció que el tiempo había retrocedido unas cuantas décadas, y disparó, y volvió a disparar, hasta que el fotógrafo le echó una mirada de mosqueo. Entonces comprendió que a ningún fotógrafo le gusta que nadie le fotografíe. Y también pensó que cuando ella fuera fotógrafa profesional, no limitaría su trabajo a un niño encima de un caballo de madera. Ahora contemplaba como válida esa posibilidad de futuro. Ahora contemplaba como válidas muchas posibilidades.

—Primero te atan los padres y luego, los hijos –le había dicho mil veces su madre a la tía Digna cuando ésta le pedía que se marchara con ella a Sevilla. Jose no tenía padres, ni tenía hijos. Aún estaba a tiempo, entonces.

Un momento después, estos pensamientos le parecían sueños imposibles y estúpidos. Ocurría en ese único instante en el que pensaba en Eduardo, en su casa, y en la vida que no tenía en Madrid. Y decía bien, porque ya no podía llamársele vida a su vida. No, después de sentir lo que estaba sintiendo. No, después del último estremecimiento... Rosana... pensó entre alegre y confusa. Se acordó de Roxanne, la gordita de la serie americana como la única persona que conocía con ese nombre, y volvió a reírse casi sin motivo hasta que descubrió a Trini, que la miraba riéndose también, no sabía de qué.

Un niño rubio se acercó con pasos cortos y torpes hasta el surtidor, e intentó atinar con su manita, a tocar el chorro de agua fresca que emitía el mismo ronroneo que los gatos de su prima. Ahora, sus sentimientos se debatían entre gatos o niños, sin elegir a cuál de los dos prefería tener en casa.

XVIII

No podía evitar escuchar una y otra vez dentro de su mente esa canción, "Delirio" de Luis Miguel, y de vez en cuando, la canción cruzaba la línea de la realidad para expresarse por su boca en forma de tarareo. Se le había registrado impunemente en el córtex desde que la escuchara al llegar a casa, a las once, tras la Madrugá. Y la escuchó porque le apetecía, y porque sabía que era la canción favorita de Jose. En otra época, le habría recordado seguramente a Mel. Ahora Mel, apenas existía.

Lo descubrió cuando se quedó a solas con Jose en la cocina de la tía Digna la mañana del sábado. Desde que se levantó, se había sentido como si le hubiera crecido una serpiente dentro de la tripa. Se vistió despacio, como Napoleón antes de librar una batalla. No desayunó más que un agrio zumo de naranja de botella de cristal, pues era lo único que la serpiente le admitía. Dio de comer a Platón y a su gatita sin nombre, regó las plantas, y se marchó. Todo esto lo realizó de una forma automática y mirando a su alrededor, sin ver más que los pensamientos que daban vueltas en su mente, intentando atrapar todos los posibles momentos de la Madrugá pasada, antes que se sucediera el vacío día siguiente, que vivió sólo durante la tarde.

Cuando salió de casa, sobre la una y media, lo hizo también despacio, caminando por la urbanización con pasos cadenciosos, observando el fucsia de las buganvillas adosadas a las paredes blancas, el azul de las vallas enredadas de jazmines, y las flores amarillas de aquellos árboles tan cálidos de los que nunca supo el nombre. Se sintió repleta de toda aquella naturaleza cotidiana, que hacía tiempo que había aprendido a amar.

Al llegar a la casa de la tía Digna, vio bajar del autobús a Jose, con sus vaqueros blanquecinos de siempre, con su frescura de rostro recién lavado y nada más, lo cual le provocó el salto súbito de su serpiente interior. Iba acompañada de Trini, la vecina de la tía Digna, y en su rostro reflejó una pizca de vergüenza cuando supo que la había visto. Como si se avergonzara de no haberla llamado a ella para ir a visitar la ciudad. Como si se avergonzara quizá, de su retraída acompañante.

A su pregunta, Trini respondió enumerando en una lista perfecta y por orden de asistencia, el itinerario recorrido. Rosana no le preguntó a Jose la razón. Sabía perfectamente por qué había preferido a Trini como guía esa mañana. Ella tenía el mismo miedo a volver a verla incrustado dentro de su cuerpo. Aunque también sentía unas ganas casi incontrolables de sentirse en su presencia, de escuchar su risa tímida y entrecortada de nuevo, de verla realizar las cortas y rápidas sacudidas con la cabeza para mover un cabello que ya no había, como si aún creyera que tenía aquella melenita tontona con la que ella la conoció, como si por un instante, se hubiera olvidado del corte de pelo.

Y después, Rosana se sentía tan sensibilizada y sensible, que cuando la acompañó a la tienda para comprar la lista que la tía Digna le había preparado, y tras despedir a Trini con un... «No hace falta que vengas, Trini, grasias. Ya la acompaño yo...» no pudo evitar que se le saltaran las lágrimas en el tenso encuentro con aquel mendigo.

Nunca había visto a un mendigo con tan poco aspecto de pobre. Pero quizá, el hecho de tener necesidad, no quería decir que hubiese que vestirse para aparentarlo. Estaba claro que el hombre tenía hijos hambrientos, pues pedía leche para ellos. Sin embargo, vestía traje y corbata como si en su nuevo empleo de pedigüeño le exigieran una buena imagen. «¡Hasta dónde vamos a llegar los humanos!», pensó en un ataque de filosofía incontrolable. ¡A exigir buena apariencia a la miseria!...

La dependienta se acercó a Jose para entregarle los trescientos de jamón serrano, y se disculpó fingida y egoísta, por no querer escuchar los ruegos del mendigo de la corbata. «Es que ha venido ya dos veces en el día, y no podemos darle nada», susurró agarrándose al papel de jamón como si nunca lo fuese a soltar.

El hombre pedía leche para sus hijos y Rosana vio a Jose tragar saliva mientras asentía a lo que le decía la dependienta. Ella, sin embargo, no dejaba de mirar los ojos brillantes del hombre, debido sin duda, a la vergüenza.

—Pa mis shiquillos –decía con toda la lástima del mundo en su mirada llorosa–. Un poco de leche namás –pedía con la voz trémula de la degradación.

Jose se dio la vuelta en un ataque repentino de benevolencia. Se acercó al hombre con la bolsa que acababa de llenar, en las manos, y se la entregó al mendigo sin decir nada, sin pensar nada, sin fijarse en lo que había comprado siquiera, sin analizar si las cervezas de la tía Digna y las Copas Danone de chocolate eran lo más alimenticio para los niños pobres.

El hombre la cogió con una grata expresión de asombro, y le dio las gracias tres o cuatro veces con un sincero principio de sonrisa en su boca. Rosana vio como Jose la miraba con el rostro satisfecho, mientras mantenía la boca abierta, debido al sorprendente momento. Prácticamente alucinaba. Desgraciadamente, no estaba acostumbrada a una muestra de tanta generosidad. Y antes que el hombre se hubiese marchado, Jose se acercó rápida al mostrador nevera, y le arrancó de las manos a la dependienta los trescientos gramos de jamón serrano al que aún se mantenía aferrada. Se lo dio al mendigo que se volvió para agradecérselo con la misma sinceridad de la primera vez, aunque aún no sabía que aquel día tendría fiesta en casa.

Después, se acercó de nuevo a la mujer y dando un pequeño golpe de satisfacción sobre el cristal del mostrador, exclamó como si estuviera en un bar del salvaje Oeste y acabara de apurar un whisky doble « ¡Póngame lo mismo!».

En la cocina, con el jamón serrano en la mano y la nevera abierta, Rosana se sinceró a Jose diciéndole que no conocía a nadie que fuese capaz de hacer lo que ella había hecho. Y mientras doblaba la espalda para colocarlo en uno de los estantes, la escuchó decir que ella tampoco conocía a nadie a quien la vista de la pobreza le provocara el llanto.

Rosana cerró la nevera y se dio la vuelta para saber si era bueno o malo para Jose su llanto. Y supo que le parecía bien, porque la estaba esperando con una de sus más simpáticas sonrisas.

XIX

Lo único que recordaba de Cádiz era un calor soporífero de sobremesa y una humedad usurpadora de pieles y poros, agobiante. Había estado allí de niña, con su madre y su hermano, en el apartamento de la playa que la tía Digna y su marido tenían en Zahara de los Atunes. Su tío aún vivía entonces. Lo sabía porque se acordaba de cuando solían acompañarle al bar, su hermano y ella, después de comer, donde solía tomarse la copita diaria de anís tras el café. Aún con el calor de agosto, aquella costumbre de tomarse un anís, como él solía decir «para entonarme» era sagrada. A pesar del mucho calor, le gustaba sentarse un ratito ante la barra y charlar de banalidades con el camarero, mientras en el televisor, arriba, en una esquina de la pared, veían el Telediario.

Cada día le acompañaban, y él les compraba un helado de pistacho, manteniéndoles entretenidos en las aburridas horas de siesta infantiles. Aquel día además, en el camino de regreso a casa, habían pasado por uno de esos puestos en los que se venden golosinas y juguetes baratos. Arturo, caprichoso como siempre, y haciendo caso omiso de las recomendaciones de su madre de no pedir nada y tomar con agradecimiento sólo aquello que se les ofreciera, se empeñó en una escopeta de plástico que disparaba bolitas amarillas también de plástico, y que venía plastificada sobre un cartón en el que había dibujada la cara de un vaquero, casi mexicano, de largos bigotes negros y barba de varios días.

El tío le compró la escopeta sin poner ninguna pega, ante la atenta mirada de Jose que, callada y mejor educada que Arturo, no se atrevía a pedir ningún juguete. Una vez hecha la compra, su tío cayó en la cuenta de que la niña seguía existiendo. Estaba allí, de pie, a su lado, a la altura de su vientre nada más. Entonces fue cuando se agachó para hablarle más de cerca y preguntarle. «¿Y tú qué quieres, shica?» Jose se tragó un tufo a anís, al tiempo que recordaba las palabras que la tía Digna le dirigía a su tío cada tarde, cuando le veía salir de casa para ir al bar. «Esa dishosa copita de anís, te va a matar un día de éstos.»

Por supuesto, él apenas si escuchaba aquella observación y continuaba bebiendo, no sólo el anís de la sobremesa, sino también los chatos de vino acompañados de una tapita, los vasos de vino en la comida y en la cena, y la copa de coñac antes de irse a dormir, para poder hacerlo.

Jose evitó cualquier tipo de mueca que hubiese demostrado el desagrado que le producía el olor dulce que desprendía de su boca, y sin tener apenas tiempo para echar un vistazo a la juguetería expuesta, respondió con un no sé, educado pero inútil.

El tío Ricardo se levantó, y sacando unas monedas de su bolsillo, le dijo al juguetero. «¡Dame lo que puedas por ésto, que no tengo más suelto, que lo llevo to agarrao!»

El hombre cogió un yo-yo y miró el precio debajo, dejándolo en su sitio un instante después. Luego, se dio la vuelta y se agachó para sacar algo de entre un montón de cosas que se apilaban en el interior de un cesto. Debía ser el cesto de las cosas baratas porque lo sacó y se lo entregó en la mano al tío Ricardo, a cambio del poco dinero. El tío ni lo miró, se lo dio a Jose con un «¡Toma niña! ¡Mira que bonito es!» y continuaron el camino sin mediar palabra.

Jose entró en la casa, detrás de su hermano que ya había perdido por el camino la mitad de las bolitas amarillas disparadas con su nueva escopeta, y que corría con nerviosismo para enseñársela a su madre. Ella, sin embargo, no tenía prisa porque su madre viera el peloncete de plástico, desnudo y triste, de pelo pintado, sentado en una pequeña hamaca también de plástico, y de un color verde fosforescente que ni siquiera venía protegido con caja o cartón alguno, porque era el último del montón sacado del cesto de los juguetes baratos.

Su madre se lo pidió, viendo que a la niña no le gustaba, y para contrarrestar el mal aspecto que daba un niño desnudo sobre una hamaca verde fosforito, le dijo con extremada dulzura. «¡Qué bien que venga desnudito! ¡Así puedes hacerle tú misma la ropita!»

Aquel gesto compasivo de su madre le debió causar algún trauma, porque nunca había aprendido a coser ni siquiera un botón, y nunca lo haría. Tampoco el color verde era uno de sus favoritos, aunque ese pensamiento había cambiado bastante desde que viera bailar a la Macarena. Sin embargo, el muñeco barato que su tío Ricardo le regalara, todavía era un recuerdo conservado en su corazón y en una caja en el cuarto trastero, sobre la que había escrito a rotulador... «Recuerdos infantiles» en color rojo, como si quisiera avisar del peligro nostálgico que cualquier ser humano podía correr, si se atrevía siquiera a destaparla.

Aquella noche, su tío se despertó entre vómitos de bilis ensangrentada y los alarmantes gritos de susto de la tía Digna. Ésta y su madre levantaron a los niños y salieron para el hospital en el coche, lo más deprisa que les permitieron sus nervios. No fue lo suficientemente deprisa, aunque como todos aprendieron más tarde, el tiempo daba igual, el cáncer nunca corre.

Al volver al apartamento, para recoger el equipaje dando por terminadas las vacaciones, Jose cogió el muñeco de la hamaca verde con un cariño renovado que ni ella misma entendía, ni sabía por qué de repente le aparecía aquel sentimiento, y guardó para siempre el muñeco como único recuerdo de aquello conocido en su vida que más se parecía a un padre.

Dos semanas después, una cirrosis se llevó al tío Ricardo al otro mundo, y la vida de la tía Digna se convirtió en un ir y venir del sur al centro de España, para no caer en el desprestigio de sentirse sola. Al año siguiente, vendió el apartamento de la playa, y Jose no volvió nunca más a Cádiz.

El mismo año que murió su tío, ella había conocido a sus primas. La familia de Rosana sí mantenía aún el apartamento en Zahara de los Atunes, y allí era donde la boda de su prima Mariluz iba a celebrarse. Y también allí, iba a pasar un largo fin de semana con ella.

Era curioso que Rosana fuese la única de aquellas niñas de la que guardaba un vago recuerdo. Quizá habían sido sus rizos rojos, o su alegría, o su carácter un poco dominante sobre sus dos hermanas más apacibles, y también más sosas. Se recordó junto a ella, jugando a la goma en la acera, atada entre una farola y un paraíso. La recordó preguntándole si quería jugar con ella y con sus hermanas «al elástico», como llamaban allí a aquel juego infantil. Aquella frase, pronunciada con el acento y la gracia propios de Sevilla, era lo único que recordaba de ese verano, además de la muerte de su tío. Los dos eran recuerdos breves, pero los dos eran intensos...

Se lo preguntó por la mañana, mientras tomaban el escaso sol de la primavera, a la orilla del mar y bajo un aire levantisco, que a cada minuto se hacía más inaguantable. «¿Te acuerdas de cuando me invitaste a jugar al elástico?», le preguntó a Rosana de repente.

Ésta lo negó moviendo la cabeza, sin cambiar la postura, con sus ojos ocultos tras unas gafas de sol que aunque la protegían, acabarían dejándole un antifaz blanco sobre la cara, si es que llegaba a broncearse. Porque Rosana apenas se bronceaba. Si acaso, su piel se tornaba de un tono ocre al que ella llamaba graciosamente albero, como excusa para reírse de nuevo de sí misma.

Jose le dijo que a aquel juego de niñas, los madrileños lo llamaban goma. Rosana le contestó, con su habitual ingenio, que ellos, los sevillanos, llamaban goma a los preservativos.

Así era Rosana a veces, y sobre todo cuando se sentía a gusto, libre para aflojar el lazo del ridículo, libre para dejar que el ingenio volara sin ninguna intención. Y con Jose se sentía cada día más cómoda. El primer nerviosismo había pasado. La incertidumbre, aunque perenne, estaba de más en aquella playa en la que el clima no invitaba al baño, sino más bien, invitaba a salir corriendo. «Como siga así, la boda va a estar pasada por agua», exclamó incorporándose y apartando las gafas negras de sus ojos.

XX

Ya había asimilado aquella boda. También el hecho de ser dos años mayor que su hermana y continuar soltera. De hecho, en los últimos días había cambiado completamente su opinión sobre el tema. No sólo ya no le importaba tener treinta años y no tener novio, como había oído decir tantas veces a los miembros adultos de su familia, sino que además se alegraba de que así fuera. Había decidido no volver a planear su futuro. En parte porque era algo totalmente inútil y una gran pérdida de tiempo, puesto que el porvenir no sabe de programaciones ni de objetivos prefijados, y en parte porque lo que ahora deseaba era hacer perpetuo el presente. Aquel presente de fin de semana en la playa, junto a Jose, solas las dos en el apartamento hasta que el domingo llegara su familia. Un viernes y un sábado com-pletos para estar con ella, sin tener nada que hacer, más que estar, nada más, que no es poco...

Había mentido en la perfumería, a su jefe. Le había dicho que la ceremonia se celebraría el viernes, y él la había creído. Sin embargo a Amalia, le dijo sin más que se iba. Porque sentía que Amalia le debía algo, y como no sabía qué, decidió que un viernes libre era más que suficiente para saldar la deuda. Después, Jose le dijo que eso era poco para vengarse de una mujer que le había levantado el novio. No obstante Rosana estaba conforme. Y Amalia también pareció estarlo porque aceptó el trato sin rechistar. Rosana supo entonces que todo se había acabado. Comprendió que para ella lo más apremiante en esos momentos era tener libre el viernes para coger el coche y marcharse con Jose a Zahara. Supo también que ya no le guardaba ningún rencor y que por tanto, a su vuelta, reemprendería la amistad con Amalia, interrumpida durante un breve tiempo. Ya no la odiaba, es más, casi se sentía agradecida por haberle quitado de encima a Mel.

Jose no podía decir lo mismo de Eduardo. Que su prima estaba casada, era algo que Rosana se había empeñado en olvidar durante el fin de semana, sabiendo que al volver a Sevilla, Eduardo aparecería de nuevo en su vida en forma de llamada telefónica o como un simple recuerdo. Y es que para Jose, Eduardo era lo cotidiano. Al contrario que ella, que había aparecido en su mundo de vacaciones y de tiempo libre.

Jose sentía lo mismo, Rosana estaba segura. Había notado como se estremecía con su abrazo. Podía ver en su rostro la languidez del dejarse llevar por el deseo de besarla, cuando alguna conversación las acercaba demasiado o estaba llegando a su fin. Pero aún no se lo había dicho, y Rosana casi no esperaba que se lo dijera, porque Jose era callada, celosa de guardarse los sentimientos para sí misma. Quizá no se lo había dicho tampoco nunca a su marido.

—Yo nunca he sentido algo así por una mujer, y hasta hoy, creía que jamás lo sentiría – le dijo la noche que Rosana se decidió a expresarse con palabras. Cuando le preguntó que a qué se refería al decir «algo así», Jose no le contestó, así que ella pudo imaginarse muchas cosas. Algo así podía significar simplemente un gran cariño, una fuerte e intensa amistad, simpatía, atracción hacia su personalidad, e incluso admiración, pero ¿y si era algo así como una sed insaciable de pasarse la vida junto a ella? Le hubiese gustado que Jose no hubiera sentido nunca algo así por persona alguna, y no sólo que los sentimientos de su prima fueran nuevos por tratarse de una mujer. Ella quería pasar sus próximas horas junto a Jose, pero ¿haciendo qué? La respuesta era, nada. Vivir, sin más. Disfrutar de sus sonrisas, escuchar y dejar para siempre grabadas en su mente cada una de sus palabras, y mirarla, sobre todo mirarla. Sentía que la había mirado tan poco, y quería mirarla mucho para poder cerrar los ojos cuando quisiera, y ver su cara dentro de su mente.

Pero un problema asomaba desde hacía horas. Rosana la deseaba. Y lo hacía con la misma ansiedad con la que había deseado a sus hombres del pasado. Igual que había deseado a Mel. Y no estaba muy segura de que Jose sintiera lo mismo por su cuerpo. Y se preguntó por qué las personas creen que el sexo es la última forma de demostrar el amor. Tenía que haber otra manera.

Jose no le preguntó por qué en Zahara había vacas comiendo hierba en la playa. Como tampoco le preguntó por qué la paella tenía allí un sabor diferente, como si hubieran utilizado agua de mar para hervir el caldo. Tampoco le preguntó por qué el mar se empeñaba en enviar el cuerpo de los bañistas hacia la derecha, ni si había algún motivo de índole política. Y por supuesto, y a pesar de las muchas ganas que tenía de saberlo, tampoco le preguntó por qué los pericos tenían el mismo tamaño que las adelfas, ni por qué su hermana Mariluz había sonreído condescendiente, tan como si lo esperara, cuando las descubrió esa mañana de domingo, durmiendo juntas en la misma cama, medio desnudas y enlazadas en uno de sus abrazos.

Si ni ella misma había sospechado nunca que aquello pudiera ocurrir, ¿cómo era posible que aquella hermana de Rosana, impertinente y petulante, y tremendamente envidiosa, tuviese la sonrisa fingida en su cara de haberlo barruntado? Había algunas personas que tenían un don especial para esto, como un sexto sentido que les permitía discernir a un gay o una lesbiana entre miles de heterosexuales. La tía Digna era así. «Yo reconosco a un sarasa a sien leguas», solía decir cuando veía alguno o creía que lo había visto. Como si los sarasas desprendieran un olor llamativo y diferente, o como si llevaran encen¬dido un piloto rojo sobre la nariz como Rudolf, el reno de Papá Noel... «¿Y a ellas?», le preguntó una vez Jose. «¿Cómo las reconoces?»

—Más fásil todavía –le dijo, pareciendo que iba a presentar una atracción circense–. Ellas son como mashos. Son masculinas y vulgares, llevan el pelo corto y siempre van sin pintar. Y por supuesto, nunca las verás con falda. Creo que no les gusta enseñar las piernas. Será porque las tienen llenas de pelos...

Jose se depilaba. Lo había hecho desde los catorce años, y no lo hizo antes porque su madre no la dejó hacerlo, porque sabía que la depilación es una costumbre para toda la vida, y no quería ver a su hija con aquella obligación eterna desde tan poca edad. Y no es que no le gustaran las faldas, simplemente era que iba más cómoda con pantalones. El maquillaje sin embargo, sí lo detestaba. Eso de sentirse la cara resbaladiza y cubierta por una capa de algo que le hacía el ambiente irrespirable, le causaba una gran sensación de asfixia. ¿Y el pelo? Se lo acababa de cortar. De acuerdo, tenía más síes que noes en lo de parecer lesbiana, pero no lo era, y nunca lo había sido. ¡Por Dios, tenía un marido en Madrid! Estaba pensando tonterías. Si hubiese sido lesbiana, la tía Digna lo habría sabido. ¿Y si lo sabía, pero nunca le había dicho nada? Aquello no era algo fácil de decir. «Jose, hija, ¿te vienes conmigo a pasar unos diítas a mi Sevilla de mi corazón? Sí, pues vamos. ¡Ah, por sierto, que sepas que eres lesbiana!» ¡Era absurdo!

Gracias a Dios, Jose se despertó a tiempo de que pudiera verla nadie más, acostada junto a Rosana, y entró en el baño a darse la ducha de su vida. Pero a pesar del agua desperdiciada sobre su cuerpo desnudo, no se sintió despejada. Se mantenía en pie por casualidad, y al andar, el suelo bajo sus pies parecía de gominola.

La noche del sábado habían ido a Barbate a cenar. Después, bailaron en una discoteca que tenía un jardín maravilloso en el que olía a pericos fucsias y a ginebra. Allí, por supuesto, bebió, y mucho. Aún no sabía cómo machacar aquello. Se conformó con masticar el tejeringo que la tía Digna les había traído para desayunar. Toda la familia estaba allí para la boda. Y todos se empeñaban en preguntarle qué tal lo habían pasado Rosana y ella el fin de semana. Y si se había quemado la lengua con el café, al ver la insistente mirada sapiencial que su prima Mariluz le dirigió desde la otra punta de la cocina, propiciando con ello que Jose tuviera la lengua pastosa y totalmente invalidada para distinguir sabores durante todo el día, el último trozo de tejeringo se le atragantó, provocándole una estúpida e incómoda tos, al recibir la mirada alegre de complicidad que Rosana le regaló al darle los buenos días.

A aquellas tempranas horas de la mañana, sólo ella sabía que Mariluz las había mirado durante unos interminables instantes, desde la puerta que después cerró, sin decir nada. Rosana lo ignoraba, y su comportamiento de medias palabras y medias sonrisas lo demostraba, ante la atenta vigilancia de su hermana que estaba más interesada en su relación que en su próxima boda, y ante las continuas e incomprensibles para ella, evasivas de Jose. ¿Cómo ocultar que has amado a alguien, cuando parece que lo llevaras escrito en la cara?

XXI

— ¿Te diviertes? – le preguntó Rosana, sacándola de su largo ensimismamiento. Jose asintió con una leve sonrisa. ¿Qué más podía decirle? La música sonaba tan fuerte, que cualquier respuesta que le hubiese dado se habría perdido para siempre en el espacio que las rodeaba. Además, la pregunta no exigía una respuesta sincera. Era una de esas preguntas, que sólo se hacen para que el otro sepa que todavía no hemos olvidado su existencia, que nos preocupamos por él, por si acaso se está muriendo de aburrimiento, ya nos lo contará más tarde porque ahora estamos muy ocupados con nuestra propia diversión, que al fin y al cabo, es la única que realmente importa.

Rosana se mostraba muy familiar, compartía con su madre el papel de anfitriona, ya que, ni la novia ni el novio eran capaces de representarlo. Era el centro de atención, como había ocurrido siempre que Jose la había visto rodeada de gente, demostrando su arte de andar por casa, bailando sevillanas con alguno de sus parientes masculinos. Y por supuesto, estaba tan arrebatadoramente guapa y alegre, que la novia quedaba tras su eclipse total, limitada tras la mesa presidencial, junto a su ya marido.

Jose evitaba su mirada. No quería que la hermana de Rosana la descubriese nerviosa o incómoda en algún momento de la fiesta. Eso era tanto como reconocer lo que ella ya sospechaba, por eso intentó perderse entre la gente, con una copa de champán en la mano, que ya se encargaría alguien de rellenar. No había demasiadas personas, así que no le resultó fácil escapar de Mariluz y de su persistente mirada.

La tía Digna daba por el jardín su paseo reglamentario y diario, prescrito por su médico en Madrid. Jose se acercó a ella con la intención de buscar refugio y pasar desapercibida de una vez por todas, para la pesada de su prima.

— ¿Verdá que ha estao mu bien? –preguntó su tía al verla. Jose le devolvió una sonrisa de asentimiento–. Sí, tía, muy bien.

—Ha sido una seremonia presiosa –la tía Digna continuó–. ¡Ay que ver, cómo estaba la iglesia toda llenita de flores blancas que era una lindura! ¡De verdá te lo digo! ¡Ha sido una boda presiosísima!

—Sí, tía, muy bonita.

— ¡Cómo me ha recordao a la mía, Virgen Macarena! ¡No lo sabes tú bien! ¡Sólo Dios sabe lo que sufre mi corasón en las bodas, niña!

La tía Digna sacó el pañuelo hecho una bola que guardaba en el puño de su manga y se secó las lágrimas que le provocaban la nostalgia y un poco también el champán.

—Lo que no sé, es cómo han podido preparar todo tan aprisa –se detuvo de nuevo para volver a guardar el pañuelo y para agarrarse al brazo de José con la mano que no ocupaba el bastón. Después, bajó la voz y miró a su alrededor como si no quisiese que alguien oyera lo que iba a decirle a su sobrina–. Porque te diré una cosa, pero no se la digas a nadie, ni le digas a nadie tampoco que he sido yo quien te lo ha disho, pero la verdá es que tu prima se ha casao tan rápido porque le han hecho un bombo.

La tía captó en la mirada de Jose cierta extrañeza.

—Sí. ¡Como te lo digo! –continuó–. Si no... al tiempo. Y además que, si no... ¿De qué? ¿Cómo te crees tú que iba a encontrar tan aprisa un novio? Ahora, ha tenido musha suerte, ¡eh! ¡Eso sí que sí! Porque el mushacho, es un mushasho mu apañaíto, que tiene su carrera y tó, porque es perito mercantil, que ahora ya no se dise así, ahora me parese que se llama de otra forma, y además, trabajan juntos en el ministerio, así que mu bien que le ha salido de todos modos el embaraso.

Jose continuaba con la misma expresión, que no era de asombro sino de un pasotismo total del tema. Bien poco le importaba a ella si Mariluz estaba o no estaba embarazada. Sin embargo, la tía Digna continuó con sus confidencias.

—Me lo dijo mi cuñá. Sólamente lo sabe la familia. Bueno, todos menos Rosana. A ella no se lo han disho.

— ¿Quieres decir que Rosana no sabe nada? –preguntó Jose.

La tía Digna lo negó con la cabeza y reemprendió su paseo.

— ¿Y por qué no se lo han dicho? –volvió a preguntar.

—Pues, porque no. Porque nunca se ha llevado demasiado bien con sus hermanas, y porque ya sabes cómo es, que parese una mariposa, siempre de flor en flor con unos y con otros, y pensaron que el hecho de que su hermana menor se casara antes que ella, era una cosa que la haría recapasitar. Mi cuñá quería que Rosana se hubiese casado con el novio que tenía la última ves, ése que era su profesor, pero ya la conoses. Los coge, se divierte con ellos, y luego los deja. Pero al final, ahí está. ¡Mírala! ¡Más sola que la una!

Jose miró a Rosana que continuaba bailando y porque la conocía, sabía que continuaría bailando toda la tarde, hasta que no quedasen hombres con los que bailar.

—Pero su profesor... fue él quien la dejó a ella, y no al revés, tía.

— ¡Qué va a ser eso! Eso es lo que ella dise para que la familia se quede contenta. Si lo hase siempre, en cuanto un hombre se enamora de ella, lo deja, sin más. ¡A eso lo llamo yo, miedo a las responsabilidades de la vida, claro! ¿Qué otra cosa iba a ser si no?

Un latigazo de temor le recorrió el cuerpo involuntariamente al ver que Rosana les dirigía desde lejos su sonrisa, y se preguntó si también se cansaría de ella.

—Y claro... –siguió la tía, sentándose en una silla de las mesas que quedaban desocupadas a la hora del baile– si se entera de que la mosquita muerta de Mariluz, ésta que al final ha resultado ser más pendón que ella misma, se casa embarasada, entonses ya no le va a dar ningún reparo, y no va a pensar que es ya mayorsita pa andar jugueteando, ni que se le ha adelantao su hermana, que es lo que quiere que piense su madre. Así que tú, ¡shitón! No se te vaya a escapar y el plan se les malogre, que para casar a ésta, hase falta un milagro de Nuestro Señor del Gran Poder y la Virgen Macarena juntos y al unísono. ¡Te lo digo yo, que soy su tía y la conosco como si la hubiera parío!

Jose no sabía si reírse o preocuparse. No confiaba en que a Rosana le influyera de semejante manera la boda de su hermana, aunque no podía negar que su prima se hubiera sentido un poco menguada al conocer la noticia, y que los preparativos de la boda le habían provocado que se preguntara todo aquello que su familia pretendía que se preguntase.

— ¿Quieres más champán, tía? –preguntó Jose tras dejarla bien sentada.

—No, hija. Ya está bien. Que a mí, cuando bebo, me da por hablar y no quisiera aburrirte.

—Ya lo veo –masculló Jose entre dientes. Tan entre dientes que su tía, gracias a Dios, no la oyó–. Yo voy a buscar una copa.

—Hases bien, tú que eres joven. Hases bien en alegrarte el cuerpo.

Hacía demasiado calor junto a la barra. El sol le estaba dando de cara. No había comido más que un par de pinchos de tortilla, entre tanto Vichysoisse y tanta piña con queso de Burgos, canapés que por desgracia, además de malos, le recordaban a Eduardo. Y por si no fuera suficiente tanta rareza gastronómica, en aquel jardín de paredes encaladas y platos colgados, bajo el sol que se había em¬peñado en no retirarse nunca, alguien había tenido la estrambótica idea de echar una cruel gota de Ketchup sobre cada trocito de tortilla, como si fuera una diana, por si los comensales no tenían claro donde pinchar el palillo, deteriorando y americanizando así, el sabor natural de la tortilla española.

Sintió que un sudor frío le cubría el rostro y decidió no tomar la copa e ir al lavabo. Se refrigeró la cara con el agua fría del grifo, dejándose las gotas al aire, pues ni quería secarse ni había con qué hacerlo. Cerró los ojos, en un intento de serenarse, pero la oscuridad también daba vueltas. Cuando los abrió, la radiante y blanca figura de la novia se hallaba frente a ella. Era la segunda vez que, tras levantar los párpados, su prima Mariluz había estado detrás de esos pedazos de pellejo que al dormir, nos separan del mundo.

Su prima había echado el cerrojo de la puerta y la miraba tan fijamente que Jose pudo creer que se trataba de una extraña aparición. Como si la idea de una novia vestida de blanco fuera ahora a perseguir su invariable vida.

Durante unos incómodos segundos, Mariluz no dijo nada. Sólo masticaba con inquietud y mal gusto un chicle dentro de su boca. Jose tampoco habló. Claro que Jose no tenía nada que decir. Después, y sólo cuando explotó vulgarmente una pompa entre sus labios pintados y sobreperfilados, se decidió a hablar.

— ¿Lo estás pasando bien? –le preguntó iniciando al fin la conver¬sación con una frase preliminar.

—Muy bien, gracias –respondió comprobando cómo se interesaba por su diversión otro miembro de aquella familia.

— ¿Te ha gustado la seremonia?

—Mucho. Ha sido preciosa.

—Mi hermana estaba muy guapa de madrina, ¿verdá? Y eso que no quería serlo. No le gusta demasiado ser el sentro de atención. Menos mal que la convensí. El vestido le queda ideal.

Jose asintió con un simple gesto.

— ¿Y el mío, te gusta? –continuó preguntando, haciendo un ademán como si quisiera mostrárselo.

—Es un vestido precioso.

—Sin embargo, el día que lo elegí, mi hermana dijo que parecía un traje de comunión. Pero ella es así –sonrió fingida– tan elegante...

Tampoco soy tan guapa como ella, desde luego –dijo mirándose al espejo–. ¿No te parese?

Jose ya se había cansado de tantas preguntas sin sentido, y deci¬dió cortar por lo sano aquella palabrería.

—Dime una cosa, Mariluz. ¿Vas a decirme de una vez lo que pretendes decir y al parecer, no sabes cómo?

— ¿A qué te refieres? –siguió, sin tener aún el valor que le hacía falta para dar ese paso.

—Has echado el cerrojo. Supongo que no será porque tienes la fantasía de ver que las demás invitadas se hacen pis en el comedor, el día de tu boda.

Mariluz respiró por la boca, a pesar del obstáculo del chicle, y con la voz temblorosa, balbuceó...

—No puedes negarlo. Tú sabes que os he visto.

— ¿Has visto, qué? –se hizo la tonta.

—En la cama, tú y mi hermana, las dos juntas.

Jose negaba moviendo la cabeza, aparentando extrañeza y una gran serenidad, a pesar de que por dentro, la angustia que le producía el momento y el chicle que se estiraba y volvía a encogerse una y mil veces en la boca de su prima, le estaban poniendo los nervios de punta.

— ¿Qué pasa? ¿Es que tú nunca has dormido con una amiga, en la misma cama?

— ¡Estábais desnudas! –casi gritó.

—Hacía mucho calor...

— ¡Estábais abrasadas! –gritó otra vez rodeándose de un espeso halo de un color grisáceo, cargado de hastío, entremezclado con un brillante verde envidia.

—Suelo agarrarme al que está a mi lado cuando duermo –explicó Jose como si todo aquello tuviese una lógica aplastante–. No me doy cuenta. Es una costumbre que tengo, creo que estoy con mi marido y abrazo al que está a mi lado, estando dormida, por supuesto.

— ¡No me lo puedo creer! – exclamó Mariluz con una sonrisa insatisfecha–. ¡Te acuestas con mi hermana y pretendes negarlo! ¿Es que te crees que soy tonta?

Jose se mordió la lengua para no decir que sí...

— ¿Crees que puedes engañarme, que podéis engañarnos a to¬dos? ¡Somos su familia!

Jose sintió la necesidad de acabar con aquella conversación fuera como fuera. Si para ello tenía que decir aquello que le estaba rondando la cabeza y que no quería decir, lo diría, si era necesario.

—No está bien mentirle a la familia –siguió Mariluz aprovechando el momento para hacer una dura crítica de la hermana a la que al parecer, envidiaba tan amargamente–. Somos sus hermanas, y mi madre, ¿es que no le importa? No, ya sé que no... Ella sólo se importa a sí misma. ¡Siempre está dándole disgustos a mamá! Pero esta vez, no es como las otras veses. ¡Esto es musho peor! ¡Si mi madre se entera de ésto, le da un patatús que se la lleva al otro mundo!

—Entonces será mejor que no se entere.

— ¿Cómo puede engañarnos así?

—Debe ser cosa de familia.

Pudo ver la rabia en el rostro de su prima, sin embargo Jose se sintió aliviada. Había conseguido que al menos, dejara de mascar chicle.

— ¿Qué quieres desir?

—Que al menos ella no está embarazada.

La vio dar los tres pasos que, desde el lavabo, la separaban hasta la puerta, con la rigidez de la ira y del aparatoso vestido. Abrió el cerrojo y antes de salir se volvió para mirar a Jose de nuevo. «Esto no va a quedar así», exclamó besando la uña de su pulgar derecho. « ¡Por éstas!»

—Mariluz... –la llamó antes de que se marchara–. Hazte un favor a ti misma. Ocúpate de tu vida y deja en paz a los demás.

Su prima no le contestó. Salió sin ruido, como quien ha perdido la batalla, pero espera ganar la guerra. ¡Qué típico en aquella mujer provinciana! ¡Qué tópico en alguien con tanto orgullo y de tan poca trascendencia! Después, a Jose le pareció que en el lavabo hacía un calor sofocante...

Se despertó sobre la cama de Rosana, de nuevo en el apartamento. Ella estaba allí, y no parecía que hubiese cerca nadie más.

De repente, lo recordó todo. No había dado tiempo ni a que Mariluz saliera del lavabo. Había perdido el conocimiento en el mismo instante en que ésta se iba con toda la rabia del mundo dentro de su cuerpo. Debió oír el golpe. Aún le dolía. Se tocó la frente...

—Te diste con el lavabo –Rosana se sentó en la cama–. Menos mal que mi hermana estaba allí, aunque ésa es capaz de haber dejado que te cayeras sin intentar recogerte.

El rostro de Jose no era de haber captado la broma, sino más bien de habérsela tomado en serio.

— ¿Sabes una cosa? Desde ahora te voy a llevar conmigo en todas mis salidas, sean bodas, bautisos, velatorios, o sitas con hombres traisioneros. Así tendré una disculpa para venirme antes.

—Si no fuera porque a ti te encantan esas cosas...

— ¡Vaya por Dios! Estamos un poco enfadadas, por lo que veo... –sonrió graciosamente Rosana–. A ver... Dime qué es lo que te pasa.

Jose se tapó la cara con las manos para que Rosana no pudiera ver como cambiaba su rostro mientras hablaba. Aún no habían hablado de lo ocurrido, en parte porque no habían tenido tiempo, y en parte porque ninguna de las dos sabía cómo iniciar el tema.

—Lo sabe. Mariluz lo sabe. Nos vio ayer por la mañana temprano. Entró en la habitación y... no tuve tiempo de decírtelo, pero ella sí me lo dijo a mí, en el convite, en el lavabo, y creo que...

— ¡Espera, espera un momento! –Rosana intentó que hablase más despacio–. Que Mariluz sabe, ¿qué?

Jose chistó incorporándose para que Rosana bajase la voz.

—No hay nadie en casa. Se han ido todos a Sevilla. Y nosotras también nos habríamos ido ya, si no hubiese sido por tu desmayo.

Jose apoyó la espalda en el cabecero de la cama, mirando sin saber a dónde, buscando el rincón donde se escondieran las soluciones, mientras le repetía a Rosana que habían sido descubiertas por su hermana.

— ¿Y qué es lo que ha visto? – se levantó Rosana–. ¿Es que dos primas no pueden dormir juntas en la misma cama?

—Eso le dije, pero hay un problema.

— ¿Cuál?

—Estábamos desnudas.

—Hasía calor –asintió Rosana.

Rosana cerró los ojos como si se le hubiesen cerrado también todas las posibles salidas.

—Y además, yo te estaba abrazando...

Rosana se levantó, caminó despacio por la habitación, dio un par de vueltas y de nuevo se sentó sobre la cama. Tímidamente, cogió la mano de Jose mientras susurraba. «¿De verdá me estabas abrasando?»

Jose quiso reunirse con ella en un nuevo abrazo. Y lo hizo. Y fue muy fácil que después se sucedieran los besos y las caricias, porque era tremendamente fácil amar a Rosana, porque le hacía sentir, y hacía tanto tiempo que Jose no sentía...

Sin embargo, durante el silencioso viaje tuvo mucho tiempo para pensar. Las dos apenas intercambiaron unas frases necesarias, como la hora a la que llegarían a Sevilla o si prefería que la dejara en casa de la tía Digna.

Cuando Rosana cerró el maletero, tras sacar las cosas de Jose, ésta por fin le habló. «No quiero volver a verte, Rosana. No de esta manera.»

Cuando entró en el portal de la casa, esperó allí hasta escuchar el motor del coche desapareciendo por una calle cercana. Cuando subió, la tía Digna la esperaba impaciente. «¡Tengo una buena notisia, niña! ¡El niño ha nasido ya! ¡Y es un niño! ¡Lo contento que estaba tu hermano Arturo! ¡Ha llamado ahora mismo!»

Jose pensó entonces que después de todo, existían los milagros. Dios, o quien fuera que tuviera el poder para repartirlos, le había dado una razón para volver a Madrid.

XXII

—No sé por qué rasón, pero se me había metido en la cabesa que iba a ser niña –se quejaba la tía Digna mirando al bebé que dormía en su cunita de plástico transparente.

Jose también le miraba. No obstante, no de la forma que siempre creyó que lo haría, con envidia, con la rabia de no ser aún madre. No sentía nada de eso, sino más bien lo contrario. Sentía un inesperado alivio al saberse libre de todo aquello.

El rosa pálido de Inma era ahora mucho más pálido que antes. Estaba dolorida y molesta, tumbada en la cama permanentemente, recostada sobre una almohada, sin poder comer tras la cesárea, encadenada a una sonda y a una botella de suero. ¿De verdad, aquel pedacito de carne que dormía plácido en la cuna, merecía pasar por todo aquel sufrimiento? Dos semanas antes, habría contestado que sí. Ahora, no estaba tan segura.

—Le había tejido un jerseisito rosa presioso en Sevilla –la tía Digna volvía a lamentarse aunque ahora con levedad–. Ahora tendré que desbaratarlo.

—No Digna, no lo deshaga –le dijo Inma mirando a Jose con una complicidad caduca–. Guárdelo para la niña de Jose.

Jose vio como Eduardo actuaba como si no la hubiera oído, comentándole a su cuñado cualquier tontería, ni él sabía qué.

—Es mejor que lo deshagas, tía –aseguró ella–. Todavía no quiero ser mamá.

De nuevo se dio cuenta que Eduardo la escuchaba. Lo supo por la mirada breve que le dirigió desde una esquina de la habitación. Pero no le dijo nada, claro. Si antes se veía acosado por ella y por su deseo de maternidad, ahora, por mucho que le hubiese sorprendido su respuesta, pensaba que era mejor dejarlo correr y no preguntarse por qué su esposa había cambiado de opinión. Para una vez que los dos estaban de acuerdo...

La mirada que Inma le dirigió a Jose fue bastante más larga. Sin embargo, no era el momento de explicarle el motivo de su cambio tan brusco. Inma se contentó con expresarse con una interrogativa.

—Pero bueno, ¿qué te han hecho en Sevilla? –le preguntó requiriendo una respuesta que la ayudara a comprender.

Jose respondió con mayor brevedad, si cabe, y con la máxima claridad también. Y no le importó en absoluto aquellos que pudieran oírla. Dijo. «Feliz... En Sevilla me han hecho muy feliz. Por eso ya no necesito aditivos.»

Eduardo mantuvo su absurda conversación con Arturo. Unas sonoras risas interrumpieron la perplejidad de Inma, que desistió de la intención de entender a Jose en aquel momento. Después, le sonrió con la habitual serenidad de su rostro y de sus ojos cansados.

Jose desapareció del hospital relativamente pronto, aprovechando la espera en el pasillo, mientras una enfermera limpiaba la habitación. La tía Digna se lamentaba por tercera vez de que las habitaciones fueran tan pequeñas que los ramos de flores no cupieran en ellas. El pasillo estaba tan florido que, según su opinión, de por sí con tendencia a imaginar lo macabro, le recordaba a muerto. Jose pensó que la tía Digna debía haber especificado a qué clase de muerto se refería, si a los muertos vivientes, a los muertos de miedo, o simplemente a los muertos, muertos, esos que yacen bajo lápidas de mármol, como yacía su madre. Y la opinión le pareció terriblemente falsa. Porque a ella, las flores sólo podían recordarle a la primavera. Claveles blancos, rosas rojas, margaritas amarillas, jazmines azules y buganvillas rosas de Sevilla. No obstante, aquellos atisbos de alegría, entremezclados con la desidia de estar de nuevo en Madrid, le provocaban un penoso mal humor que luchaba por ocultar, con todos los medios a su alcance.

Ante la atónita mirada de su marido, le dijo a Arturo que ya no volverían a entrar a ver a Inma. Le rogó que se despidiera de ella en su lugar y que no abriera la caja de bombones que le había traído hasta que Inma pudiera comerlos. Después, se marchó seguida de un Eduardo escéptico que luchaba consigo mismo por demostrar desinterés.

— ¿No esperáis a Manolo? Dijo que vendría esta mañana –Arturo sabía del cariño de Jose por el hombre.

—Nos vamos. Dile que iré a verle un día de éstos –respondió.

No tenía ganas de verle. Era más que eso, no tenía fuerzas para verle todavía. Él, más que ninguno, notaría que algo había cambiado en ella, y no le apetecía explicarle nada. Además, no habría sabido cómo. Igual que no sabía si quería hacerlo. Ni siquiera había decidido si había algo que explicar a alguien o simplemente, algo que olvidar. Igual que no sabía como llamar a lo ocurrido. Y pensó que era una mala costumbre del ser humano, la de querer ponerle nombre a todas las cosas.

Había pasado el resto del día ansiosa de que cayera la noche para lanzarse sobre el diario y desahogarse por fin. Esperó a que los ronquidos de Eduardo se hicieran constantes y alcanzaran el ritmo adecuado. Ése era el momento en que el hombre se perdía dentro de su propio sueño. También era el momento en que ella comenzaba su acostumbrado ritual nocturno.

Entró en su despacho, aquella habitación que no estaba libre para un hijo, entornó la puerta para poder oír el cese del roncar de su marido, si se producía, se sentó ante el escritorio y probó a abrir el cajón sin utilizar la llave. Efectivamente, estaba abierto. Aquello quería decir que era posible que Eduardo lo hubiese leído, aunque no era probable. Su desinterés por todo lo relacionado con ella aumentaba con el tiempo.

De todos modos, sintió que la posibilidad ya no le preocupaba tanto como antes. No había, entre las páginas rosas, nada tan grave que él no pudiera leer. No, porque ninguno de los pensamientos y de las sensaciones que había escrito durante años eran tan terribles como los que iba a escribir ahora. Ni siquiera cuando escribió que le detestaba por culpa de los bocadillos de morcilla. No, nada podía compararse, porque nada era tan fuerte como lo ocurrido en Zahara.
Lo más brutal y acaso humillante era que no podía dejar de pensar en ella ni un instante desde entonces. Sólo hacía un día que se habían separado. Un día que se le hizo eterno. Y con sólo pensar en cuántos días más le esperaban como aquél, le hacía volverse loca. Porque sabía que no iba a volver a Sevilla en mucho tiempo. La Se¬mana Santa había terminado y la tía Digna se quedaría en su piso de Madrid el tiempo necesario para disfrutar de los primeros momentos de su primer y único sobrinonieto.

No había vuelta de hoja. Sus dos semanas de vacaciones habían acabado. O quizá no era así. Quizá lo peor era que las vacaciones continuaban eternamente en Madrid.

Eduardo se movió entre las sábanas. Tosió un par de veces y ya no volvió a roncar. Un hecho que, en circunstancias normales hubiese agradecido, pero que ahora le fastidiaba porque tenía que dejar de escribir, no fuera a levantarse.

Guardó el diario en el cajón. No echó la llave porque había olvidado cogerla. Pensó durante un instante desviando la mirada hacia cualquier lugar de la habitación, y casi pudo asegurar que estaría dentro de su bolso. No importaba, por la mañana cerraría el cajón del escritorio, quizá para siempre...

Aquél era el primer año que no se vestía, y es que los ánimos no estaban para vestirse de lunares. Había pasado casi un mes desde que Jose regresara a Madrid, y no tenía ganas de fingir alegría bajo un traje de faralaes. Su madre le hizo algún que otro reproche, ya que el traje estaba casi sin estrenar, y como le dijo sabiamente, para qué se lo había regalado si no. Además, Rosana siempre había disfrutado de la feria más que nadie. Aprovechando tanto el día como la noche. Y este año además, le iba a ser mucho más fácil tener algún día libre, ya que Amalia no se atrevía a negarle nada desde que recomenzaron su amistad. Pero este año, abril no despertaba en ella el impulso de vivir y de pasarlo bien que había sentido otros años, más bien le ocurría que la primavera le venía cargada de melancolía.

Se acercó una tarde a ver a su Triana, como siempre había hecho, dispuesta a hallar en ella el único refugio posible. Pero esta vez no encontró el consuelo esperado, y volvió a casa con la mente repleta de recuerdos de la Semana Santa que había pasado con Jose.

No obstante, tanto le había insistido su madre para que se pasara por la caseta, que se acercó el sábado por la noche. Allí bebió, comió y bailó sevillanas, pero se marchó más temprano que nunca porque no aguantaba verse rodeada de tanta alegría, cuando ella tenía el corazón tan triste, y también porque estaba harta de que en cada encuentro que tenía con su hermana Mariluz desde la boda, ésta la mirara como quien guarda en su interior un secreto que ansía desvelar al personal, pero que no encuentra el momento oportuno.

Rosana no tenía cuerpo para esos tejemanejes. Hacía tiempo que había analizado el asunto, y al fin, lo había asumido. Y aunque al principio se sintió muy perdida, ahora prefería no intentar controlar la situación, que era por sí misma incontrolable. Porque opinaba que nadie es capaz de controlar sus sentimientos, porque el amor era así, horrible y maravilloso al mismo tiempo, confuso también, ya que a veces se disfrazaba de deseo. Sólo había que esperar la ocasión en que se quitara el disfraz. Y eso, no ocurriría hasta que la volviese a ver.

Por esa razón, se decidió a llamarla. Telefoneó antes a la tía Digna para que le diera el número, y después, marcó. Durante unos segundos esperó con el corazón a cien, mientras escuchaba los pitidos de la llamada. Entonces saltó un contestador con una voz masculina que decía ser Eduardo Díez y, además, que aquélla era su casa. Que no estaba, y que si quería podía dejar un mensaje después de oír la señal, o bien, llamar más tarde.

La primera vez colgó en cuanto el hombre terminó de hablar, y estuvo unos instantes lamentándose en silencio del machismo patente de algunos hombres, que llegaban incluso a excluir el nombre de sus esposas, hasta del contestador automático. La segunda vez que llamó, dejó un mensaje para Jose, aunque sólo fuese para hacerle ver a aquel hombre que su esposa también tenía vida propia, y que además existía sin él.

Después, pasó el domingo en casa esperando oír el timbre del teléfono. Sonó muchas veces, como ocurría siempre, pero en ninguna de las llamadas halló a Jose al otro lado de la línea. Entonces su ansiedad fue calmándose poco a poco, al tiempo que el ronroneo de sus gatos sobre la falda la adormecían y caía en una modorra de domingo de plasteo como solía decir.

Era chocante ver a Inma con el pequeño. Se desenvolvía con una maestría que Jose nunca hubiese imaginado en ella. Por supuesto que ya había tenido tiempo de aprender lo que no supiera, pero era mucho más que eso. Era madre, y eso tenía que cambiar a las personas en algo.

—Creo que ser madre hace a las mujeres más sabias –le dijo admirando como el niño mamaba, ante la dulce sonrisa de su madre.

Inma la miró a ella, pero no dijo nada, como si esperase para hablar cuando terminara ese momento. Cuando el niño acabó, lo colocó en la cuna de barrotes dorados y encajes blancos y sólo entonces retomó la charla, mientras le balanceaba con suavidad.

— ¿Tú crees? –preguntó.

—Eso me parece. Si me hubieran dicho hace un año que te las ibas a arreglar así de bien con el bebé, no me lo hubiese creído.

Inma no apartó la sonrisa, pero tampoco le dijo ni una palabra. No hizo falta. Jose se dio cuenta ella sola que no debía haber dicho aquello.

—No quiero decir que tú no seas capaz de...

—Sé lo que has querido decir –la interrumpió– y no me importa. Yo tampoco lo hubiese creído hace un año. Pero ahora, ya me ves. He descubierto que sirvo para ser mamá. Aunque quizá sea lo único para lo que sirvo.

—Es suficiente –afirmó Jose queriéndolo arreglar.

—No, no lo es –Inma había abandonado la sonrisa. Ahora su ros¬tro se mostraba todavía más apacible, pero serio–. O mejor dicho, puede que sea suficiente para mí, pero hay mujeres que necesitan otras cosas.

Jose se sentó en la mecedora mientras manoseaba sin intención, un peluche amarillo e informe entre sus manos.

—Y no calmarán su sed, teniendo hijos –continuó–. Tener hijos está bien, pero no cuando se desea remendar la propia vida con ellos.

Jose la miró con extrañeza. Era raro escuchar a Inma hablar así. Ella que siempre había sido un cero a la izquierda en su vida, y pensaba que un hijo la haría ocupar un papel más importante. Ella también había cambiado en tan poco tiempo.

—Quiero decir que al principio, cuando te dan la noticia y aún cuan¬do viene al mundo, es maravilloso. Como decía mi madre, una los adora durante toda la vida y pierde la suya por la de ellos, pero al final, cuando van pasando los años te das cuenta que uno se rompe de nuevo y hay que volver a remendar.

—Algo así como un parche –Jose pensaba en voz alta.

—Algo así. Un hijo no debe ser un parche para tapar un agujero. Además, si hay un agujero es que algo no va bien.

—Mi vida está llena de agujeros –se sinceró mientras daba vueltas con sus manos al peluche amarillo. De repente, las lágrimas acudieron a sus ojos y la disformidad del peluche se hizo mayor ante su vista. Se mantuvo con la cabeza baja, sin querer alzar la mirada y continuó hablando–. Y lo peor, es que no sé como taparlos.

—Lo sé –Inma se acercó a ella– y la respuesta es que quizá no tengas que taparlos.

Las lágrimas cayeron entonces sobre sus manos y Jose se sintió avergonzada. Inma le alcanzó la caja de Cleenex y le quitó el peluche.

—Me vas a manchar esta preciosidad.

— ¿Qué es? –rió Jose.

—No tengo ni idea. Un monstruo supongo, como la mayoría. Fue el primer regalo de tu tía Digna. Esa también...

— ¿Hablas en serio? – insistió Jose volviendo a la conversación–. ¿De verdad crees que no tengo por qué taparlos?

Inma se le acercó de nuevo y cogió la mano derecha de Jose colocándola después sobre el corazón. Ésta sintió sus propios latidos mientras la escuchaba.

—Déjate llevar por éste y no por ésta –le señaló la cabeza con el dedo índice.

—Si supieras hacia dónde me lleva éste, no me dirías lo mismo.

—Sí te lo diría.

El niño se movió e Inma se acercó para balancear de nuevo la cuna.

—No, no lo harías –replicó Jose sintiéndose a punto de sincerarse con ella. Inma se le adelantó.

— ¿Has conocido a alguien en Sevilla, verdad?

— ¿Cómo lo sabes? –se sorprendió.

Inma sonreía de nuevo...

—Desde que soy madre, me he vuelto más sabia.

Jose sonrió también, pero enseguida el fuerte sentimiento de culpa que se había adueñado de ella desde su regreso, la asaltó robán¬dole aquel momento de mínima felicidad.

—No tanto como para saber de lo que te hablo. Tienes razón. He conocido a alguien, pero... ese alguien no es como los demás.

— ¡Aleluya! – exclamó su amiga–. ¡Por fin un hombre diferente!

A Jose se le cayó el alma a los pies. Cómo iba a explicarle a su mejor amiga que no se refería a ningún hombre. A ningún tipo de hombre, si es que existían variedades diferentes. Inma continuó hablando y aconsejándola desde su feliz ignorancia.

—No importa como sea, Jose. No importa si es feo o guapo, viejo o joven. Lo importante es que le quieras. No como quisiste a Eduardo, éramos demasiado jóvenes entonces.

—Pero Eduardo...

— ¡Por Dios, Jose, mírale! ¡Es... perfecto! Demasiado para que esa perfección sea real, ¿no te parece?, y demasiado idiota también porque, con todos sus defectos, está seguro de tener la perfección. ¿No te das cuenta? Además, si no tomas una decisión, le harás daño igualmente.

— ¡Y qué importa! ¿Si es tan idiota? –Jose volvió a sonreír.

— ¡No me hagas caso! –rió Inma–. Es idiota, es cierto, pero también lo es tu hermano y mírame, sigo casada con él.

—Me parece increíble que tú hables así de ellos. Arturo siempre fue para ti lo único importante...

—Ahora tengo algo mucho más importante –afirmó mirando a su hijo–. Vuelve a Sevilla, Jose. A ver qué pasa. Si no le vuelves a ver, nunca sabrás si te has enamorado en serio o se trata de una tontería.

—Pero Inma, es que tú no sabes...

—No me hace falta saber. Sólo con verte, me doy cuenta que en estos días allí, has sido más tú misma que nunca. Vuelve, y si decides que le quieres de verdad, no le pierdas. Ni aunque fuese como ese monstruo amarillo deberías perderlo jamás.

Se bebía un enorme vaso de agua en la cocina cuando Eduardo puso en funcionamiento el contestador, como solía decir tan egocéntrico y con su acusado instinto de propiedad, para escuchar sus mensajes. Fue entonces cuando Jose oyó aquel seseo estremecedor y le pareció que todo a su alrededor se paraba de repente. Únicamente fue capaz de reconocerla. Era ella, era su voz. Pero cuando acabó el mensaje, no podía recordar lo que había dicho. Corrió al despacho de Eduardo y le gritó con rapidez que lo pusiera de nuevo. Él rebobinó la cinta ante su repentina exigencia y sólo acertó a decir. «Pero date prisa, he de escuchar mis mensajes.»

Para una vez que alguien le dejaba uno a ella, quería escucharlo dos veces. Eduardo salió de la habitación y Jose ocupó su sillón sin darse cuenta de lo que estaba haciendo. Se estaba sentando en el trono de Eduardo, eso era casi un sacrilegio. Las palabras de su marido en el contestador se le hicieron excesivamente largas, mientras, el corazón se le quería escapar del pecho. Tampoco nunca antes Eduardo le había parecido tan estúpido y rogó al cielo para que acabara pronto aquella ridícula presentación.

Ocurrió, y entonces apareció ella y aquel acento sevillano y alegre. Y se llenó de primavera. Y al cerrar los ojos, pudo oler a jazmín, y el mundo se rodeó de un cálido color naranja.

No había en su mensaje una sola palabra que Eduardo no pudiera oír, pero Jose sabía leer entre líneas. Un tímido «llámame un día de éstos» y un «Sevilla está presiosa ahora, adornada para la feria», le bastaron. El monstruo amarillo no la había olvidado, y ése sería su alimento.

Eduardo entró en su despacho. Jose continuaba sentada en el sillón, y daba vueltas y vueltas como una niña. Se levantó al verle, pero no avergonzada como le hubiese ocurrido en circunstancias normales, sino feliz.

— ¿Qué te pasa? –se atrevió a preguntar, dejando al fin a un lado, su constante intención de fingir que nada que tuviera que ver con ella le importaba demasiado–. Estás muy rara desde que has vuelto.

— ¿Yo? ¡Qué va! –lo negó sin importarle un comino lo que él pensara de ella en aquel momento–. Estoy bien conmigo misma, que no es lo mismo. Lo que ocurre, es que no estás acostumbrado a verme como realmente soy.

Él asintió suponiendo que era una tonta. Jose salió del despacho con la indecisión como compañera. Ahora más que nunca, no tenía ni idea de lo que debía hacer.

Había ido hasta allí con la esperanza de poder llorar a gusto sobre su ancho hombro, como había hecho tantas veces. Ya estaba bastante liada su cabeza con el asunto de Rosana, aunque ahora era el único asunto que le preocupaba, encima tenía que aguantar verle callado, sentado frente a ella, removiendo el café con la cucharilla, sin que en su rostro se dibujara un sólo gesto.

¿Por qué actuaba así?, se preguntó todavía sorprendida. ¿No había sido él quien la había animado siempre a encontrarse a sí misma? ¿No era él quien le decía que pensara en ella e intentara encontrar su felicidad? ¿Qué había pasado entonces? ¿Por qué ahora no decía nada?

Hubiese preferido verle enfadado, irritado, hasta desconcertado. Hubiese querido que hiciera cualquier cosa, salvo remover tanto la cucharilla dentro del café antes de haberse echado el azúcar en la taza. Estuvo a punto de pedirle por favor que le hablara, que dijera algo aunque fuese poco. Pero se calló y continuó mirándole mientras esperaba una respuesta. Ya se daría cuenta de que no había nada que remover dentro, quizá cuando hubiese asimilado su última frase.

Tras el largo silencio, le oyó aclararse la garganta y le vio alzar la mirada hacia ella, entonces fue Jose quien comenzó a remover el azúcar dentro de su café.

—No lo entiendo –afirmó rotundo, sin ningún gesto que acompañara la tosquedad de sus palabras, ni que ayudara a Jose a saber qué había tras ellas–. ¡No lo entiendo! – repitió en un tono más alto–. ¡Es difícil creer que... bueno, es una mujer! ¡Pero tú no eres lesbiana, cariño!

Jose agradeció que Manolo le siguiera regalando aquel apelativo, después incluso de conocer su crimen.

—Eso creía yo...

— ¡No lo eres! –insistió.

Miró hacia otro lado y buscó un nuevo grupo de palabras en el aire...

—Estoy seguro de que a la hora de la verdad, no podrías...

—Ya ha llegado esa hora –se adelantó Jose después de tragar saliva.

— ¿Qué?

—Que ya ha llegado –repitió, tragando saliva de nuevo–. Me he acostado con ella.

Sabía que él era fuerte, por eso lo dijo así, de repente, sin consideración ninguna, porque estas cosas era mejor soltarlas de golpe y sin preocuparse de si el receptor estaba preparado para tragarlas. Bastante le había costado a ella decidirse a hablar con toda la sinceridad del mundo.

—Entonces, supongo que no hay más que hablar –él sonrió y ella vio en su sonrisa una pizca de irritación mal disimulada.

¿Que no había más que hablar? ¿Por qué? Ella había ido allí para eso. Quería saber qué opinaba él. Quería saber qué debía hacer. Estaba dispuesta a seguir al pie de la letra sus consejos, como había hecho siempre. Y se preguntó por qué le fallaba ahora, de esa manera tan facilona, y le inquirió. «¿Ya está? ¿Es que no vas a decirme nada?»

— ¿Y qué quieres que te diga? Lo que acabas de contarme, es tan increíble que...

— ¡Pero es cierto!

— ¡Lo sé! ¡Precisamente por eso! ¡Te has acostado con ella, y ya está! Dices que estás enamorada. Pues entonces, eres lesbiana, Jose. ¡Está claro, no! ¡Qué nuevo descubrimiento a tus treinta años!

— ¿Pero, y antes? ¡Antes no lo era!

— ¡No lo sé! ¡Serás bisexual! ¡Yo qué sé! –exclamó casi con desprecio.

Bisexual... aquella palabra le sonaba a ambientes exóticos y extraños, a ambientes de artistas y de bohemios, a ambientes nocturnos y a gente rara en general, nada que tuviera que ver con su vida y su normalidad.

—Yo no lo veo así.

— ¿Y cómo lo ves tú, Jose? Dime, si es que aún eres capaz de ver este asunto con algo de lógica.

— ¡Mucho más sencillo que todo eso! Son dos personas diferentes, no pienses en el sexo –le pidió rápida–. Primero, me enamoré de él, y ahora, me he enamorado de ella, nada más.

— ¿Así de simple?

—Así de sencillo –le corrigió– y así de fácil –por primera vez, lo veía fácil–. Sin adjetivos, sin nombres ni sobrenombres como lesbianismo u homosexualidad. Yo, Jose, estoy enamorada de una persona nueva, y ya está. ¿Qué importa si no es un hombre?

Manolo suspiró intentando comprender por última vez. Jose se dio cuenta entonces de algo que hasta ese momento, nunca había visto. Se dio cuenta de que él era demasiado mayor para entenderlo. Había sido educado con una larga lista de ejemplos y tipos humanos. ¿Cómo podía aceptar que las personas, lo son, antes de ser abogados o artistas, antes de ser padres y madres, o amigos, o novios, o amantes y amores de...? Personas y nada más. Así se sentía ahora, y eso era. Solamente una persona, ni hombre ni mujer.

Se terminó el café y se levantó. Cogió su bolso y se despidió de él con un tierno abrazo con el que le agradecía su existencia, y que no se hubiese muerto todavía, antes de hablar con ella por última vez.

Salió de la casa pensando que era posible que Manolo le hubiese fallado. Era posible que no hubiese respondido como ella esperaba, que no hubiese dicho las palabras apropiadas, o las que a ella le hubiese gustado escuchar, y sin embargo, estaba satisfecha y feliz. Era posible entonces, que ya no le necesitara...

XXIII

Pensó que Jose llegaba a Sevilla a la hora de dormir los perros. El calor a esas horas en la estación era sofocante. Miró su reloj, lo había hecho unas siete veces desde que esperaba... las 16:40... El tren llegaba a las 16:45, y no había retraso, el AVE nunca se retrasaba.

Se estiró la falda hacia abajo en un intento de alisar las posibles arrugas que tuviera la tela. Sí, deseaba que el tren se retrasara, quince minutos, media hora, y no porque no estuviera deseando verla, que lo deseaba con todo su ser, sino porque necesitaba respirar. Así de sen-cillo y así de necesario. Había ido directamente desde la perfumería a Santa Justa, sin tiempo ni para pintarse un poquito los labios.

¿Cómo vendría? ¿Qué le diría al verla? Desde abril que no la veía, y aunque habían hablado por teléfono infinidad de veces, no era lo mismo. Cuando Jose la llamó para decirle que al fin había decidido pasar unos días de vacaciones en Zahara de los Atunes con ella, le dio un vuelco el corazón. Era lo que había deseado que ocurriera desde que se lo propuso, pero ahora que era real, temía tantas cosas... No sabía cómo debía actuar o comportarse, cómo hacer para que aquellos días se desarrollaran con la naturalidad de lo que no ha sido planeado, aunque lo hubieran sido. Eran muy planeados, y muy soñados desde que Jose le dijo que lo intentaría. Por supuesto, Rosana tuvo que cambiar su mes de vacaciones, de agosto a julio. Pero nada de eso le importaba, hacía tiempo que había aprendido que las cosas hay que tomarlas como vienen, y que es mejor no planear. Por eso ahora, pensaba que era mejor dejarse llevar, y así, las cosas rodarían solas.

De nuevo miró su reloj, deseaba tenerla ya entre sus brazos con todas sus fuerzas, y besar su boca, casi con rabia, con toda el ansia de los dos meses de espera. Se estremeció al imaginarse abrazando aquel cuerpecito estrecho y deseó hundir los dedos entre la lisura de su cabello corto y suave.

— ¿Tú te crees que eso son partías? –le había dicho su madre al enterarse, por boca de la tía Digna, vía telefónica desde Madrid, que su prima Jose regresaba a Sevilla por tiempo indefinido, sin su compañía y sin utilizar su casa, directamente de la estación a casa de su hija Rosana. Y cuando después Rosana la informó de que pensaban ocupar la casa de Zahara de los Atunes, en el mes de julio, en lugar de en agosto, que era cuando todos marchaban para la playa a disfrutar de las vacaciones. «¿Y a qué viene otra vez, si acaba de irse?», preguntó su madre como si ella pudiera contestarle, como si fuera tan sencillo saber cuál era la respuesta apropiada, tras haberle dicho que se iba en julio porque así podían estar las dos solas y disfrutar mucho más que cuando en agosto la casa se llenara de gente. «Viene para estar conmigo», le habría dicho con todo el gusto del mundo, pero no podía, aún no. Además, Mariluz habría rematado la faena contando lo que vio, si es que vio alguna cosa, porque a ella todavía no le había dicho que hubiese visto nada.

Lo vio llegar al fin, el tren se arrastró por la vía hasta el interior de la estación. Decidió no bajar aún por las escaleras mecánicas, prefirió esperar un poco más ahí arriba, desde donde aún se sentía a salvo, aunque el estómago no dejara de bailarle. Pasaron unos minutos hasta que vio a Jose. Miraba hacia arriba, ella se echó hacia atrás, no quería que su prima la viera aún. Le pareció preciosa, más aún con aquella minifalda, era la primera vez que la veía sin pantalones, y le agradó comprobar que mantenía su elegancia innata entremezclada con su aspecto desenfadado.

La vio arrastrar la maleta hasta la cola de los carritos. Rosana tenía tiempo de bajar por la escalera y sorprenderla desde atrás con los brazos abiertos y una amplia sonrisa. Qué lástima que había olvidado retocarse los labios. De nuevo estiró la falda hacia abajo y ajustó el asa del bolso sobre el hombro, se mojó los labios e intentó parecer serena antes de empezar a bajar. Entonces se dijo que en cuanto la tuviera cerca, la abrazaría tan fuerte que le diera la impresión de que Jose, se metía de repente dentro de su cuerpo. Y después pensó que ya nunca dejaría que volviera a salir.

Hay ocasiones en las que lo más emocionante de nuestras vidas es que se desborde el café con hielo sobre el mantel, por el cambio brusco de calor a frío. Otras, sin embargo, tenemos tantas emociones guardadas, que tememos que lo que se desborde sea nuestro interior. Para Jose era así, su pecho se encontraba en una apretura continua, como si el corazón pretendiera escapársele por entre las tetas, o así lo explicaba dentro de su mente cuando lo sentía.

No se encontraba segura dentro de aquella minifalda, pero hacía tantísimo calor en Madrid, y Rosana le había dicho que era lo mismo en Sevilla, sólo que con humedad, que siempre es peor. Entonces, ¿por qué pensaba que quizá iba vestida demasiado femenina?

¿Acaso era ella la que hacía de hombre?, como habría preguntado la tía Digna si supiera lo más mínimo de aquella historia. Deshechó la idea cuando se miró las piernas cruzadas sobre el asiento. Eran bonitas. ¿Cómo no se había dado cuenta antes? Podía ser que el amor hiciera bellas a las personas. Y podía ser también, que el desamor las volviera terriblemente feas de repente.

Ella se sentía dueña de las dos cosas. Y el desamor que sentía por Eduardo era aún mayor que el amor por Rosana. Y le parecía que él, como mucha otra gente, estaba relleno por dentro de vacío. Y en algún programa de televisión excesivamente culto para su naturaleza, de esos que veía a veces para no saturarse de banalidades del corazón y concursos absurdos y chorras, había escuchado una palabra que le definía completamente, porque Eduardo era eso, adiabático, como el estado de los cuerpos que ni comunican ni reciben calor.

Rosana, su Rosana, era totalmente lo contrario. Con sólo pensar en ella, las orejas de Jose se encendían igual que cuando bebía vino. Así se sintió al bajar del tren, mientras aguardaba en la cola de los carritos y se temía observada. Miró a su alrededor pero no la vio. Su estómago era un embrollo de nervios tensados. No le apetecía ser sorprendida, prefería hallar a Rosana entre la marea de gente en la escalera mecánica, y esperar tranquilamente, si no era mucho decir, sin adelantar ni un ápice sus movimientos. Quería levantar la mano y sonreír en el momento justo. Quería pronunciar un saludo adecuado cuando correspondiera. Quería dejar el carrito con su ma¬leta y abrazarla en el mismo instante en el que Rosana le pidiera su abrazo, y no antes, no fuera que la obligara a expresar algo que no sentía. Pero después pensó, ¿por qué tanta preocupación? ¿Por qué no hacía simplemente lo que le apetecía? ¿Por qué siempre tenía que actuar con miedo? Porque lo tenía. Ésa era la mejor respuesta. Cuánto le hubiera gustado ser como ella, con ese aspecto de saber siempre adónde iba, qué bien le venía aquella frase anónima que había leído no sabía dónde ni cuándo «El mundo se aparta ante un hombre que sabe donde va», sólo había que cambiar la palabra hombre por la palabra mujer, así el anónimo podía haber sido hembra, y qué pena entonces que fuera anónimo alguien que dijo algo tan bien dicho.

De repente, la vio en la escalera, con la mano derecha, apoyada sobre el pasamanos esperando llegar a su destino. Seria, encantadora, con su pelo rojo y rizado adornándola por entero, con toda su vitalidad sorprendiéndola, con sus piernas largas bajo la falda que acababa en las rodillas, su camisa blanca de manga corta y su bolso de rafia encajado sobre el hombro. Abandonó la escalera con paso delicado y se acercó hacia ella despacio, con una gran sonrisa dibujada en su boca. Jose quería correr a abrazarla, pero Rosana no parecía desearlo de la misma forma. Se contuvo, y al fin, la tuvo tan cerca que le dio dos besos en la cara de repente, y Jose pudo emitir un estúpido. «Hola, ¿qué tal?», mientras se dejaba besar por ella en plan totalmente familiar y desapasionado.

— ¿Qué tal el viaje? –preguntó Rosana con educación.

— ¡Estupendo! Ya sabes, este tren es una maravilla –respondió Jose.

— ¿Te ayudo? –se ofreció Rosana al verla empujar el carrito.

—No, gracias, puedo yo –negó Jose.

—Pues entonses, vamos –sugirió Rosana.

—Vamos –aceptó Jose.

Pensaba que era feliz. Por fin lo pensaba después de tanto tiempo de no pensarlo, si es que lo había pensado alguna vez, y si había sido así, ya no lo recordaba. Y tras la felicidad, el miedo desaparecía, y se sentía capaz de todo. Sentada en la silla del tocador de bambú, que era el lugar más lejano a la cama, dentro de aquella amplia habitación de matrimonio de los padres de Rosana, se preguntó mientras la observaba, si esa sensación de maravilloso alivio y de hinchamiento del pecho y de las ideas, esa sensación de creer al fin que la vida tenía un sentido, era estar enamorada. La sensación que la inundaba por dentro y lo dulcificaba todo por fuera. Rosana no dormía, como Jose hubiera querido que fuera para así poder seguir observándola el tiempo que quisiera. Temía que rompiera sus pensamientos con una pregunta, como, qué miras, o qué piensas, o cualquiera de esas cuestiones que nunca sabía nadie cómo contestar, excepto con un nada ridículo pero que venía muy a cuento para no desvelar los pensamientos.

Miró por la ventana un instante, la larga playa de Zahara se exten¬día con su arena amarilla y aquel color añil de mar. Un mar inmóvil en el amanecer, quieto como el cuerpo de Rosana. Desnuda sobre la cama blanca, quieta, callada, con una pierna bajo la sábana engurruñida y la otra encima, sus dos manos juntas pegadas a la sien, la cabeza que descansaba sobre el carrillo izquierdo. Los brazos, delgados como toda ella, tapaban sus pechos y su espalda con la columna bien marcada y unas pequeñas pecas sobre los hombros. La piel blanca que minutos antes había besado tantas y tantas veces, como si no fuera a cansarse nunca de hacerlo, como si ninguno de sus besos saciara al anterior, y tuvo que forzarse a sí misma para frenar a sus labios. Aquellos labios que al principio se habían hallado incómodos al degustar el sabor pastoso del carmín rojo de la boca que besaba, unido al sabor de su propia boca. Al principio, le resultó desagradable, por esa razón besó los labios de Rosana tan fuertemente y los mordisqueó con sus dientes, para quitar el carmín pegajoso, porque intuía que tras el desagrado al besar aquellos labios femeninos, se ocultaba un placer enorme. Después dudó, sin saber aún si podía continuar a pesar del deseo, y cerró los ojos para evitar la visión de los pechos voluptuosos, porque la costumbre le hacía esperar un pecho plano y velludo, pero le ocurrió que sus propios pezones rozaron los de Rosana y no sólo la vio a ella, sino que además se descubrió a sí misma, y se vio bella, y el deseo aumentó incomprensible y repentinamente, y se sintió poderosa.

Lo demás fue extrañamente fácil, con la tranquilidad de conocer aquel cuerpo, hecho de la misma forma que el suyo, se vio regalando tanto placer a Rosana que su gozo aumentaba segundo a segundo. Y todos sus besos y todas sus caricias le eran devueltas al instante, y el sentimiento de amor que le llenaba el pecho era compartido. Lo mejor, era saberse correspondida.

Por eso se despertó al amanecer, porque necesitaba darse cuenta. Necesitaba apreciar el placer que le producía amar a Rosana. Ella la miraba desde la cama con una sonrisa eternizada. Jose agradeció que no hiciera nada más, que no hablara, y se prometió a sí misma que jamás volvería a olvidarse de lo que era importante. Aquello lo era, la felicidad era un instante de paz, de sonrisa inevitable, de mar y de bucles rojos. No, desde sí misma se prohibió olvidar lo realmente importante.

XXIV

¿Realmente deseaba lo que le había pedido a Jose? Ni siquiera se había parado a pensar en ello tranquilamente. Todo había ocurrido demasiado deprisa. Ahora pensaba que quizá ella tampoco lo deseaba. Un cambio en su vida tan radical como ése, había que pensarlo con serenidad. Su familia, su madre y sus hermanas, sus amigos, o mejor dicho, sus amistades, su jefe y Amalia en el trabajo, Mel y todos sus amantes antiguos, y en Sevilla, una ciudad tan moralmente pequeña. Podía encontrarse a cualquiera, en cualquier bar o chiringo de los que conocía, en la feria de Abril o en la Madrugá del año que viene, en Triana, en el Salvador, en el parque, en la calle Sierpes o en Tetuán, en Plaza Nueva, en el autobús, en la escuela, si es que algún día volvía a pisar la escuela con sus tacones. Cómo iban a salir las dos solas, todos lo tíos pensarían que iban de ligue. Irían a tomar unos vinos y una pringaíta, y allí estarían de repente, los moscones peripuestos, en la típica pose de entrar a matar con el estoque bien preparado y por delante de la inteligencia, o de los sentimientos, que algunos parecían que no tenían ni lo uno ni lo otro. Y ellas, tendrían que aguantar la plática por miedo al qué dirán, por no decir que no iban de ligue, que no necesitaban a un gallito cacareando como ellos, porque ya tenían pareja. Que se tenían a sí mismas, y una a la otra también. Que se querían, como nunca antes habían querido a nadie y que eran plenamente felices cuando nadie las miraba. Y que serían felices para siempre cuando hallasen un lugar en el mundo donde poder vivir su amor, sin preguntarse a quién estaban haciendo daño, ni quién sería el próximo que les hiciera daño a ellas.

Rosana pensaba que ese lugar debía existir en algún punto del planeta, y que solamente necesitaba encontrarlo. Claro que podía pasarse la vida buscándolo y mientras lo hacía, le daría a Jose todo ese tiempo que tanto pedía y que quizá era verdad que necesitara. Al fin y al cabo, ella tenía un marido con el que romper. Aunque no tenía nada más, porque su hermano, ¿qué hermano? Y además en Madrid, la cosa debía ser diferente. Rosana suponía que allí la gente era mucho más abierta y tolerante con temas como éste. Quizá Madrid era el lugar, pero Rosana ni se había planteado si podía o si quería vivir allí…Con lo alegra y preciosa que era su sevilla…Con lo poquitos que eran allí en comparación a la masa humana de la capital. No, ¿allí qué iba a ser? ¿Un número más como lo eran todos? No, suponía que para aceptar algo tan tremendamente humillante había que haber sido educada así desde la infancia, y no como le había ocurrido a ella, que siempre había sido el centro de casi cualquier atención.

¿Y por qué no había pensado y repensado todo esto, antes de pronunciar aquella atrevida pregunta? Ahora podía comprender un poco mejor la respuesta de Jose. Quizá su prima era mucho más sincera. Pero qué mal se sintió cuando la vio negar con la cabeza y reconocer que tenía miedo, tan rápidamente, que Rosana no supo cómo debía reaccionar.

—Miedo, ¿de qué? –le preguntó. Como si no lo supiera. Y Jose le contestó con una de esas respuestas tontas que pululan por el aire que respiramos. Una de esas que sobrevuelan nuestro espacio más cercano, y de las que todos echamos mano cuando no sabemos qué decir y preferimos no decir absolutamente nada.

Pues eso, nada. Eso le dijo a pesar de que eran muchas las cosas que según comentó después «no sabría enumerarte ahora mismo».

¿Y por qué no?, se preguntó ella. Rosana sí sabía decirle la cantidad de razones que tenía para pedirle que olvidara para siempre aquella pretenciosa pregunta. Y sin embargo, sólo fue capaz de sentir dolor, un intenso dolor que le ocupaba todo el cuerpo, y miedo también, miedo de que aquella charla fuese el final de la historia, y punto, como decía Jose cuando estaba cabreada, y punto, en boca, claro está.

Sin embargo, en ese momento todo le parecía probable. Nada, salvo la muerte, era imposible para ella. Lucharía contra cualquiera que se atreviera a dar una sola opinión. Dejaría lo que hiciera falta dejar, su trabajo en la perfumería, la escuela de arte, a la que sabía que algún día regresaría para acabar el curso, porque ella no se quedaba a gusto si no acababa lo que tenía en mente, y había tenido en mente toda su vida la idea de ser pintora. Habría cambiado su vida, habría dejado a sus amigos, a su familia, incluso a su Sevilla que era lo que más dolor le causaba abandonar. Y todo, por ella. Sólo por ella. En aquel instante, y llevada por la pasión y la angustia de perderla, se sintió capaz de darlo todo, a cambio de nada.

Nada era lo que le estaba ofreciendo a Rosana, lo sabía. Pero, ¿qué otra cosa podía ofrecerle? Primero, arreglaría su vida, y después ya veríamos. O quizá, antes de empezar siquiera a arreglarla, tenía que convencerse de que la iba a arreglar. Porque de eso sí se daba cuenta, de que su vida, tal y como era en el presente, no le gustaba en absoluto. Esa casa vacía de siete a nueve, le provocaba náuseas y uno de sus casi olvidados ataques de ansiedad. ¿Por qué tenía que ser así?, se preguntó. ¿Por qué la vida era a veces tan difícil?

Claro que siempre podía cambiar, ¿no? Si hacía algo para que ese milagro se produjera, por supuesto. ¿O pensaba que le iba a tocar la lotería sin echar décimo, como el del chiste? Aunque siempre que se lo habían contado, pues era un chiste de los más usados en aquel mundo de desesperación y envidia, se respondía a sí misma que el verdadero milagro hubiera sido que le tocara la lotería sin más, con décimo o sin él. Pues eso hubiera querido ella ahora, un milagro sin décimo, y ya está. La solución envuelta en papel de regalo y por correo certificado, entregada en mano a ser posible. Vamos, que no esperaba un milagro de ese Dios al que por unos días, los últimos que pasó con Rosana, no había necesitado, sino que esperaba todos los milagros del mundo para ella sola y para su amor. Se sentía como si hubiese plantado sus pensamientos y deseos más íntimos en una maceta, y los hubiera regado con días y detalles, y los hubiera dejado al sol y al aire para que el tiempo los convirtiera en sueños. Y ahora, parecía pretender lo mismo esperando que la vida los hiciera realidad.

Había oído de la boca de alguien, que lo que se desea se ha de provocar. Jose nunca había provocado nada en su vida, ni el más mínimo hecho u ocurrencia. Y así pensaba continuar, al parecer, porque no estaba segura de nada, excepto de que necesitaba tiempo, todo el del mundo, cuanto más mejor. Si quería acabar viviendo en Sevilla con Rosana, primero tenía que esperar a que ocurriera el milagro que lo hiciera posible.

Sentía que el miedo la desbordaba, o mejor dicho, ella era el miedo con patas en aquellos momentos. Desde que regresó de las vacaciones, desde que se diera cuenta de una vez por todas que su vida no le gustaba, y que la que le gustaba dependía del azar. Y a pesar de que sabía que, según las estadísticas, los milagros de amor eran concedidos en menor medida que otros aparentemente más difíciles, pidió uno mirando al techo como si el cielo estuviese allí.

XXV

A ningún hombre le gustaban las sorpresas. Ahora lo tenía claro. Al menos, Eduardo le acababa de demostrar que a él no le hacían ninguna gracia. « ¡Ni pizca!», había dicho emulando los hablares de la tía Digna, cuando Jose le preguntó estúpidamente, que si la entendía. En realidad, aquel «¿entiendes?» no había sido una pregunta, más bien era una súplica, o quizá un simple anzuelo con forma de por si acaso, por si alguna vez resultaba que Eduardo era capaz de comprenderla en algo. Ahora, Jose sabía que nunca lo había hecho y si no la había entendido cuando le había pedido desesperadamente un hijo con el que llenar el vacío de su vida, menos podría entenderla ahora que le estaba explicando las razones que la habían llevado a enamorarse de una mujer. Si es que existían razones por las que las personas se enamoraran unas de otras.

Al principio, hubiera deseado que él tuviera, para rematar su mucha perfección, un poder de visionario o de telepatía y le adivinara el pensamiento, así ella no tendría que pasar por el trago de decirle que amaba a Rosana, que además de mujer era prima, y aunque política, aquel parentesco aumentaba el problema. Deseó, en lo más profundo de su corazón, que Eduardo fuera vidente. Pero tras superar aquellos amargos minutos y tras dos o tres tragos del vaso de whisky que ahora descansaba sobre la mesita del salón, sintió que era hora de pasar al plan B.

Aunque no dijo nada, supo por su expresión mal disimulada, que Eduardo se sorprendió al verla servirse ella también un whisky, e intuía que lo que iba a decirle tenía que ser duro de expresar. Jose por su parte, sabía que había cosas en la vida que necesitaban de un refuerzo alcohólico para poder hablarse.

El salón de la tía Digna se mantenía en la penumbra del atardecer, sobre todo desde que ella se marchara a la residencia y ocupara ella sola la casa. Ya no estaba segura de si heredaría aquel apartamento, como tantas veces le había dicho su tía que ocurriría tras su marcha. Habría estado bien tener su propia casa en Sevilla. Habría sido un maravilloso comienzo y una poderosa razón para abandonar Madrid de una puñetera vez. Pero ya no sería posible tras la explosión del bombazo que al fin había lanzado su prima Mariluz, sobre lo que vio la mañana de su boda en el apartamento de Zahara, que no hacía sino explicar los orígenes de la relación, ahora imposible de ocultar, entre Rosana y Jose.

Había sido un escándalo, sí, como la canción de Rafael. Con su griterío familiar y todo, tras meses de sospechas contenidas y evitadas en las mentes familiares. En Sevilla, la madre y las hermanas de Rosana pusieron el grito en el cielo. « ¡Qué va a desir la gente!», por supuesto, aquello era lo más importante. La gente, como eje primordial alrededor del que basar las decisiones personales o no. La gente importaba mucho más que los sentimientos de una hija perdida, que ya no se conformaba con probar los estambres de las flores, sino que ahora además, probaba la corola, para desgracia de su madre, y también de su padre que aunque rígido frente al televisor, había llegado a sus oídos la terrible idea de que su hija querida se acostaba con una prima de Madrid, que para colmo de males, estaba casada con un burgués burgalés al que tuvo cerca una vez y del que sólo recordaba el olor a morcilla que desprendía el bocadillo que engullía entre sus dientes.

Y como aquella ciudad preciosa era más pequeña de lo que parecía, el rumor llegó también a los oídos de Amalia que no se conformó con la satisfacción de saberlo, sino que se lo contó a Mel, con detalles añadidos y expresiones mal sonantes. Mel se sintió herido en su orgullo masculino por el hecho de que el amante inmediato de su ex, tras su desaparición, fuera una mujer, y tuvo la desfachatez y la malsana curiosidad de preguntarle a Rosana directamente. Ésta, por supuesto, no le contestó, que ya había sufrido bastantes preguntas en tan poco tiempo. Y Mel pensó que quien calla, otorga, y aquello provocó además, que Rosana dejara para siempre de ir a sus clases de pintura, y por el momento, también significó que dejara de pintar.

Para Jose, también había sido difícil en Madrid. Toda la comprensión que meses antes Inma le había demostrado, se había transformado en una gran falta de entendimiento basada en todos los prejuicios del mundo. De comprensión bienintencionada a incomprensión total en un instante, y todo por una diferencia de sexo. ¡Qué cimientos tan débiles tenían algunos en el interior de su cerebro!, pensaba Jose. Y como era de esperar, su hermano Arturo se rasgó las vestiduras elevando al cielo un grito de terror ante la nueva situación. Desde entonces, cada vez que la veía, Jose tenía que soportar sobre su piel extremadamente sensible a las miradas en aquel momento, la mirada de asco que su hermano le dirigía cuando en realidad lo que sentía ante el lesbianismo era miedo. Miedo de que las mujeres descubrieran que la felicidad verdadera también era posible sin los hombres, y que no sólo dependía de aquella cosa que ellos llevaban colgando. Claro que, aquellos temores caóticos le asaltaban a Arturo porque en realidad no era un hombre. Al menos para Jose no lo era, pero tampoco podía asegurarlo, porque nunca había conocido a ninguno.

Las reacciones de unos y otros estaban unidas por el puente telefónico, y por las idas y venidas de Madrid a Sevilla y de Sevilla a Madrid de la tía Digna, que al principio no se lo quiso ni creer, y que días después, echaba una promesa al Cristo de Medinacelli y a Nuestro Padre Jesús del Gran Poder para que devolviera la cordura y el juicio a sus dos sobrinas antes de que deshonraran el buen nombre de la familia, sobre todo de la de Sevilla que era la que provocaba mayores daños por ser una ciudad de provincias en la que tanto el tamaño como los lazos familiares eran más estrechos. Y al mismo tiempo, dio gracias al Santísimo, porque se había llevado a su hermana antes de que pudiera ver a su única hija pecando contra natura y contra el cielo, Dios todopoderoso, Padre mío, nuestro Señor del Gran Poder...

Eduardo volvió a levantarse. Agitó su vaso y los hielos chocaron unos contra otros nadando en el whisky. Bebió un trago rápido y salió a la terraza. Viéndole de espaldas, Jose no supo cómo debía sentirse, ni tampoco cómo se sentía. Definitivamente, a Eduardo no le gustaban las sorpresas. Pero, ¿y a ella? ¿Le gustaba a ella acaso darse cuenta de nuevo de su desprecio? Él seguía allí. Sí, su cuerpo se mantenía erguido en la terraza, pero ¿dónde narices estaba su alma? Dudó de si la tenía siquiera, un alma que le dictara las palabras que ella hubiera deseado oír de su boca. Un te quiero, dicho desde el corazón, un no me dejes porque me he dado cuenta de que la vida sin ti no significa nada. Con una frase como esa la habría vuelto a comprar para unos cuantos años más, quizá para siempre. Y no porque aún le amara, sino porque le había amado, y porque no había nada más perfecto que continuar amando al primer amor durante toda la vida. Sin cambios, sin novedades, con calma como a ella le gustaba, con serenidad, como le hubiera gustado.

En lugar de todo aquello, Eduardo se dio la vuelta y volvió a entrar en el salón, sosteniendo aún en su mano el vaso de whisky, con la altivez que proporciona la seguridad en uno mismo, expresada en cada uno de sus movimientos lentos y tranquilos. Se sentó a su lado y mantuvo el vaso entre las manos. Miró a Jose, volvió a mirar el vaso rodeado por sus dedos. Jose también miró sus manos. Aquellas manos que siempre había adorado, más que a Eduardo mismo, y ahora las miraba con una pizca de extrañeza, aquellos dedos de uñas cortas y transparentes, sin esmalte rojo que las adornaran, le parecieron dedos abandonados, dedos sin cuidar y sin querer. Todo había cambiado. Miró a Eduardo directamente a los ojos. Ya no veía aquel halo rojo que en los últimos tiempos le había rodeado el rostro. Ahora no había ningún color, o al menos Jose ya no era capaz de percibirlo.

—Bueno –exclamó instantes antes de dejar el vaso sobre la mesa–. No importa –continuó aclarándose la garganta y asintiendo con la cabeza como si quisiera convencerse a sí mismo, antes de hablar, de lo que iba a decir–. Tú eres mi mujer todavía, y al fin y al cabo, esto no puede considerarse una infidelidad.

Jose halló en aquellas palabras una ignorancia buscada. Comprendió, en décimas de segundo, que para su marido la relación con Rosana no podía considerarse una puesta de cuernos como tal. No, donde no había nada que meter. Así de primitivo y así de vulgar. Para Eduardo, hacer el amor era como conectar un enchufe. Sin que importaran los sentimientos, los besos, los abrazos, los sueños, las caricias, las palabras y la energía compartida entre dos personas que sospechaban amarse. Claro, él era un hombre, y entre sus piernas llevaba su carnet de identidad, igual que ella, igual que todos los seres humanos y animales. Y el corazón, estaba colocado tan arriba que carecía de importancia la dirección en la que se oyeran sus latidos.

Jose cogió las manos de Eduardo entre las suyas, apenas pudo cubrir unos centímetros de ellas, y lo hizo porque sentía lástima de él, porque le ponía muy triste de repente contemplar a un ser que nunca había amado y que probablemente nunca amaría, y para ella, aunque tan sólo en aquel instante, nada podía saber de lo que pensaría después, el amor era lo más digno de vivir en este mundo, y la mejor manera de utilizar el tiempo que le daban a uno mientras esperaba a que llegara la muerte. Pobre Eduardo, pensó, cuánta alegría e ilusión se había perdido. Pero dichoso también, cuánto dolor era capaz de ahorrarse.

—He hecho el amor con ella –se oyó decir.

Se sentía obligada a explicarlo, su moral se lo exigía, tanto si le dejaba como si regresaba con él a Madrid, Eduardo tenía que saber la verdad. Él no la miraba, para qué, no la había entendido de todas formas. Sonrió, y lo hizo con una media sonrisa cargada de ironía y con una respuesta muda tras sus labios callados.

—Lo he hecho con ella, ¿entiendes? Y no sólo una vez...

Jose se esforzó, insistiendo en la más que estúpida utopía de intentar que Eduardo la comprendiera. Él la miró de nuevo, y como no supo qué decir, movió la cabeza a ambos lados, negando con resignación no sabía el qué. Apartó las manos de entre las de ella, tan pequeñas e incapaces de sujetar un corazón. Hizo ademán de levantarse y de repente, un segundo antes de hacerlo, le preguntó. « ¿Todavía quieres tener un hijo?...»

Ni siquiera le vio marcharse. Escuchó, entre la nube oscura que la rodeaba, que se iba porque necesitaba tomar el aire, y al momento se supo sola. Sola en aquella casa, en aquel salón repleto de recuerdos de la tía Digna. Eso era lo único que de verdad deseaba conseguir. Que cuando se convirtiera en una viejecita encorvada y feliz porque ya no hubiese tiempo para decidir nada, quería tener un corazón cargado de recuerdos, de buenos recuerdos.

Se levantó, salió a la terraza y miró a la calle, después miró su reloj, las ocho y media, era la hora a la que Rosana normalmente volvía del trabajo. Y allí estaba el autobús, llegando como casi todos los días con unos minutos de retraso. Lo vio parar en la plaza, junto a la fuente, donde Eduardo fumaba a solas un cigarrillo y daba cortos paseos imbuido dentro de sí mismo. Las puertas se abrieron con su singular chasquido y Rosana bajó la primera, con sus altos tacones pisó el suelo de la plaza. Estaba muy guapa, y muy sexy también, porque ella era así, sólo por eso. Jose esperó a que mirase hacia la terraza como hacía todas las tardes desde que se mudara a casa de la tía Digna, mientras esperaban a que pasara el chaparrón que Mariluz había comenzado, no fueran a decir que les importaba tan poco el dolor causado en aquella familia que incluso seguían viviendo juntas, y en pecado además. Esperó, y cuando creía que Rosana iba a mirar arriba, algo distrajo su atención. Jose pudo ver el malestar reflejado en su rostro. Supo entonces, porque la conocía, que el murmullo que ella escuchó desde la terraza y que no logró entender, era una frase que sin duda había dañado su sensibilidad de mujer repentinamente. Quizá un piropo vulgar, quizá un comentario obsceno y un tanto arriesgado sobre los deseos de actuar de aquel hombre que con un cigarrillo entre sus dedos desnudos, la asaltaba con sus ojos vehementes y el cuerpo adelantado, para casi tocarla cuando Rosana pasara por su lado.

Ésta se olvidó de mirar a la terraza aquella tarde. Jose recordó con dolor que Eduardo era un hombre, y aprendió, tras haberle visto mostrar su verdadera naturaleza insensible frente a ella, junto a aquella fuente, que poco le importaban los sentimientos de su esposa, los sentimientos de nadie, porque él no los tenía, ni los tendría jamás. Y aprendió también que a los hombres no hay que intentar entenderles, porque una mujer podría volverse loca en el intento. No podía dejar de preguntarse qué habría pensado su madre sobre ella. Si la habría entendido de estar viva, si la estaría entendiendo allí donde estuviera y como quiera que estuviera, viva o muerta, porque según algunos, cuando se está muerto es cuando realmente se está vivo y cuando se está vivo, no se sabe como se está. Ahora ella se sentía agujereada por dentro, como si le hubieran arrancado un trozo de su ser, de golpe y sin quererlo.

Había vuelto de dejar a la tía Digna en la residencia, allí era donde la mujer había decidido terminar de gastar sus horas, entre paseos acompañados de su bastón, cortas charlas con alguna compañera ya que a la tía Digna le gustaba mucho ser sociable, alguna que otra dormidera frente a la tele, y alguna que otra ida y venida al país de los recuerdos privados con la mirada perdida y una sonrisa adelantada. Antes habían estado viendo al Gran Poder. La tía Digna había querido ir para agradecerle personalmente el haberle cumplido una promesa que por supuesto no reveló, que para eso era privada, y que según había dicho le había cumplido enseguida porque el Señor sabía lo que ella sola había intuido, que no le debía quedar mucho tiempo de estancia en este mundo ni en su querida Sevilla, y ni estaba segura de si le daría tiempo de ir a Madrid para agradecerle la misma cosa al Cristo de Medinaceli, que también se lo había concedido.

Jose pasó el rato en la iglesia, frente al Cristo, recordando que allí había sido la primera vez que vio la melena roja de Rosana que ahora echaba tanto de menos, y recordando también que ese mismo día le había pedido a Dios un hijo. Ahora regresaba a Madrid con la seguridad de que Eduardo no se oponía a que ella se quedara embarazada. Sin embargo, no se sentía feliz. Pero sabía que un hijo era lo que siempre había querido y sospechaba también que sería la solución a todos sus problemas actuales.

Pero ahora, mientras su cuerpo pequeño se apretujaba entre los brazos fuertes y torpes de Trini, el agujero por el que le habían sacado de cuajo gran parte de sí misma, le parecía mucho más grande y doloroso. Y descubrió que los agujeros duelen, a pesar de estar compuestos de nada, y la nada también duele, digan lo que digan los vacíos de corazón, sobre todo cuando uno recuerda un todo anterior.

Cuando ya había comenzado a toser, Trini la soltó para cargar con su maleta escaleras abajo como cuando la recibiera el día que la conoció. En la plaza, un taxi les esperaba con el motor encendido y el maletero abierto. Mientras Eduardo cargaba la maleta de Jose, ésta se volvió hacia Trini de nuevo que le entregaba un regalo envuelto en papel rosa chicle y con un lazo dorado. Jose pensó que serían pasteles, el paquete tenía toda la pinta de haber sido envuelto en una pastelería. Iba a abrirlo pero Trini se lo impidió señalando a Eduardo que desde el interior del taxi, la esperaba con cara de impaciencia.

Jose sabía que la vecina conocía toda su historia. Sabía que su sensibilidad oculta tras su tara, le hacía conocer la calidad del sufrimiento por el que ella estaba pasando. La miró por última vez esperando oírla decir una palabra, verla hacer un gesto, algo que sosegara aquella falta en tan amargo momento. Trini no dijo nada, le frotó los hombros con las manos y con rapidez, y después exclamó «Se me hase tarde para la compra».

La comprendió. Trini prefería regresar a su vida de antes, donde no había lágrimas ni tampoco despedidas. La besó en la mejilla y entró en el taxi. En el trayecto a Santa Justa, Jose abrió el paquete. Eran tres tristes pinzas de plástico para el pelo, de esas de las tiendas de todo a sesenta céntimos. Una era azul, otra rosa, y otra de un tímido naranja. No pudo evitar una sonrisa al descubrirlas, incluso Eduardo se sorprendió a pesar de no demostrar emoción alguna, como solía no hacer. Jose abrió el bolso y guardó las pinzas, y pensó, en qué lugar de su cabeza de pelo corto querría Trini que se las colocara.

XXVI

De nuevo estaba allí, frente a ella, arrodillada en el segundo banco, porque ponerse en el primero requería de un valor que había perdido de repente. Había ido allí, no para pedir, sino para hallar el consuelo que nunca encontraba fuera de aquella iglesia. Entre los cientos de pensamientos, más o menos controlados, se mezclaba siempre un porqué, o un decía que me quería, que volvía a perturbar la calma recientemente encontrada que apenas había tenido tiempo de saborear.

Entre los buenos recuerdos estaba la rabia de que no hubiera habido ni una despedida, ni una explicación, ni una llamada. No sabía quién era aquel idiota que le había evitado ver a Jose por última vez, sólo recordaba que apestaba a Hugo Boss. Aquel piropo malsonante en plena calle y su posterior malestar general le habían impedido mirar a la terraza de la tía Digna, y además, tampoco sabía que era la última vez. Contaba con estar con ella al día siguiente. No imaginaba que Jose saldría huyendo a Madrid esa misma tarde. ¿Qué tenía que hacer ella ahora, llamarla? ¿Por qué? No era ella quien había salido de estampida. Cobarde, conformista. Ella nunca, a pesar de las múltiples rupturas de las relaciones de su vida, salía huyendo. Rosana siempre se despedía. Sin duda valía mil veces más. ¿Qué tenía Jose por dentro? ¿Algodón? Con toda su sofisticación, con toda su elegancia, con la sinceridad que aparentaba y de la que hacía alarde. ¿Sinceridad? ¿Acaso conocía Jose el significado de aquella palabra? ¿Es que había sido sincera cuando le dijo te quiero aquel amanecer?

Ella le preguntó si estaba segura, y Jose, respondiendo sin responder como siempre hacía. «No me preguntes eso», le dijo. «Si digo que te quiero es porque ahora lo siento así, ahora, aquí dentro», señaló con el dedo índice su corazón.

Corazón... aquella palabra le dolía. Y a Jose le quedaba grande. Como le quedaban grandes todas las ideas y los sueños, las ganas de luchar y la fe. Definitivamente, había gente que no valía para cambiar las cosas. Quizá no se daban cuenta de que era con sus vidas con lo que estaban jugando. Claro que había otra posibilidad. Pero era demasiado dolorosa para pensarla. Cabía la posibilidad de que ella hubiese sido un juego, una experiencia nueva para una Jose madrileña y hastiada de todo, con la única diversión de probar nuevas sensaciones. Cabía la posibilidad de que Jose no la quisiera.

Le hubiera gustado ser capaz de anteponer el amor al miedo, y no al revés. Sentía que había hecho exactamente lo contrario.

— ¡Mira como me hace fiestas! –exclamó alegre la tía Digna sacando a Jose de golpe, de su ensimismamiento.

Miró a la niña que iba en su sillita. Vio su sonrisa, la sonrisa despreocupada de su hija era quizá lo único que compensaba la sensación de vacío de haber echado a perder su vida, de haber dejado escapar el verdadero amor.

La tía Digna cojeaba a su lado. Por fin le habían operado la pierna, pero aún usaba aquel bastón cómodo y seguro de madera. Tantos meses había estado en su compañía, que cuando el médico le dijo que lo guardara en el armario, la tía sintió que le arrancaban un trozo de sí misma, y lo echó tanto de menos que no pudo guardarlo, pero como sabía que no era bueno para su pierna seguir llevándolo porque evitaba que la rodilla hiciera su juego, limitó su uso a los paseos al atardecer por aquellas calles conocidas que tanto añoraba, y sólo cuando iba acompañada, lo cual significaba un caminar más lento entre parada y comentario. Como ella solía decir, echar el rato.

Para Jose, acompañar a la tía Digna por las calles del Heliópolis significaba algo más que eso. Era un reencuentro con los recuerdos de los que había estado separada voluntariamente durante casi dos años. El verano amenazaba de nuevo, los jazmines azules y las buganvillas rosas adornaban las calles de los preciosos chalés, y también de nuevo las salamanquesas se adosaban a las paredes encaladas bajo la luz de las farolas tempranamente encendidas.

La calle se acababa, y Jose sabía que en su final se encontraría con todo un paquete de dolorosos recuerdos que ya le causaban un enorme peso el trasportarlos, como para además ver de nuevo el lugar en el que habían sucedido.

—Vamos a dar la vuelta, tía. No quiero que llegues tarde a la residencia –mintió–. Además, Eduardo estará esperándonos en casa –casi suplicó disimulando el aumento de su ansiedad, la cual había reaparecido tras el parto.

—Déjale que espere –inquirió la tía Digna–, es muy pronto pa volver. Ahora que empiesa la fresca. Sólo hasta el final de la calle – levantó el bastón y señaló con él la avenida que continuaba dos o tres chalés más abajo–. Quiero que veas otra ves el chalesito de Rosana.

Ya cualquier cosa era inevitable. Rosana... apenas la tía Digna había pronunciado su nombre y el estómago de Jose le devolvió una sacudida, como si aquellas letras hubiesen rebotado dentro de ella. El pecho le subía y le bajaba en un intento casi fallido de atrapar el aire que le correspondía, y pareció que todo era real de nuevo.

La tía Digna no le había perdonado aún su relación con Rosana, algo que para ella era contra natura. Algo que además, había pues¬to en evidencia el buen nombre de la familia de su marido muerto. Apenas si era capaz de soportar la presencia de Jose, y lo hacía con gusto, si al menos se tomaba la pequeña venganza de hacerle enfrentarse con su pecado frente al chalé de su prima. Confiaba en que la purgaran los remordimientos, y el ver a esa niña en la sillita frente al lugar que podía haber hecho que nunca existiera ese ángel de Dios. Por eso ahora que Jose había regresado a Sevilla, con su hija y con su cómodo olvido que había aprendido recientemente a utilizar, la tía Digna la castigaba por ello.

Por eso la llevó a la puerta de aquel chalecito, obligándola a enfrentarse a lo que ahora prentendía olvidar a toda costa. Y allí estaba, como antes. Blanco, con el jardincillo vacío porque Rosana nunca llegó a llenarlo de flores como siempre había querido, con su tejado marrón oscuro, y detrás de él, nada. De repente, Jose sintió como si le arrancaran de cuajo el alma. Volvió a mirar buscando, por si eran sus ojos los culpables de aquella repentina falta, pero no era así. Las ramas frondosas habían desaparecido. ¿Dónde estaba el árbol de Rosana? ¿Dónde estaba aquel árbol lleno siempre de pájaros alegres? Era mejor para ella estar lejos, así no podía ver su enorme ausencia. Aquel hermoso árbol que daba sombra a un antiguo pozo y que ella describió una vez diciendo... «Es tan bello, que puedo quedarme mirándolo cansiones enteras y se me pasa la vida sin darme cuenta...»

Jose dejó a su hija al cuidado de la tía Digna, y corrió a dar la vuelta a la casa. Necesitaba ver si de verdad no estaba. El ancho tronco seguía amarrado al suelo con sus cientos de anillos dibujados entre su madera clara, a la vista de cualquiera, con las raíces que seguían chupando el agua del interior de la tierra para alimentar la nada, a un tronco mal cortado, a un tronco lisiado.

La tía Digna se acercaba empujando la sillita de la niña. Se paró junto a Jose, ésta la miró esperando que le diera la explicación al desastre que tanto daño le hacía. La tía Digna susurró «Primero se fueron los pájaros, después cortaron el árbol».

El mundo, su mundo ya no existía. Había bastado un segundo, una frase susurrada, una ausencia y todo, marido, vida en Madrid e incluso hija, no valían nada, todo era una absurda mentira. Y no es que no quisiera a aquel bebé, era que ella moriría algún día como había hecho su madre, moriría de todas formas, como todos los demás, y lo haría sin haber sido nunca feliz. ¿Y qué importaba ahora nada más? Lo comprendió en ese instante. Eso, los instantes, la vida y los segundos de que está compuesta, ¿Había algo más digno de ser tomado en cuenta, de ser vivido?

Miró a su niña, la carita se le había entristecido, y de repente, todo dejó de estar...

—Si fuera mejor pintora de lo que soy, pintaría la vida. Mi vida –aclaró Rosana mirando el lienzo.

—Este año no me apetece el invierno –susurró Jose después de pensar que Rosana nunca debió haber dejado las clases de arte, ni por Mel, ni por nada. Era una buena pintora, pero el abandono del deber era lo que le provocaba aquella inseguridad en el presente.

—Aún quedan tres meses para que llegue –contestó.

—Para mí, el invierno empieza cuando se acaba el verano y empieza el frío.

Rosana dejó el pincel dentro del bote de cristal con aguarrás manchado de verde y se acercó a la ventana. El árbol estaba lleno de pájaros agradecidos al sol y a la vida que les había dado aquellas viviendas, entre las frondosas ramas de color verde oscuro.

—Este año no vas a pasar tanto frío. Sevilla es diferente –afirmó acariciando la mejilla de Jose.

Estaba de acuerdo, Sevilla siempre fue diferente. Sevilla era alegre como aquellos pájaros, como Rosana, como el cuadro que pintaba cada mañana cuando la luz del día entraba para calentar el lienzo y la pintura. Jose estaba feliz porque Rosana había vuelto a pintar. Habían sido varios meses de abandono de aquello que más amaba. Ella, y la inseguridad que siempre le provocaba, habían sido las culpables. Ahora, gracias al cielo y a la Esperanza de Triana, según decía, todo había acabado. Y algo nuevo acababa de empezar. Y siempre era ma¬ravilloso un principio, como siempre era terrible un final. Pintaba un cuadro alegre, quizá el inicio de una vida.

— ¿Sabes? –dijo Jose acercándose a ella, mirando el árbol sin que¬rer apartar su mirada de él y de sus alegres inquilinos–. Anoche soñé contigo y con el árbol.

— ¿Y qué soñaste? –preguntó Rosana retirándose de la cara un rizo rojo, metiéndolo después bajo el pañuelo que le cubría la cabeza, protegiendo su pelo del color y de los óleos, mientras regresaba a enjuagar los pinceles.

—Soñé que había tenido un bebé. Era una niña y era preciosa. Seguía con Eduardo y me acerqué hasta aquí paseando con la niña y la tía Digna. Y nosotras –titubeó controlando las lágrimas que asomaban en sus ojos– nosotras ya no estábamos juntas.

—Eso no es un sueño –respondió Rosana–. Es una pesadilla. ¿Y el árbol? –preguntó.

—Lo habían cortado. Dejé a la niña con la tía Digna y me acerqué por detrás de la valla para verlo mejor. Sólo quedaba un enorme tronco muerto enraizado en la tierra. Era muy triste.

Jose calló para mirar a Rosana, que trabajaba de nuevo en su cuadro. La vio dar un par de toques con el pincel sobre el lienzo y después paró para mirarla con los ojos brillantes. Con la voz quebrada, exclamó.

—Lo que te digo. Si fuera buena pintora, pintaría la vida.

Jose pensó que la vida estaba hecha de tiempo, y el tiempo era imposible de pintar, porque era impensable siquiera el atraparlo. Miró a Rosana. La vio contenta a pesar de sus lágrimas. Ella también lo estaba. Al fin vivía con la persona que amaba y no importaba el después, porque tampoco existía. Hacía tiempo que Jose había borrado aquella palabra de su vocabulario. Se acercó a ella, deseó amarla con la intensidad y la pasión de cada día, de cada instante. Y recordó que eso era si no lo más, lo único importante. Aquello que sentía en su corazón, el goce de vivir junto a ella en su casa, en una rama de aquel árbol llena de hojas de color verde oscuro, con los pájaros alegres como vecinos envidiables.

La abrazó rodeando su cintura y apoyó la barbilla sobre su hombro huesudo. Rosana, delante de ella, se paró a contemplar el cuadro mientras los dedos de uñas largas trabajaban ahora manchados de miles de colores, ocupando el puesto del pincel. Jose sonrió ante la amalgama de colores, era un tutti-fruti fosforescente y completo, relleno de alegría. Rosana no había pintado el tiempo, ni tampoco la vida como hubiese querido. En su lugar había pintado una ensalada. «Con su leshuga, su tomate, su sebolla, con todo lo que uno le quisiera eshar, porque es de uno mismo el poder para haserla, y para aliñarla, con su hierbabuena picaíta pá endulsar.» Y Jose se preguntó, ¿acaso con la vida, no ocurría lo mismo?